Sur l'auteure

Barbara Frale est née en 1970. Elle est l'auteure des *Templiers*, préfacé par Umberto Eco (Belin, 2015). *Les Souterrains de Notre-Dame* est son premier roman traduit en français.

BARBARA FRALE

LES SOUTERRAINS DE NOTRE-DAME

Traduit de l'italien
par Michel Musolino

10
18

LE CHERCHE MIDI

Titre original :
I Sotterranei di Notre Dame

ISBN 978-2-264-08063-9
Dépôt légal : avril 2022

À qui à travers le temps
Visite mes rêves
Et me parle de lui.

Il y a quelques années qu'en visitant, ou, pour mieux dire, en furetant Notre-Dame, l'auteur de ce livre trouva, dans un recoin obscur de l'une des tours, ce mot gravé à la main sur le mur :

'ΑΝΆΓΚΗ

Ces majuscules grecques, noires de vétusté et assez profondément entaillées dans la pierre, je ne sais quels signes propres à la calligraphie gothique empreints dans leurs formes et dans leurs attitudes, comme pour révéler que c'était une main du Moyen Âge qui les avait écrites là, surtout le sens lugubre et fatal qu'elles renferment, frappèrent vivement l'auteur.

Il se demanda, il chercha à deviner quelle pouvait être l'âme en peine qui n'avait pas voulu quitter ce monde sans laisser ce stigmate de crime ou de malheur au front de la vieille église.

Victor Hugo, *Notre-Dame de Paris*

En l'an de grâce 1301, après la fête de la Sainte-Vierge de mi-août, quelques marchands venant du nord escortèrent jusqu'à Florence l'ambassadeur envoyé par la Seigneurie à l'armée française descendue en Italie.

Le messager ne put délivrer la réponse du prince Charles de Valois, frère du roi de France ; il arriva en effet sous forme de cadavre dans un tonneau, et dans un état de putréfaction si avancé que, de son visage rongé par les vers, il ne restait que les os décharnés et le cartilage du nez qui émergeaient des chairs, impitoyablement mis à découvert. Les Français se disculpèrent, affirmant qu'il n'avait jamais atteint leur campement.

Peu de jours après, dans ce même palais de la Seigneurie où le tonneau avait été ouvert, révélant son macabre contenu, on livra un coffret venant de Rome. Les prieurs y trouvèrent la tête coupée d'un chanoine qui avait quitté la ville un mois auparavant, avec la mission de remettre en main propre au pape une missive secrète. On lui avait coupé la langue et arraché les yeux : ses orbites vides lançaient une horrible et muette invocation à la vengeance. Le chef de la chancellerie apostolique constata que le religieux n'avait en fait jamais franchi les portes de la ville.

Florence, qui défendait âprement sa liberté républicaine, se retrouva prise en tenaille entre deux menaces : le prince de Valois qui descendait du nord, officiellement pour mener son armée en Sicile et reconquérir l'île perdue dans la guerre des Vêpres, tandis que, depuis le sud, le pape regardait avec convoitise les terres fertiles du comté florentin, désireux d'étendre les frontières de l'État pontifical.

Philippe de France, dit « le Bel » mais également « le Roi de fer », commandait alors le royaume le plus étendu et l'armée la plus puissante du monde chrétien. Souverain par le sacre et petit-fils d'un roi saint, il se sentait oint par Dieu. Boniface VIII, vicaire du Christ et de saint Pierre, était le seigneur des âmes et des corps de tout le genre humain. Ces deux hommes étaient comme les piliers de la terre, malheureusement ils étaient en désaccord.

Un prud'homme de la famille des Médicis, le vieux Guccio de Bonagiunta, un ancien gonfalonier de justice qui avait régi le sort de Florence bien plus sagement que d'autres, conseilla à la Seigneurie de chercher l'homme le plus avisé, le plus sage et le plus prudent que l'on pût trouver en ville. Et de le charger d'enquêter sur les desseins du roi de France et sur les vraies intentions du pape.

Le choix se porta sur Durante degli Alighieri, dit messire Dante. Noble, mais ayant pour la république une dévotion de fer, guelfe du parti des Blancs, il était réputé pour son don pour la poésie, mais surtout pour être un homme de grand talent, ce qui comptait bien plus en ces temps obscurs.

1

LA BÊTE DE L'APOCALYPSE

Alors le Seigneur dit à Moïse : « Étends ta main vers le ciel et que des ténèbres, épaisses à se pouvoir palper, recouvrent le pays d'Égypte. »

Exode, 10.21

1

Des éclairs déchiraient le ciel noir comme l'abîme. Le cheval fit un écart, terrorisé. S'étant rétabli, il tourna à l'angle avec trop de fougue. Les pavés de Paris étaient un lac de boue. L'animal glissa, le fugitif fut jeté à terre. Il se releva d'un bond. Bon sang, quel coup ! Le casque thrace lui avait encore une fois sauvé la vie. Il lui fallait reprendre son souffle et s'échapper. Prendre ses jambes à son cou dans les ruelles de la rive droite. Foncer à perdre haleine vers le scintillement de la Seine, la place de Grève, les radeaux flottant sur l'eau, la longue ligne du pont, les nobles maisons entourant Notre-Dame. La lune donnait à la grande façade un charisme spectral. Les diables et les saints, les bienheureux et les prophètes de pierre le fixaient d'un regard sévère, comme s'ils étaient en colère contre lui.

Le ramassis de mendiants qui dormaient sur le parvis de l'église l'aperçut. Le murmure confus de leurs voix qui ressemblait à un bourdonnement d'insectes s'arrêta net. « Regardez, c'est Lanius », chuchota quelqu'un. Il y eut un grand silence et un frémissement de peur. « Écartez-vous donc ! » ordonna le chef de bande. C'était le plus vieux de ce sinistre rassemblement fait de gens moitié miséreux, moitié sans loi. Mendiants inoffensifs le jour, voleurs et coupeurs de gorge la nuit, ennemis jurés de l'hospice des pauvres et des gardes de Sa Majesté.

Personne ne s'opposa. Personne n'aurait osé. Lorsqu'il apparaissait sans crier gare, funeste et ravageur telle une force de la nature, ce maudit bâtard laissait toujours comme une balafre sur le visage doré du Paris qui comptait. Le casque hideux qu'il portait était devenu noir, disait-on, parce qu'il était brûlé par les flammes de l'enfer.

La bande s'écarta pour lui laisser le passage. Le fuyard s'avançait parmi eux et personne ne voulait être à ses côtés. Grand, puissant, féroce. Il passa rapidement avec son allure de gladiateur romain, sa francisque souillée du sang de tant de victimes. Il ne dit pas un mot. Il jeta un regard rapide au chef qui acquiesça en silence. Ils s'étaient plus d'une fois aidés mutuellement à se sortir d'un mauvais pas.

Le vieux mendiant était sa boussole pour trouver son chemin dans la ville plongée dans la nuit, lorsque cette vivante chimère se noyait dans l'obscurité pour accomplir quelque méfait. Lanius le payait en retour en éloignant la mort du chef de bande et de ses acolytes ; il activait les bons leviers dans les palais du pouvoir et les mettait à l'abri de la hache du bourreau et de la corde. Un pacte de fer les liait, passé au nom de l'entraide, et ni l'un ni l'autre n'entendaient le trahir.

La lueur de la lune rejaillit sur le métal du casque. On ne distinguait aucun trait de son visage, seulement ses yeux, mais c'était suffisant pour inspirer au chef de bande peur et vénération. Cela ne dura qu'un instant. Le bandit se glissa parmi les hères en haillons, il respira la puanteur de ces corps, les haleines gâtées par la faim. Le rideau serré de corps pourris et fétides l'avala pour le recracher là où il serait en sécurité, avant de se refermer sur son passage, le rendant invisible. Les poursuivants surgirent. La foule, droite et compacte, dressa obstinément un mur contre les soldats du Châtelet qui agitaient, menaçants, la verge à la fleur de lys.

« Écartez-vous, chiens ! rugit le sergent.

— Nous l'avons vu. Il s'est glissé dans l'église !

— Faites la charité, seigneur !

— Pitié !

— Un quignon de pain ! »

Cent mains, cent voix à l'unisson se pressèrent sur le peloton en implorant, tirant sur les habits, subtilisant des bourses tandis que les soldats frappaient à l'aveugle avec leur matraque des groins édentés et des croupes tordues. Ils se sentaient en danger. Ils étaient trop peu nombreux pour s'imposer. « On s'en va ! » cria le sergent. Ses hommes se dégagèrent avec peine de ces flots purulents de puanteur et de misère qui risquaient de les engloutir.

« Fils de putain ! criaient les mendiants en jetant des trognons de pommes pourris, des cailloux et des tuiles cassées à la retraite sans gloire des forces royales.

— Où est-il passé ? demanda l'un des gueux.

— Qu'a-t-il fait cette fois-ci ? enchérit un autre. Qui fuit-il ? »

Le vieux chef haussa les épaules. « Il fuit le roi de France. Et lui-même », murmura-t-il. C'était la sacro-sainte vérité, dure comme la pierre. Tout comme il était sûr que les gardes ne l'auraient jamais pris. Parce qu'il était maudit, et qu'il possédait une force inégalable, disaient les gens. En réalité, c'étaient ses liens avec le plus haut rang de la cour qui le rendaient insaisissable. Ils veillaient à ce que les patrouilles soient éloignées des lieux choisis par le hors-la-loi pour ses sorties nocturnes. Et tant mieux pour les sbires s'ils ne le trouvaient pas. Surtout si ce que les étudiants de la Sorbonne affirmaient était vrai : que *lanius* était un mot latin qui voulait dire « bourreau ».

Il arrivait soudainement, il frappait et disparaissait. La nuit l'avait mis au monde comme une mère prostituée, et le pavé de Paris avait été son berceau. Peut-être avait-il trouvé le moyen de se cacher dans le labyrinthe de trouées sur lesquelles s'élève Notre-Dame. Des passages étroits creusés dans la roche-mère par les bâtisseurs eux-mêmes, des galeries clandestines construites pour des raisons inconnues du reste du monde. Les gens disaient que, dans ces souterrains, il se passait des choses qu'on ne pouvait pas faire à la lumière du soleil. La peur superstitieuse que ressentaient jusque dans leur peau les chanoines de la cathédrale avait un visage et un nom. Elle faisait frémir les gardiens au moindre souffle lorsque les ombres du soir commençaient à pointer.

Un visage brûlé au soleil d'interminables voyages outre-mer, un nom trop complice des coutumes des infidèles qu'il connaissait par cœur : Arnaud de Villanova, dit le Catalan, ou comme on l'appelait au-delà de la Méditerranée, *Al Madiya* : celui qui a reçu la lumière. Vieux savant, célébré dans toutes les universités du monde comme médecin de talent, il était considéré par ceux qui étaient bien informés comme un magicien aux pouvoirs extraordinaires. On avait vu le Catalan descendre sous la grande église enveloppé dans un manteau noir : sa silhouette sombre, qui boitait légèrement à la manière, disait-on, du Malin, inspirait une peur hors du commun chez le peuple, renforcée par l'étrange bâton sur lequel il s'appuyait, un long sceptre sacerdotal en ébène surmonté d'une tête de chacal.

Sous terre, pendant des mois et des mois, il avait établi son repaire. Chaque paroi des murs de fondation de la cathédrale dissimulait des cavités inattendues. Une cathédrale souterraine, occulte et nocturne, était creusée dans le ventre de Paris. Jumelle de celle de l'extérieur qui s'élevait dans les airs, avec la gloire de ses tours et pinacles qui perçaient le bleu du ciel. Une cathédrale secrète qui plongeait ses racines au centre de la terre ; et Lanius, le guerrier ressuscité de l'enfer, y avait creusé son terrier comme une bête nuisible. Dans ces sombres recoins, à l'écart de toute loi, on pouvait faire des rencontres inattendues. Voir des gens que l'on n'aurait jamais imaginé croiser.

Arnaud le Catalan devait très bien connaître ce bandit, et qui sait dans quel but ils s'étaient rencontrés là-bas : entre enfants des ténèbres, on se comprenait.

Silencieux comme un voleur dans la nuit, Philippe de Fontainebleau frôlait les pierres des fondations de la tour gauche de Notre-Dame. C'était le dernier endroit sur terre où ceux qui le connaissaient auraient pensé le trouver : lui qui avait reçu de la vie le don de l'ironie, se sentait chez lui dans le labyrinthe de tunnels qui serpentaient sous la grande église. Il était le roi des souterrains de Notre-Dame, même si son règne allait bien au-delà du quartier de la cathédrale. Bien au-delà de Paris même.

Quant au roi de France, ce personnage si hiératique et éloigné des gens qu'il paraissait surhumain, il le servait fidèlement. Il s'était toujours plié au bon vouloir et aux devoirs du roi, roi par la grâce de Dieu, en hommage à cette autorité sacrée qui émanait directement d'en haut. Accepter, obéir, toujours tout endurer au nom d'un idéal supérieur. Peu importaient le poids et la douleur de la charge que vous deviez porter sur vos épaules. Comme la mission de cette nuit, une des plus ingrates de toute sa vie. Cette nuit, il fallait envoyer un avertissement clair, il fallait menacer et intimider : chose que ne pouvait certainement pas accomplir l'auguste souverain sacré par le chrême des évêques, celui qui avait reçu du Seigneur le pouvoir miraculeux de guérir les malades par l'imposition des mains.

Tout comme il était impensable que Sa Majesté descendît dans les sous-sols de Notre-Dame, là où l'on gardait jalousement des savoirs que notre sainte mère l'Église regardait d'un œil soupçonneux. C'était Philippe de Fontainebleau qui s'enfonçait dans le ventre sombre de Paris pour rapporter au souverain les informations qu'il souhaitait obtenir. C'était indispensable et souhaitable : un bon roi devait tout savoir. Il devait avoir cent yeux ou peut-être même plus, car le bien de son peuple exigeait qu'il possédât des secrets dont ses ennemis n'imaginaient même pas l'existence. Philippe de Fontainebleau, homme sans titre spécial du gouvernement, et simple chevalier parmi d'autres, se chargeait de la besogne.

Voici maintenant que ses doigts errant dans le noir reconnaissaient ces lignes profondément gravées dans la roche nue. Gravées à la pointe du ciseau par une main puissante et sage pour perpétuer un mot précis. L'air glacial de la nuit lui rappela le souvenir d'un jour lointain. Il se revoyait là, deux ans plus tôt.

« C'est un mot qui marquera le chemin de votre

initiation. À chaque étape accomplie, vous ajouterez une lettre, avait dit le maître.

— Quel mot ?

— *Ananké*, avait répondu Arnaud de Villanova.

— C'est de l'arabe ?

— C'est du grec, mon garçon. Vous en découvrirez le sens. Un jour. »

Le vieil homme avait bâti cet atelier clandestin sous Notre-Dame, à l'image des sous-sols du temple de Salomon, car là-bas était conservée, disait-il, toute la science de l'homme et de Dieu, en plus des immenses richesses d'Ophir. Malheureusement, il avait quitté Paris avant de lui avoir transmis tout le patrimoine de son savoir. Des six lettres qui devaient être les jalons de son voyage initiatique, il n'avait pu en graver que deux, *A N*. Et maintenant, il frémissait de colère et de remords alors que ses doigts reconnaissaient les contours de ces signes dans les ténèbres.

Au diable la mélancolie ! Il devait ravaler ses regrets et se dépêcher. Il avait une mission cruciale à accomplir cette nuit-là. Il trouva ce qu'il cherchait : la goupille en fer fichée dans le mur qui soutenait un petit bénitier. Le levier se déclencha en grinçant, la porte s'ouvrit. Il se glissa dans l'étroit passage. Le tunnel avait été conçu pour être parcouru même dans le noir complet ; il suffisait de compter les pas, tandis que les mains exploraient les parois étroites comme le ventre maternel le jour de l'accouchement. Il fallait chercher les signes.

D'abord la tête de Maure sculptée en relief. Premier élément. Deux, la queue de dauphin. Trois, quatre… jusqu'à sept ; enfin la porte, au fond. Fontainebleau fouilla dans sa bourse et prit la clé. La rouille accumulée en deux ans d'abandon n'avait pas abîmé le mécanisme. Voilà, la table était là, à gauche. Un briquet, une bougie.

À la lueur de la flamme, il reconnut la scène. Des parois très blanches pour amplifier la lumière. Aux quatre coins, des symboles sacrés et des prières pour aider à la réussite du travail. Au-dessus, une petite lucarne pour l'air qui montait par un étroit conduit jusqu'au sol de l'église. Sur la longue table, il y avait des cornues, des alambics, des instruments de mesure précieux. Tout était recouvert d'un voile de poussière et l'air était imprégné d'une déplaisante odeur de moisissure. Deux printemps auparavant, ce petit laboratoire souterrain était un sanctuaire de la science. Il avait maintenant l'aspect triste et révoltant d'un tombeau profané.

Il jura. Pourquoi Arnaud était-il parti ? Tous les problèmes avaient commencé à ce moment-là. Comme la maladie du petit prince Robert, qu'aucun médecin ne savait soigner. Et ce mal atroce et infamant qui le menaçait, lui et tout le pays de France. « Aide-moi, dieu des armées ! Je sais que le remède à mon mal est caché ici. »

Il alla vers l'étagère où des livres étaient encore bien rangés sous une épaisse couche de poussière. Il feuilleta fébrilement les pages couvertes de symboles à la quête de cette chose dont dépendait son salut. Où était-il ? Il devait se trouver là ; il l'avait vu de ses yeux. Le remède infaillible capable de guérir son mal, cet avenir de ténèbres qui lui était tombé dessus à l'improviste. On l'avait accusé d'avoir le sang gâté, et cela était atroce, mais pire encore, il savait que son indignité pouvait nuire à d'innombrables personnes. Il ne le trouvait pas. Arnaud avait emporté la panacée qui pouvait lui sauver la vie. Le découragement lui plomba le cœur, un cœur qui avait combattu tant de tempêtes.

« Pourquoi m'avez-vous abandonné, maudit vieillard ? Vous avez voulu m'ouvrir à l'univers de votre science pour me refermer la porte au nez avant que j'apprenne ce que je devais apprendre. Maintenant je suis là, en suspens, comme l'âme d'un mort qui ne peut pas rejoindre l'outre-tombe, condamné à errer sur la terre et à regarder impuissant ce que font les vivants. Je ne suis pas un initié qui possède la vérité entière, mais je n'ai plus l'ignorance béate de l'homme commun qui ne se pose pas certaines questions. Ce n'est pas terminé, maître Arnaud. Je vous ramènerai à Paris, même si cela doit être la dernière chose que je ferai. »

Il réfléchit rapidement à une riposte. Il devait envoyer à Rome quelqu'un capable de séduire le pape, de le pousser à ordonner au Catalan de rentrer en France. Sous la menace d'une excommunication, si nécessaire. Il lui fallait un homme fidèle au roi, et apprécié par Boniface. La personne adéquate habitait peut-être à proximité de Notre-Dame.

Matteo Bentivegna d'Acquasparta, autrefois humble moine de saint François d'Assise, puis élevé au rang de cardinal et bien placé au Sacré Collège, s'était fait dispenser *in perpetuo* afin d'habiter Paris et d'enseigner la théologie à la Sorbonne.

Il devait le voir immédiatement, en plein cœur de la nuit. Mais pas dans son costume usuel. Il fallait une méthode plus rapide et directe pour faire comprendre au cardinal qu'il s'agissait d'une question vitale pour la France. Que le roi l'ordonnait, qu'il fallait être prêt à tout pour réussir. Même à salir ses saintes mains. Même à lâcher les pires malfrats de Paris, y compris ce maudit mercenaire que les gens de bien priaient de ne jamais rencontrer, Lanius, parce qu'il n'était pas totalement humain ; parce qu'il avait en lui la rage d'un damné et que son visage appartenait au règne des ombres.

Il n'y avait pas de temps à perdre. Il devait envoyer quelqu'un pour lui ouvrir la voie. Après cela, l'air des ténèbres ferait son office. Pour réussir la manœuvre, il fallait laisser agir le pouvoir profond de la suggestion. Philippe de Fontainebleau revint à la surface dans l'air glacé de la nuit. Il remit le casque thrace et saisit sa hache.

Une ombre qui se mouvait discrètement dans les ruelles saisit vigoureusement la grille d'un soupirail ouvrant un peu au-dessus du niveau de la rue. Les barres avaient été sciées comme on l'avait demandé. Le clandestin se glissa dans l'ouverture, il respira profondément. Un saut dans le vide, puis un bruit sourd et une épouvantable odeur de suie. Heureusement, le cardinal tenait à toujours avoir ses caves bien fournies en charbon ! Il se regarda : il devait être maintenant aussi noir que le trou du cul de l'enfer. Il n'arrivait même plus à respirer tant il était recouvert de poussière. Ses habits trempés s'en étaient imprégnés comme une éponge, mais au moins le tas de charbon avait amorti la chute. De toute façon, vu la structure de l'immeuble, il n'y avait pas d'autre moyen de s'y introduire. Il dévala la pente glissante jusqu'à se retrouver les deux pieds sur le sol. Il lui fallait maintenant remonter les escaliers, en espérant que ses complices avaient bien laissé ouverte la porte donnant sur le jardin. Il la rejoignit et poussa délicatement le battant de bois avec sa paume pour éviter qu'il ne grince. Il penserait à donner une prime à ses comparses, qui lui avaient obéi au doigt et à l'œil.

L'air de la nuit le saisit en même temps qu'un souffle de vent glacial. Le froid assassin qui mordait la chair des bien portants et décimait les pauvres, les vieillards et les enfants. Il y était. Le cardinal habitait là-haut, au deuxième étage, où la lumière discrète d'une fenêtre derrière la loggia indiquait que quelqu'un veillait encore. Et l'échelle ? Était-elle là où elle devait ? Oui, heureusement. Un pied dessus, il la sentit solide. Il monta.

À la lueur blafarde d'un chandelier, le cardinal Matteo Bentivegna d'Acquasparta récitait pieusement ses prières du soir. *Ne nos inducas in temptationem, sed libera nos a Malo*... Il s'arrêta net et porta la main à son cœur dans la crainte d'être frappé d'un infarctus. Il avait nommé le Malin, et voilà qu'il apparaissait devant lui ! Tout près de lui, à côté de la fenêtre, avait surgi un être entièrement noir de la tête aux pieds. Ce n'était pas un humain, mais un démon enragé. Un monstre qui ressemblait à un insecte géant, le corps recouvert d'écailles à l'éclat métallique, avec des yeux d'une grosseur hors norme, alvéolés comme un rucher. Le cardinal s'empressa de tracer le signe de la croix et de recommander son âme à la Sainte Vierge. Comme il le faisait enfant. Comme le lui avait appris sa mère. L'être monstrueux se détacha de la fenêtre et parcourut la pièce d'un œil inquisiteur. Et pour faire comprendre au pauvre prélat que c'était un homme de chair et d'os, et non un spectre vomi par les enfers, il ôta son casque. Matteo d'Acquasparta vit une face couverte de suie, mais distingua sous le charbon noir un visage qu'il connaissait parfaitement. Seigneur ! Jamais il n'aurait imaginé le voir dans cet état. Et pourtant, c'était un homme consacré, au nom de Dieu ! *Clericali charactere insignitus.*

C'était peut-être un cauchemar, il devait avoir perdu la tête. Le long jeûne de pénitence lui avait allégé le corps mais devait aussi avoir obscurci son intellect, puisqu'il croyait maintenant voir cet homme illustre dans un sordide appareil. Cependant, le doute s'évanouit lorsque le malfaiteur le salua. Il y avait une note de sarcasme dans sa voix reconnaissable entre toutes. Il s'amusait de l'épouvante et du dégoût qui se lisaient sur le visage blême du cardinal. « Que Dieu vous garde, très éminent père. Allez-vous bien ? »

En réalité, le cardinal n'allait pas bien du tout, et si son vieux cœur avait résisté à une telle frayeur, il le devait uniquement à la main bienveillante de sainte Marie. Il ne demanda pas pour quelle folle raison il s'était accoutré de cette façon dégradante qui insultait sa dignité sacrée. Il n'osait pas le faire.

« Comment… comment dois-je vous appeler ? marmonna-t-il.

— Du nom que tout le monde me donne. Appelez-moi Lanius. »

Matteo d'Acquasparta déglutit péniblement et acquiesça. C'était peut-être un affreux cauchemar, et le lendemain matin il aurait tout oublié de ce délire. En attendant, il valait mieux essayer de comprendre le sens de cette mascarade sacrilège. « Que puis-je faire pour vous… Lanius ? »

Celui qui était arrivé dans la nuit en profitant de la réputation et de l'impunité dont ce nom exécré jouissait auprès des mendiants et des délinquants de Paris s'assit confortablement en posant les pieds sur un tabouret. Il exhibait une insolence inouïe, une arrogance de bandit qui le disputait à la maîtrise de soi et à la contenance qui le distinguaient généralement. Lorsqu'il était revêtu de soie et de pourpre, bien évidemment. « Vous devez vous rendre à Rome, Votre Éminence. Ordre du roi. » Le cardinal s'assit lui aussi, les mains sur les genoux, en essayant d'y entendre quelque chose.

« C'est un ordre informel. Je me fais comprendre ? Oui, c'est évident, car si ce n'était pas le cas vous auriez été convoqué au Louvre pour recevoir la nouvelle. Au lieu de ça, me voilà… moi.

— B… bien, Lanius… Quelle horreur de vous appeler ainsi ! Comment puis-je servir les désirs de Sa Majesté ? »

Le bandit s'approcha.

« Vous aurez un peloton de soldats. Vous escorterez une personne qui est à Rome et qui doit arriver à Paris saine et sauve.

— De qui s'agit-il ?

— Arnaud de Villanova, le célèbre médecin catalan ; le connaissez-vous ?

— Bien sûr, répondit le cardinal, je me souviens de lui. Il était ici à Paris, il y a trois ans. Il avait une chaire à l'université, mais on l'a dénoncé et il a fini devant les juges. Pourquoi est-il à Rome ?

— Parce qu'il en a appelé au pape, et Boniface lui a concédé l'asile. Le souverain pontife lui voue une haute estime, à ce que l'on dit. »

Matteo d'Acquasparta acquiesça. « J'escorterai volontiers ce savant, si tel est le désir du roi. Mais je me demande comment je pourrai m'en sortir avec Sa Sainteté. Le Catalan ne voudra pas quitter Rome si le pape lui est favorable. Et Boniface, sera-t-il heureux de le voir partir ? »

L'autre ne répondit pas, mais le sourire vaguement pervers qui illuminait son visage était plus explicite que n'importe quelle allégorie. Le cardinal comprit et écarquilla les yeux, scandalisé. « Mon Dieu ! Je devrai enlever le vieux savant ? » Son regard vibrait de la plus sévère condamnation. L'idée de faire violence à quiconque bouleversait le sens moral strict du franciscain. « Non, jamais ! s'offusqua-t-il. Le roi de France ne peut pas me demander de commettre un crime. Et si jamais il ose le faire, cela signifie que ce que disent ses détracteurs est vrai : que c'est un homme mauvais sous les airs d'ascète qu'il se donne ; qu'il est sans scrupule et sans sentiment. On l'appelle le Roi de marbre ou de fer. Il vaudrait mieux l'appeler le Roi des abus ! »

Insensible aux véhémentes protestations du cardinal, Lanius porta son regard au-delà de la fenêtre, vers les tours du palais royal. Le vent avait déchiré les nuages et découvert la peau sombre de la nuit. La lune éclairait l'étendard de Sa Majesté, l'orgueilleux drapeau de la monarchie de France. Azur comme le ciel d'un jour sans coucher de soleil, clairsemé de lys dorés, comme autant d'étoiles qui annonçaient la bonne fortune. C'était l'horizon de toute sa vie. Il avait juré fidélité absolue à ce drapeau sacré, jusqu'aux extrêmes conséquences, s'il le fallait. Il ne reculerait pas, ni ce jour ni jamais.

Lanius se leva d'un coup, abandonnant sa posture relâchée. Ses muscles se tendirent comme ceux d'un serpent à l'instant qui précède l'attaque. Il avança vers le prélat et le domina de sa stature. Il était grand, mais dans cette pose il paraissait immense. Matteo d'Acquasparta se leva d'instinct, lui aussi ; il recula et se trouva bientôt dos au mur. Les bougies rendaient la silhouette de son interlocuteur gigantesque et encore plus menaçante. Le cardinal se sentit petit et impuissant comme une souris couverte par l'ombre immense d'un aigle fondant sur elle.

« *Ubi maior, minor cessat.* Ne l'oubliez pas. Le Catalan a avec lui quelque chose dont dépend le salut de la France.

— Qu'est-ce ?

— Imaginez des hommes qui s'entre-tuent, des villes désertes, des champs dévastés. Des cadavres en décomposition le long des routes parce qu'il n'y a plus personne pour les enterrer. Le Catalan peut conjurer tout cela. C'est pour cela qu'il doit revenir ici. Coûte que coûte. »

Il tourna le dos à l'improviste, sans le saluer. Il ouvrit la fenêtre, sauta sur la galerie et disparut dans l'obscurité, dans la ville nocturne et dangereuse qui était son refuge. Il avait là des amis fidèles prêts à effacer ses traces. C'était sa patrie, et il y régnait sans conteste.

2

L'aube se levait. Une alouette chanta. L'homme quitta le lit tiède d'amour. Il s'habilla rapidement pendant que la nuit s'estompait, couvrant les toits d'ardoise d'une lumière bleutée. Sa maîtresse bougea, nue, encore dans la chaleur du sommeil. Dans les lourdes soieries des couvertures, là où flottait une douce odeur empreinte de leur gratitude partagée. Elle ouvrit les yeux et s'effraya de le voir debout devant la lumière blafarde de la fenêtre, prêt à la quitter. « Où allez-vous ? » demanda-t-elle en se redressant sur le lit, couvrant d'instinct son sein nu. Il boucla sa ceinture par-dessus sa veste en cuir semblable à celle que portaient les braconniers et les sbires de la capitale. « Dormez, mon amour, il fait encore nuit. » Elle lui tendit les bras et, au moment de se quitter, elle tenta de l'enserrer, de lui voler un dernier instant d'amour.

Jeanne de Navarre ouvrit les yeux. Elle s'était réveillée avec la saveur de ses baisers sur les lèvres. Son illusion fut de brève durée, elle s'évanouit rapidement comme les beaux rêves. À côté d'elle, le lit était vide, froid. Le roi n'était pas venu, cette nuit. Elle avait dormi seule, encore une fois. Les yeux brillants, elle résista à l'envie de pleurer et de donner libre cours à sa douleur et à sa déception. À quoi cela servirait-il ? Il ne lui restait qu'à se lever et faire face à ses nombreux devoirs quotidiens. Elle se regarda dans le miroir à la lumière du jour naissant. Comment faire disparaître ces cernes creusés par le sommeil perdu et le chagrin ?

Toute la cour se riait d'elle et continuerait jusqu'à la fin de ses jours. Mais elles avaient raison, ces maudites vipères ! Elles avaient raison. Ces derniers temps, Sa Majesté était distraite par quelque passion secrète. Et qu'est-ce qui pouvait, si ce n'était une femme, capturer la meilleure part d'un puissant souverain qui passait pour être le plus bel homme du monde ? Ces derniers temps, il était plus froid et distant que jamais. Presque comme s'il avait peur d'elle. Mais pourquoi ?

Jeanne rajusta sa coiffure et remarqua avec un pincement douloureux quelques traîtres fils blancs parmi ses boucles rousses. Avait-elle vieilli ? Dans son miroir, elle voyait les traits de sa mère Blanche, comtesse de Champagne et de Brie, puis, après ses noces basques, reine consort de Navarre. Elle lui ressemblait, et le temps qui s'écoulait inexorablement semblait rapprocher toujours plus leurs visages. Elle toucha ses lèvres : depuis longtemps elles ne portaient plus les traces des morsures qu'il lui faisait pendant l'amour. C'était une petite offense sensuelle qui lui remplissait le cœur d'orgueil. Depuis combien de temps n'avait-elle pas été dans ses bras ? Trois semaines. Un mois, peut-être.

Un homme sain, jeune et vigoureux pouvait-il supporter si longtemps le poids de la chasteté ? Elle se demanda avec inquiétude combien de temps encore il la laisserait seule. Elle l'aimait depuis toujours. Elle l'avait aimé depuis le premier instant où elle l'avait vu. Les devoirs de famille et les questions dynastiques n'avaient pas réussi à dresser de barrière entre eux. Pour lui, pour son amour, elle s'était soumise à l'interminable suite d'obligations, de cérémonies, d'échéances, de compromis mesquins et d'humiliants contrôles qu'un tel mariage imposait. Monter sur le trône de France à ses côtés, être l'épouse de l'homme le plus puissant de la terre. Celui qui n'admettait pas de faiblesses et ne connaissait pas de passions, et en demandait autant à ses proches. Elle l'avait fait, baissant la tête sous le fardeau de ce rôle, comme une pauvre victime qui s'avançait résignée vers l'autel du sacrifice. Elle avait donné des enfants à la France. Mis au monde dans la souffrance ainsi que l'enseignaient les Saintes Écritures, avec la honte de mettre bas en public, les jambes écartées devant la cour assise confortablement comme au théâtre, parce que ces dignitaires avaient le droit de constater *de visu* la naissance de chaque fils de France. Devant Sa Majesté sérénissime qui, impassible sur son trône d'or au premier rang, ne perdait pas le moindre spasme de chaque accouchement, et qui, au fond de son cœur, ne souhaitait qu'une chose : qu'ils fussent tous mâles, parce que les dots des princesses auraient rendu exsangues les caisses du Trésor.

Elle avait souffert pendant ces moments. Plus que la douleur physique, elle avait subi la honte de se voir exhiber devant ces gens, exposée nue aux regards et aux commentaires comme une femme de mauvaise vie. Mais elle pensait au plaisir immense dans lequel elle avait conçu ses enfants. Non pas avec le roi de France, froid et énigmatique comme les statues de Notre-Dame. Jeanne pensait à l'homme qui, en déjouant l'étroite surveillance du palais, se glissait jusqu'à sa fenêtre dans l'obscurité, quand personne ne pouvait le voir. Elle pensait au chevalier Philippe de Fontainebleau, elle ne pensait pas au mari, mais à l'amant. Elle ne vivait que pour lui, pour le voir en cachette dans la chaleur d'une alcôve clandestine, souvent loin du Louvre afin d'échapper à ces maudits espions embusqués pour leur voler même l'intimité du lit. Elle récita un acte de contrition en priant Dieu qu'il pardonnât sa luxure. Elle aurait dû être une épouse plus chaste, comme il seyait à la reine consort de Sa Majesté très illustre le roi Philippe. Le héraut du Christ. L'athlète de la foi qui se macérait dans les jeûnes et les pénitences. Qui se faisait flageller avec la discipline de fer de son grand-père, Saint Louis.

Mais Jeanne ne pouvait pas. Elle ne pouvait pas renoncer à son amant, renoncer à la joie de le sentir en elle, à la chaleur de sa respiration toujours plus rapide jusqu'à recevoir la preuve de l'extrême reddition. Elle se signa, consternée. Il n'était pas pensable qu'une femme comme elle prît tout ce plaisir. Il n'était pas prévu qu'elle demandât, qu'elle exigeât même les joies du sexe. Ses confesseurs le lui avaient dit. Ils avaient exigé qu'elle apprenne par cœur les instructions du grand théologien Gilles de Rome, qui avait rédigé pour le jeune roi Philippe le manuel du parfait monarque catholique. Les souverains devaient avant tout utiliser le corps de leur épouse peu souvent et avec discrétion. L'usage immodéré des plaisirs charnels fatiguait les membres, déprimait l'intellect, augmentait l'appétit sexuel et rendait les femmes, en conséquence, avides de sexe. La fornication incitait à plus de fornication, et les femmes devenaient, chaque jour davantage, affamées de plaisir. Philippe le Bel suivait ce manuel à la lettre. Le théologien avait tiré ses règles de l'étude d'Aristote, et Aristote enseignait comment exercer avec succès la politique, l'art suprême du commandement, au plus haut niveau. Sa Majesté sérénissime aimait le pouvoir. Commander n'était-il pas mieux que foutre ? Jeanne récitait ces phrases du bout des lèvres comme une litanie de pénitence, un acte de contrition. Mais elle n'était guère repentie. Elle se demandait seulement « Quand ? » Quand son chevalier allait-il monter discrètement les escaliers, entrer par la fenêtre, l'embrasser et l'étendre sur le lit ?

Des pas dehors, dans le couloir. Ses femmes de chambre étaient sur le point d'entrer. Elle regarda le cintre où reposait le manteau avec les armoiries royales de France et de Navarre brodées au fil de soie. Elle devait recevoir des ambassadeurs, donner audience, en particulier quand Sa Majesté s'absentait pour une raison quelconque. Car le roi n'était pas au Louvre. Jeanne le ressentait avec une douleur intense qui lui déchirait l'âme. Où était-il, cette nuit ? Et avec qui ? Elle n'avait reçu qu'une vague explication, un nom prononcé à mi-voix : Arnaud de Villanova. Le problème qui l'occupait tellement, au point de ne pas lui concéder le loisir de penser à autre chose, même pas à sa vie privée, concernait ce vieil homme. Jeanne espérait du fond du cœur que sa solitude nocturne prolongée était bien due au Catalan. En quittant Paris à l'improviste, ce dernier avait laissé en suspens de nombreuses affaires. À cause de lui, le roi était très inquiet, même s'il le cachait habilement. Pire, le vieillard s'était éclipsé subrepticement, profitant de l'absence du souverain parti vers le nord pour des négociations de guerre. De retour dans la capitale, le roi avait appris qu'Arnaud était absent depuis plus de dix jours, un laps de temps suffisant pour rejoindre tranquillement Marseille, et de là embarquer pour n'importe où. Il n'y avait guère d'espoir de le rattraper. On sut plus tard qu'il avait rejoint les côtes italiennes toutes voiles dehors pour se rendre à Rome, où Boniface l'attendait les bras ouverts. Philippe considérait ce départ clandestin comme une défection, la trahison d'un ami, si ce n'était d'un père. Il nourrissait depuis une sourde rancœur à laquelle il ne pouvait pas se résigner.

Pendant des semaines, Jeanne s'était dit que c'était ainsi que les choses s'étaient déroulées ; elle avait associé son propre malheur aux expérimentations du vieil homme qui semblaient tant compter pour son mari. Mais elle n'en était plus si sûre à présent. Les bonnes langues de la cour auraient su, en réalité, donner un nom et un visage à ses atroces soupçons. Et ce n'était sûrement pas un visage ridé par l'âge et flétri par les méditations dans le désert comme celui d'Arnaud. Bien au contraire. La cause de son tourment avait une peau de rose et les yeux superbement assassins. S'il s'était agi de n'importe qui d'autre, elle ne s'en serait guère souciée : les hommes se fatiguaient vite de leurs conquêtes, une maîtresse s'en allait, l'autre s'en venait. Mais lui n'avait rien de l'homme commun. Il était peu probable qu'il ait eu de vraies amours, dur comme il était. Mais son amitié, à l'instar de ses rancœurs et ses obsessions, était éternelle.

Au fond d'elle-même, Jeanne redoutait plus que tout d'apprendre qui était sa rivale. Son cœur saignait en pensant à elle, à sa fière beauté digne d'une déesse des sagas nordiques : Mahaut, comtesse d'Artois, surnommée la Panthère d'Artois à cause du pouvoir d'envoûtement de ses yeux et de la fierté de son caractère. Cousine du roi, elle lui était entièrement dévouée, corps et âme. Mahaut était française, comme lui. Elle pouvait le seconder en tout et pour tout, être toujours de son côté, tandis que Jeanne avait la responsabilité de gouverner son propre royaume. Dieu en personne lui avait donné ce fardeau en décidant qu'elle serait reine de Navarre. En épousant Philippe, elle était devenue également souveraine consort de France, mais ce nouveau rôle de compagne du monarque le plus craint du monde chrétien ne lui avait pas fait oublier ses devoirs sacrés. Sa vie conjugale s'était ainsi transformée en une longue bataille dans laquelle les sentiments et les passions se heurtaient continuellement aux logiques cyniques qui faisaient tourner le monde. Ce n'était pas un mariage que le leur, mais une interminable partie d'échecs dans laquelle ils s'affrontaient régulièrement.

En tant qu'épouse elle lui était soumise, mais cela ne concernait que la sphère privée ; au lit, c'était lui qui commandait, et Jeanne brûlait d'envie d'obéir à ses volontés quand elle avait le privilège de se trouver à sa merci. En dehors de leur intimité, elle était et serait toujours un monarque, une femme dont l'obligation était d'agir dans l'intérêt du peuple qui lui avait été confié par la volonté divine. Chaque fois que Philippe tentait de la pousser à trahir ce mandat sacré, la guerre éclatait entre eux. Jeanne ne pouvait pas, ne devait pas, ne voulait pas le faire. Pendant des années, elle avait supporté héroïquement les peines de cette double charge : être sa fidèle compagne, mais aussi, s'il le fallait, son ennemie. Désormais, l'attachement que le roi démontrait envers sa cousine risquait de tout changer entre eux.

La reine Jeanne soupira lorsque les servantes frappèrent à la porte avec insistance. Elles la trouvèrent déjà habillée, à genoux, les yeux mi-clos, comme si elle avait veillé en prière toute la nuit. Telle devait être l'épouse du héraut du Christ. C'était ce que le monde attendait d'elle. Et elle ne manquerait pas à son devoir.

L'aube se levait. Furtif comme un voleur, Philippe de Fontainebleau longeait les murs le long du passage creusé dans le donjon du Louvre. Il devait se hâter avant que la lumière du jour naissant le trahisse. Arrivé au bout, il ouvrit le cadenas d'une porte si basse que seul un enfant pouvait s'y tenir. Il se courba et franchit le seuil. Un agréable parfum d'essences balsamiques qui flottait toujours dans la pièce l'accueillit. La salle de bains de Sa Majesté sérénissime, entièrement carrelée de majoliques andalouses couleur lapis-lazuli. Il se retourna et ferma soigneusement la porte en faisant tourner sur ses pivots l'énorme et somptueuse chaise d'aisances en bois qui y était fixée. L'imposant dossier sculpté en relief et décoré comme les flèches de cathédrale donnait au meuble sanitaire l'aspect majestueux d'un siège pontifical. Ça, c'était un trône, grands dieux !

Silence. Le roi n'était pas au Louvre. Le roi était à Maubuisson, avait dit le chambellan, avec les cinq cents hommes de cour qu'il était obligé de traîner derrière lui en toutes circonstances, parce que cela faisait partie de sa très spéciale dignité. La plupart du temps, même sa salle de bains était surpeuplée. Derrière le paravent se tenaient dix dignitaires qui avaient comploté, trahi et coupé des gorges pour avoir le privilège de monter la garde près du souverain pendant qu'il vidait ses intestins. Ils attendaient là, très fiers, en lui parlant de politique et de finances, heureux de pouvoir partager avec Sa Majesté des moments aussi intimes.

« Philippe IV est le maître du monde, se dit le chevalier de Fontainebleau, mais il n'est pas maître d'aller chier sans que ses dévoués courtisans se lancent dans des commentaires élogieux sur la musicalité des sons ou le bon arôme diffusé. Fils de putain ! » Il marcha avec précaution pour ne pas faire de bruit. Il ouvrit la porte qui donnait sur la pièce contiguë, l'immense chambre à coucher du souverain, magnifique dans l'harmonie du clair-obscur matinal. La lumière encore froide lui donnait une aura de pureté, lui donnant un air de sanctuaire.

Sereine, silencieuse, vide. Impossible d'imaginer combien de machinations, d'injures et de délits elle avait pu abriter. Il vit le lit royal avec ses rideaux de soie azur cousus d'or, assez grand pour y faire une orgie avec sept concubines en même temps. Et dire que le roi y dormait seul… À côté du lit, il y avait le précieux habit d'apparat que Sa Majesté portait dans les grandes cérémonies lorsqu'elle devait briller de toute sa gloire. La tunique en pourpre de Tyr. Le manteau entièrement doublé d'hermine, bleu comme la voûte du ciel à midi, et ponctué par les éclairs des lys dorés du roi Clovis, le fondateur de la dynastie. Il était posé sur un grand mannequin en bois qui, dans la lueur aurorale, semblait vivant.

Philippe de Fontainebleau serra les lèvres. Il sentit d'un coup monter toute la rancœur, la révolte, la lassitude qui couvaient depuis toute une vie. De quoi saisir son poignard et le plonger dans ce dos de toutes ses forces, si seulement ce mannequin était un être de chair et de sang. Le roi de France était son pire ennemi, et, malheureusement, il ne pouvait s'en séparer. C'était dur de l'admettre, mais le roi était utile. Il fallait une hyène telle que Philippe le Bel pour le bien de la France et du monde entier. Pour protéger le peuple qui travaillait en rabattant la superbe des nobles, ces lâches parasites qui n'avaient rien à faire si ce n'était imaginer des complots et s'égorger mutuellement. Modérer les mœurs du clergé qui pensait à tout sauf à servir Dieu. Ce clergé enclin au vice, corrompu et avide de pouvoir. Y compris le souverain pontife romain, ce Boniface VIII qui, depuis quelque temps, prouvait qu'il n'était pas fait de l'étoffe des saints.

Le métier de roi n'était pas facile. Il n'était pas fait pour tout le monde, car il fallait être capable de choses que les gens bien n'auraient jamais faites, et après ça avoir le courage d'emporter dans la tombe des secrets qui auraient pu détruire les peuples et les États. On ne gouvernait pas impunément : il le savait, et il était plutôt satisfait de son existence. Mais parfois, certains soirs, la mélancolie l'assaillait. Et alors, il appliquait l'enseignement de son précepteur et se perdait dans la nuit en prétendant avoir une autre vie, fuyant pour se fondre dans la plèbe sans nom, sans identité.

Un bruit léger. Il s'aperçut que la pièce n'était pas vraiment déserte. Assis devant la cheminée, le dos courbé, un homme de haute taille tendait les mains vers les flammes. Il était fatigué, et cela se voyait. Alphonse de la Cerda, héritier légitime du trône de Castille, chassé du pouvoir par une révolte dans sa tendre enfance, avait grandi comme un otage au château de Jativa, près de Valence, jusqu'à ce que son cousin, Philippe, le rappelât à la cour où il s'était forgé une réputation d'absolue loyauté. Il y avait une part de calcul et de la passion dans ce choix : Alphonse était vaillant, astucieux et rusé, avec un caractère joyeusement canaille qui le faisait ressembler à certains malfrats chefs de bande, ceux que les corporations engageaient pour animer le carnaval ou les charivaris, tourmentant par leur vacarme les jeunes époux pendant leur nuit de noces.

Un homme comme Philippe le Bel, sévère de nature et entièrement voué à la mission sacrée que Dieu lui avait confiée, ne pouvait certes pas approuver certains excès. En revanche, le chevalier de Fontainebleau, qui en tant que sujet privé n'avait que peu ou pas de devoirs, le pouvait. Il jouissait ainsi de l'amitié du Castillan, participant de temps en temps à ses plaisanteries brutales qui terrorisaient la ville.

« Dieu vous garde. La chasse a-t-elle été bonne,

cette nuit ? » demanda Alphonse. Philippe de Fontainebleau n'avait pas l'air d'humeur à badiner. « Pas encore. Mais ma proie devrait bientôt me tomber dans les bras. » Le Castillan cligna de l'œil malicieusement, convaincu qu'il s'agissait d'une splendide maîtresse. Il déchanta rapidement. Le visage sinistre de Fontainebleau n'évoquait en rien les plaisirs amoureux.

« Je dois ramener Arnaud de Villanova à Paris. D'une façon ou d'une autre, ajouta-t-il, la voix sourde de menace.

— Arnaud le Catalan ? Encore lui ?

— Oui, maudit soit-il ! maugréa-t-il entre ses dents. Je n'ai eu de paix depuis qu'il est parti. Maintenant je dois résoudre le problème.

— J'imagine que cela concerne les recherches qu'il menait pour vous. De quoi s'agissait-il, exactement ? »

Philippe de Fontainebleau plongea en lui son regard bleu abyssal. « Un antidote infaillible », murmura-t-il, l'air concentré. Le ton apocalyptique impressionna le Castillan. « Un antidote ? Il y a un risque d'épidémie, peut-être ? » Alphonse pensa immédiatement aux rumeurs qui couraient parmi la population du sud de la France au sujet de propagateurs d'infections, d'infâmes hérétiques qui se cachaient dans les bois et profitaient de l'obscurité pour envahir les villes et asperger les murs des maisons d'onguents assez toxiques pour contaminer hommes et bêtes. D'autres empoisonnaient l'eau des puits. Dans la ville de Metz, les forces de police avaient ordre d'infliger une amende à quiconque donnait l'aumône aux lépreux, car cela les encourageait à quitter leurs enclos et à vagabonder dans les zones habitées. Les fonctionnaires défaillants étaient pendus la tête en bas au-dessus d'un cloaque et immergés dans cet immonde lisier jusqu'à ce qu'ils jurent de respecter la loi. On racontait qu'Édouard Ier, le roi d'Angleterre, avait trouvé une méthode infaillible pour bloquer la contagion : dans son royaume, celui qui attrapait la lèpre était enterré vivant aussitôt.

Alphonse de la Cerda se signa en frissonnant. « Je comprends qu'il soit important de retrouver le vieux, mais comment pensez-vous faire ? Je ne crois pas qu'Arnaud acceptera de revenir en France. Pas après ce qui est arrivé. Il déteste le roi, vous le savez bien. » Fontainebleau secoua la tête. Il dispersa la poudre séchante, fit chauffer la cire dans ses mains et apposa la marque du *signet*, le minuscule sceau secret dont le roi se servait à titre exclusivement privé. « Le Catalan déteste le roi de France, c'est vrai, dit-il, mais il se trouve qu'il est très attaché à son apprenti. Il lui a donné une partie de son âme, sans achever sa formation. Il doit sans doute en éprouver rage et frustration. Une sensation d'inachevé à laquelle il voudra réagir. »

En prononçant ces mots qui avaient une tonalité de décret, le chevalier de Fontainebleau remit lentement sa bague à l'annulaire droit. Elle était sertie d'un très rare diamant bicolore d'une valeur inestimable, unique sur terre même si certains disaient que cette pierre ésotérique venait en réalité du ciel. Alphonse de la Cerda suivit des yeux en silence ce geste qu'il connaissait bien. Combien de fois le lui avait-il vu faire ! Il y avait de quoi rester bouche bée, comme toujours. Il changea aussitôt d'expression, qui, d'amicale et un peu canaille, devint soudainement sérieuse et emplie de vénération. Le temps de l'intimité et des plaisanteries était fini. Il avait désormais devant lui un être sacré. Lentement, le Castillan s'inclina.

3

La neige semblait imminente. Le ciel, dans ce matin froid de novembre, avait une couleur laiteuse, diffuse et opaque. Il rappelait l'horizon du Grand Nord, où l'on disait que les loups devenaient aveugles à cause de la lumière intense qui se réverbérait sur la glace. L'air paraissait immobile, figé, malgré le déferlement sonore des cloches de Notre-Dame déchaînées dans l'annonce de la liturgie du dimanche.

Il y avait trois cents personnes dans la grande salle du Louvre, nobles et notables parisiens, chefs des corporations, membres du haut clergé. Pourtant, dans cette foule entassée au point qu'il était difficile de respirer, on aurait pu entendre voler une mouche. Même les domestiques entraient et sortaient en silence, cauteleux comme des spectres au lever du jour. Le long des escaliers courait un murmure d'ombres, le frémissement des dignitaires en attente. À côté du trône du roi de France, posé sur une haute estrade entièrement couverte de draperies bleues aux lys dorés, celui de Jeanne, reine de Navarre, était comparable en hauteur et en splendeur, mais contrastait violemment par la couleur rouge vif de son emblème. Rouge, couleur du sang, de la foi ardente, des batailles âprement menées.

Les deux monarques étaient assis, l'un à côté de l'autre, tous deux rigides et immobiles comme des statues au portail d'une église ; la couronne sur la tête et le sceptre dans la main droite. La vie les avait réunis, le sacrement du mariage avait fait d'eux un seul corps, une seule chair ; pourtant, dans les yeux de ceux qui les regardaient en ce moment, ils évoquaient deux astres lancés sur leur orbite céleste, proches mais éternellement séparés.

À la droite du trône royal se tenaient debout Pierre Flotte, chancelier du royaume, et à gauche de la reine, Simon Matifort, évêque de Paris. Ils ressemblaient à des fous costumés posés sur un échiquier.

Le chevalier Jean de Picquigny s'inclina devant le trône du roi et prit la parole. Il avait choisi, ce jour-là, une couleur funèbre pour ses habits : un violet foncé et macabre, presque un souvenir de sang séché. Autour de lui, un silence glacé et solennel digne des catacombes. « Majesté, j'ai juré fidélité à votre personne et à la France jusqu'à la mort, dit Picquigny, et je ne serais pas un bon serviteur de mon pays si je vous cachais la vérité sur ce qui se passe dans le Sud. La situation est telle que le chancelier le craignait, sire, ou pire. Bernard Saisset, l'évêque de Pamiers, rassemble les seigneurs féodaux du Sud lors de réunions secrètes, les exhorte à organiser une révolte. L'évêque en appelle au droit féodal, Majesté, il invoque les massacres perpétrés par les soldats du roi Philippe Auguste, il y a cent ans, lorsqu'on s'en est allés combattre les hérétiques d'Albi. Il prétend que cette guerre fut un acte d'usurpation, que la sainte couronne de France utilisa le prétexte de la croisade pour détruire et mettre à sac, pour déposséder la noblesse du Midi à laquelle on enleva tous les fiefs pour les placer entre les mains d'hommes fidèles au roi. Beaucoup de seigneurs sont avec lui, sire. Les barons du Languedoc réclament leur indépendance. Ils sont prêts à livrer bataille. » Sur un signe du chancelier, Picquigny exposa les vingt-trois chefs d'accusation qu'il avait compilés pendant l'enquête qu'il avait menée par ordre du roi.

L'évêque de Pamiers ne cessait de proclamer que le souverain, en contestant l'autorité sacrée du pape, l'autorité sacrée de saint Pierre, attirait dangereusement sur le royaume de France le fléau de la colère divine. Dieu le punirait de manière mémorable, et, avec lui, tous les Français, ses sujets. Dans ses diatribes véhémentes faites au peuple, il utilisait un ton apocalyptique, il parlait du feu et du soufre que le Seigneur ferait tomber sur la France comme il l'avait fait pour Sodome et Gomorrhe. Il évoquait les dix plaies d'Égypte et l'épouvantable mortalité qui avait décimé le peuple égyptien à cause d'un pharaon au cœur dur ; personnage derrière lequel, tout le monde le comprenait, il fallait voir Philippe le Bel. Par la diffamation, Saisset répandait un sourd ressentiment dans le cœur des gens, exacerbait les traits de caractère du souverain que le peuple aimait le moins. Il catalysait les peurs collectives en commençant par la plus grave : la peste. Il avait inventé des phrases tout en finesse et malignité qui faisaient mouche sur le petit peuple ignorant et curieux, tellement facile à manipuler. Elles couraient de bouche à oreille à travers tout le royaume : on les connaissait comme des comptines, et, pire encore, on les croyait fiables comme des proverbes.

« Ce roi n'est ni un homme ni une bête : c'est une statue. » « Notre souverain ressemble au hibou grand duc, le plus majestueux et le plus inutile des oiseaux : il n'est capable que de fixer les gens, sans dire un mot. »

À le voir à ce moment, immobile sur le trône tel un être inanimé, magnifique avec ce regard de glace fixé sur la foule et pourtant absent comme si rien de tout cela ne le concernait, Philippe le Bel semblait confirmer à la lettre les impertinences de son ennemi. C'était un homme qui se taisait et laissait agir ses fondés de pouvoir, éternellement retranché derrière les pensées et les mots d'autrui ; totalement enfermé dans son mystère, impénétrable même pour ceux qui le côtoyaient.

Le regard de la reine Jeanne était bien différent. Elle aussi se tenait droite et magnifique, mais elle trahissait par la mobilité de ses paupières un intense émoi intérieur. Son regard perdait parfois cette fixité majestueuse qu'on lui avait apprise dès le berceau et devenait fugitivement triste ; elle semblait rejoindre un temps et un espace irréels dans lesquels elle lisait des dangers qu'elle seule présageait.

« Sire, dit Picquigny, vous savez que tout le Midi est agité par des ferments de révolte. Les gens sont épuisés par la grande mortalité qui s'est abattue sur la région pendant l'été. Le peuple est en proie à l'exaspération, et dans cette situation même un vulgaire bonimenteur peut déclencher une émeute. Monseigneur Saisset prétend que vous êtes responsable de la pestilence parce que votre superbe envers le pape offense Dieu. Il renchérit en disant qu'un mal plus grand est encore à venir. Un mal terrible qui restera inscrit dans les annales du royaume de France. Je n'ai pas réussi à le convaincre d'en dire plus, mais il semble sûr de lui. Les gens sont impressionnés par ses paroles. » Picquigny s'inclina profondément puis recula pour se fondre dans la foule des dignitaires.

Monseigneur Matifort, l'évêque de Paris, était un homme athlétique avec un visage volontaire et un physique de lutteur que ses habits religieux ne parvenaient pas à dissimuler totalement. Il avait un caractère fier parfaitement en accord avec sa constitution. Lorsqu'il comprit que le roi n'allait pas ordonner la relaxe de monseigneur Saisset, l'indignation l'enflamma. Il ne pouvait pas modérer ses propos en de telles circonstances. L'arrogance de Philippe IV avait dépassé toute limite, ce jour-là. Si Dieu pouvait tout pardonner, et s'il pardonnait, quoi qu'il en fût, il fallait bien que quelqu'un sur terre se chargeât de lui donner une leçon. « Majesté, l'arrestation d'un prélat est un sacrilège, dit-il sur un ton de manifeste condamnation. L'évêque de Pamiers est un homme d'Église ; il n'est pas soumis au pouvoir laïc. Vous devez le relâcher immédiatement. Il y va de l'intérêt de votre royaume. »

La reine lui décerna un regard d'approbation, alors que Philippe durcit ses traits en une expression qui était une promesse de guerre. Il n'y avait jamais eu d'entente entre le roi et Simon Matifort. En réalité, personne à la cour n'appréciait cette espèce de gladiateur avec une soutane sur la cuirasse ; c'était un prêtre qui n'aimait pas les détours de langage et avait des manières parfois trop directes. Il était français, certes, mais il n'aimait pas suffisamment sa patrie. Il se disait que son existence comportait des zones d'ombre et des secrets incompatibles avec la sainte dignité d'un homme de religion.

Le chancelier Pierre Flotte n'osait pas l'avouer, mais il le soupçonnait d'être justement le malfaiteur tapi comme un serpent dans les tunnels sous Notre-Dame. Il en sortait pour infester Paris sous le nom infâme de Lanius. En tant qu'évêque, Matifort avait sous sa juridiction exclusive le quartier épiscopal, il connaissait la grande cathédrale comme sa poche, jusqu'au dernier recoin. Alors qui d'autre que lui ? Le chancelier aurait vraiment aimé que le roi lui dise ses quatre vérités, mais la prudence le poussa à intervenir pour calmer la situation avant que le roi ne prît la parole et que la France ne se retrouvât avec deux membres du haut clergé emprisonnés au lieu d'un seul.

« Monseigneur Matifort, dit Pierre Flotte sur un ton calme, nous respectons votre autorité spirituelle, mais, je vous en prie, ne vous mêlez pas de politique. Si nous laissons impuni un homme qui essaye de soulever une province entière contre son roi, la France ira tout droit à la ruine. D'autres vassaux embrasseront une cause similaire, ils profiteront de la révolte pour prendre les armes. Nous en arriverons à la guerre civile.

— Vous ne pensez qu'à la politique, répondit Matifort. Ne vous rendez-vous pas compte des dommages que cette situation inflige aux gens ? Le pape sera obligé de réagir parce qu'il ne peut pas tolérer un abus aussi grave contre l'immunité de l'Église. L'archevêque de Reims a déjà jeté l'interdit sur la France. Si par malheur Boniface le confirme, alors il n'y aura plus de mariages ni de baptêmes dans ce royaume. Les gens mourront sans recevoir l'extrême-onction et les dépouilles des morts ne seront plus ensevelies dans une terre consacrée. »

Un bruissement nerveux et sinistre traversa la salle. Personne ne voulait renoncer au confort des sacrements ; cela voulait dire se retrouver nu et sans défense face aux griffes du démon. Philippe ébaucha un geste de la main qui tenait le sceptre, un geste discret, presque imperceptible, par lequel il signifiait qu'il allait parler. « Bernard Saisset est un ennemi de notre royaume, dit-il sur un ton de sentence, il restera donc en prison. Si Boniface veut s'opposer à notre autorité sacrée, alors il trouvera la France et la Navarre prêtes à lui faire face. »

Un murmure agité serpenta dans la salle, mais il s'arrêta presque aussitôt : la reine avait levé bien haut la main qui tenait le sceptre. Ce n'était pas un geste à peine esquissé comme celui de son mari : il était emphatique, éclatant. « La Navarre est un royaume catholique dévoué à la sainte Église romaine, dit-elle lentement et à haute voix. Nous désapprouvons donc l'action commise sur la personne de monseigneur Bernard Saisset. Nous refuserons de souscrire un quelconque acte qui lèse la sainte autorité du souverain pontife. »

Le murmure reprit, désordonné et incontrôlable. Philippe se tourna vers la reine et la fixa de son regard glacial. « Comment osez-vous dire cela ? demanda-t-il, amer, à mi-voix. Vous êtes ma femme, vous devez m'obéir. » Jeanne de Navarre le dévisagea à son tour ; son regard noir et brillant comme l'obsidienne se heurta à celui, couleur saphir, du roi. « Ne vous hasardez plus à parler en mon nom, dit-elle fermement. Je suis le chef d'un État souverain, reine par la grâce de Dieu. Et je n'ai pas peur de vous. »

Le ciel au-dessus de Paris avait pris des nuances encore plus sombres, comme dans les terres du Grand Nord où l'hiver ne finissait jamais. Dans la clarté qui colorait de rose les rues encore désertes au lever du jour, deux silhouettes furtives enveloppées dans des capes en luxueux velours entrèrent dans Notre-Dame par une porte latérale, grâce à la connivence de quelques chanoines dûment rémunérés. Le dialogue, qui allait se dérouler dans un lieu préétabli, demandait la plus grande discrétion.

« La réponse à mon dilemme se trouve ici, madame, dans les souterrains de Notre-Dame. » L'homme qui s'exprimait ainsi était petit, décharné et malingre. C'était un juriste au talent affirmé : il s'appelait Guillaume de Nogaret et, depuis quelque temps, il travaillait occasionnellement au service de la chancellerie. Professionnel indéfectible, il avait les grâces du chancelier Pierre Flotte qui le considérait comme l'un des plus grands experts en droit romain du royaume. C'était uniquement pour cette raison que la reine Jeanne s'était laissé convaincre de le suivre jusqu'à la cathédrale. Nogaret avait juré qu'il devait lui montrer quelque chose de la plus extrême importance. Il était subjugué par Jeanne, et pas seulement parce qu'elle était l'épouse du monarque. La Rose des Pyrénées, c'était ainsi qu'on la surnommait pour son élégance innée. Grande, élancée, Jeanne portait sur la flamme de ses cheveux de cuivre des voiles transparents qui flottaient au gré du moindre filet d'air : elle avait la grâce d'un papillon exotique aux couleurs éclatantes, et comme un papillon, elle semblait éphémère et délicate.

« Il n'a pas été facile de vous rejoindre en ce lieu sans éveiller de soupçon, Nogaret. J'espère que vous allez m'expliquer les raisons de votre insistance. » Elle avait dû échafauder mille excuses pour quitter le Louvre discrètement, avec sa seule première dame de compagnie. L'avocat respira profondément comme lorsqu'on entamait un long récit.

« Votre mari le roi m'a confié une mission secrète, madame. Une affaire extrêmement délicate. Vous souvenez-vous d'Arnaud de Villanova ? Le célèbre savant qu'on appelle le Catalan ?

— Certainement, dit-elle d'un ton assuré. Il y a trois ans, il est venu ici à Paris. Il a enseigné à l'université. Il a effectué des recherches confidentielles pour la Couronne. Mais il a été dénoncé pour sacrilège puis emprisonné. Plus tard, il a été gracié. Il a quitté la France et l'on n'a plus eu de ses nouvelles.

— Ce n'est pas exact, madame. Arnaud de Villanova m'a fait appeler lorsqu'il était prisonnier. Je le connaissais très bien puisque nous étions collègues à l'université de Montpellier. J'y enseignais le droit et lui la médecine. Il m'expliqua la situation et je compris à l'instant que le vieil homme était victime d'une machination ourdie pour lui nuire. Il ne me sembla pas opportun de m'engager dans une dispute doctrinale et je lui conseillai d'en appeler au pape. Qui peut décider en matière de foi, si ce n'est le souverain pontife ? Boniface demanda les preuves à charge contre Arnaud, puis il le déclara innocent et l'appela au Vatican où il est actuellement médecin personnel du pape.

— Je comprends le sens de votre travail, Nogaret. Vous devez clore une affaire judiciaire qui n'est pas encore résolue, du moins ici, en France. Mais pourquoi me parlez-vous du Catalan ?

— Le roi désire qu'Arnaud soit absous, madame. Votre mari veut qu'il revienne à Paris pour qu'il puisse reprendre les expériences qu'il menait avant son arrestation ; il semble qu'elles soient d'une importance vitale, même si le roi ne m'a pas donné de détails. J'ai passé des semaines à examiner les papiers qui le concernent. Il y a quelque chose de très étrange dans ces pages.

— Qu'avez-vous trouvé, Nogaret ?

— L'accusation est truffée d'incohérences et de vices de forme, mais un fait m'a frappé, plus que toute chose. Pendant l'interrogatoire, Arnaud a prononcé une phrase. Une menace, peut-être une prophétie.

— Qu'a-t-il dit ?

— Des mots qui glacent le sang, madame. "Des souterrains de Notre-Dame, l'Antéchrist envahira la terre."

— Mon Dieu ! Qu'a-t-il voulu dire ?

— Je me le suis également demandé. Arnaud s'exprimait par des symboles, évidemment. Il parlait d'un danger terrifiant dont il ne voulait pas prononcer le nom.

— Pour quelle raison ?

— La plus banale, madame : la peur. Je suis convaincu que le vieil homme avait découvert quelque chose d'une extrême gravité. »

La reine fut soudain happée par un souvenir. Son regard flotta dans le vide.

« Nogaret, j'ai peut-être compris à quoi pensait le Catalan.

— De quoi parlait-il, madame ?

— Je ne sais pas grand-chose du Catalan, mais je me souviens d'un évènement fâcheux. Peu de temps avant son arrestation, le vieil homme avait eu une violente discussion avec maître Henri de Mondeville.

— Le chirurgien royal ?

— Oui, Nogaret. Lui-même.

— C'est pourtant un médecin de valeur. Pourquoi s'est-il disputé avec le Catalan ?

— C'est arrivé le jour où Arnaud a examiné tous les membres de la famille royale. Il les trouva tous en bonne santé, sauf le jeune Robert.

— Qu'avait le prince ?

— Rien, selon Mondeville. Arnaud de Villanova, au contraire, pensait que le cœur de l'enfant ne fonctionnait pas bien, qu'il souffrait d'insuffisance cardiaque. Il proposa une cure.

— De Mondeville n'était pas d'accord ?

— Absolument pas. D'après lui, la cure comportait trop de risques, elle aurait pu même tuer l'enfant. Arnaud accusa Mondeville de légèreté, il lui dit qu'il n'était que chirurgien et non physiologiste. Qu'il ignorait totalement les réactions du corps lorsqu'il est stimulé avec les substances médicamenteuses que Dieu a répandues dans la nature, dans le monde végétal et dans le monde minéral. Mondeville fut pris d'une colère noire, il accusa le vieil homme d'être un charlatan, quelqu'un qui concocte des philtres magiques et des amulettes. Pour donner plus de poids à ses accusations, il évoqua une leçon que le Catalan avait donnée à Paris. Arnaud avait provoqué l'émoi avec ses théories.

— Quelles théories ? »

Jeanne de Navarre hocha légèrement la tête. « Cela concernait une prévision. En étudiant le cours des étoiles, Arnaud prédisait qu'une horrible calamité allait s'abattre sur la France. Il parlait de villes désertes habitées seulement par des chiens et des bêtes sauvages en quête de charognes à dévorer. Il décrivait des corps entassés dans les églises, des tas qui arrivaient au plafond. Des morts qui gisaient partout, sans sépulture, parce qu'il n'y avait plus âme qui vive pour s'occuper d'eux. »

Guillaume de Nogaret la fixait, effaré. « Madame, vous décrivez une affreuse épidémie, le livre de l'*Apocalypse*… "Lorsqu'il ouvrit le quatrième sceau, j'entendis le cri du quatrième Vivant : 'Viens !' Et voici qu'apparut à mes yeux un cheval verdâtre ; celui qui le montait, on le nomme : la Peste ; et l'Hadès le suivait. Alors, on leur donna pouvoir sur le quart de la terre, *pour exterminer par l'épée, par la faim, par la peste, et par les fauves de la terre.*"» La reine lui prit les mains. « Nogaret, vous allez bien ? » Il était devenu mortellement pâle, elle craignait de le voir tomber à terre d'un moment à l'autre.

« Je vais bien, madame. Mais je ne vous cache pas que les faits sont alarmants.

— Puis-je vous aider d'une quelconque manière ? Je ferai tout ce qui est en mon pouvoir.

— J'ai toutes les raisons de croire qu'Arnaud a caché ici les preuves de ce qu'il avait découvert. Il n'y a pas de cachette plus sûre. Il existe un labyrinthe de galeries qui serpente sous la cathédrale de Paris. Je dois découvrir comment on y entre, madame. Si je réussis à y descendre, je pourrai comprendre à quoi travaillait précisément le Catalan. Je vous assure qu'Arnaud n'est pas un hérétique, et je ne crois vraiment pas qu'il ait commis un acte impie ou un sacrilège. Je veux qu'il soit pleinement réhabilité et même dédommagé pour le déshonneur qu'il a subi. Le recteur de la Sorbonne devra l'inviter personnellement. C'est ce qui le fera venir en France comme le veut Sa Majesté. Il est le seul qui puisse sauver notre pays.

— Certainement, Nogaret. C'est une excellente

stratégie. Il faudrait même lui offrir une chaire dans notre prestigieuse université. Peut-être accepterait-il de revenir à Paris.

— Mais je suis dans une impasse, madame. Je dois absolument descendre là-bas. Si je ne trouve pas ce que le Catalan a caché, je ne pourrai pas prouver son innocence, ni arrêter ceux qui veulent la perte de la France. »

La reine se toucha d'instinct la joue. Elle était brûlante comme si elle avait la fièvre. L'avocat, entre-temps, indiqua un point sur la paroi de pierre.

« Vous voyez ces deux lettres majuscules, madame ? A et N. Je crois que c'est un signe. C'est pour cela que j'ai eu l'effronterie d'insister pour vous conduire ici. Quelque part, dans les recoins de cette tour, doit se cacher l'accès aux cryptes. Je ne parle pas de celles que nous connaissons, évidemment. Il existe des souterrains dont même les chanoines de la cathédrale ignorent l'existence. Des lieux occultes qui ont servi à Dieu sait quoi. Si vous pouvez me procurer les plans d'édification de ce sanctuaire, je pourrai certainement les trouver. Lorsque je serai descendu là-bas, je saurai quel danger menace ma patrie et mon roi.

— Je suis désolée, Nogaret. Je n'ai jamais entendu parler de plans des souterrains de Notre-Dame. Pourquoi ne pas vous adresser à l'évêque de Paris ? La cathédrale est placée sous sa juridiction.

— Hélas, madame ! Lui non plus ne sait rien.

— Il faudrait alors demander à mon mari, Nogaret.

— J'ai essayé, madame. Sa Majesté m'a dit qu'il n'existe pas de plans, et elle a semblé tellement agacée par ma demande que je n'ai pas osé insister. Vous comprendrez pourtant que ces plans doivent bien se trouver quelque part. Les documents concernant la construction d'une église sont toujours soigneusement conservés. Ils sont essentiels s'il faut opérer une restauration.

— Vos remarques sont marquées au coin du bon sens, Nogaret. Mais si le roi dit qu'ils n'existent pas… »

L'avocat prit un air décidé. « J'en ignore la raison, peut-être que Sa Majesté ne veut pas que l'on connaisse leur existence. J'ai fouillé les archives de la chancellerie de fond en comble, je n'ai rien trouvé. Je pense que les plans se trouvent au Louvre avec les documents les plus sensibles du royaume. Votre mari les garde dans un meuble secret dissimulé dans les boiseries de son lit. Vous pourriez le vérifier pour moi, madame. Vous avez le libre accès à sa chambre. »

Il croyait évidemment que la reine avait l'habitude de partager souvent, si ce n'était chaque nuit, le lit de son mari ; il s'aperçut toutefois avoir touché un point délicat et douloureux. Jeanne leva nerveusement les yeux vers le ciel. Un signe de malaise qu'elle essaya aussitôt de cacher. Pour un homme à l'instinct affûté comme Nogaret, son léger sourire ironique ressemblait à une grimace de douleur. « J'aimerais pouvoir vous aider, Nogaret, mais mes rapports avec le roi ne sont pas des meilleurs ces derniers temps. » L'avocat fut touché par le chagrin de la reine qui, tout en étant une épouse fidèle et dévouée à son époux, était, de notoriété publique, une femme malheureuse.

Philippe n'aimait personne, disait-on, pas même ses propres enfants. Il n'avait ni cœur ni passions ; chacun de ses sentiments était réservé au gouvernement de la France, un devoir qu'il interprétait, la plupart du temps, dans le domaine militaire. C'était pour cela qu'on le surnommait « le Roi de marbre et de fer ».

Le fer, il le portait toujours sur lui au sens figuré. C'était comme si, chaque matin, il revêtait sa lourde cuirasse pour partir à la guerre. Le marbre, il l'avait dans la poitrine, parce que son cœur était de pierre.

Les dignitaires du Louvre parlaient de violentes disputes conjugales dont la malheureuse reine sortait la tête haute, mais dévastée. C'était une femme généreuse et attentive aux besoins de son peuple, pensait Nogaret, elle devait souvent régler les problèmes des gens qui s'étaient auparavant adressés à son mari, sans succès. C'était son cas. « Madame, je sais que je vous en demande beaucoup, mais, croyez-moi, c'est important. » Il avait parlé sur un ton malheureux, et la reine, selon ce que lui dictait sa conscience, se sentait obligée de remédier aux nombreuses erreurs et aux impolitesses dont son mari se rendait coupable. Avec un certain malaise, celle-ci caressa son front orné de perles. Elle murmura :

« Bien, Nogaret. Je regarderai pour vous dans ce meuble secret. Mais j'ai besoin de temps, car je devrai le faire en cachette.

— Je suis désolé, madame. Il est donc si grave, le différend avec votre époux ? »

Le visage de Jeanne laissa paraître une moue gênée, tandis que ses yeux se voilaient. À quoi bon mentir, les courtisans ne cessaient de parler d'elle et de médire sur cette affaire. À quoi bon nier ce qui était sur la place publique ?

« Je vous remercie, madame. Au revoir… » Nogaret s'était profondément incliné devant sa reine, qui lui avait tourné le dos brusquement pour quitter la cathédrale. Un geste spontané, plus vif qu'elle ne l'aurait voulu. Elle fuyait par pudeur. Pour cacher les larmes qu'elle ne pouvait plus retenir.

4

« Jésus parcourait toutes les villes et les bourgades, enseignant dans leurs synagogues, proclamant la Bonne Nouvelle du Royaume et guérissant toute maladie et toute langueur. À la vue des foules il en eut pitié, car ces gens étaient las et prostrés comme des brebis qui n'ont pas de berger. »

La voix monotone et psalmodiante de l'archevêque de Notre-Dame lisait ce passage des Évangiles qui semblait avoir été écrit pour célébrer le pouvoir charismatique de guérison concédé par Dieu aux monarques de France. La cour écoutait en silence, les yeux fixés sur la silhouette majestueuse de Philippe IV, debout au milieu de la cohue des malades agenouillés, prêts à recevoir le salut du corps et de l'esprit par l'apposition de ses mains.

Le roi thaumaturge accomplissait son devoir, et son image avait réellement quelque chose de messianique. Peut-être à cause de sa beauté physique, peu commune, qu'il cultivait tel un trésor en prenant soin du moindre détail de son corps. Peut-être à cause de la majestueuse élégance de ses gestes compassés, sans mouvements brusques, façonnés à la cadence lente des cérémonies liturgiques. Le mystère était même accentué par la froide distance qu'il mettait entre lui et la foule, dont il s'isolait comme un personnage surhumain.

Ou bien, plus probablement, la farouche dévotion à cette fonction sacrée était-elle due au fait que les malades guérissaient ! Trois notaires avaient la charge d'enregistrer systématiquement les noms de tous ceux qui, venant même de pays lointains, s'inclinaient devant le roi pour le supplier de les libérer du mal. Ils distribuaient ensuite des sommes en guise d'aumône pour qu'ils répandent, une fois revenus dans leur pays, la nouvelle de la guérison. Qui se produisait immanquablement.

À peu de distance du roi, bien en vue entre les dignitaires qui avaient le privilège d'assister au rite, maître Henri de Mondeville exhibait avec satisfaction son beau ventre saillant couvert de velours rouge, orgueil de sa condition de sommité en service à la cour. Il sentit qu'on lui touchait le bras. Un valet le fixait, l'air égaré.

« Je vous demande pardon, maître de Mondeville. Quelqu'un veut vous parler.

— Maintenant ? Au moment où le roi appose les mains ?

— Je comprends. Mais il s'agit de Guillaume de Nogaret, l'aide de monsieur le chancelier. Il dit avoir une mission pour le compte du roi. »

Le chirurgien royal connaissait la bonne réputation de l'avocat dans les milieux de la cour. Si Sa Majesté lui avait confié une mission, ce n'était pas le moment de tergiverser. Il s'inclina donc en direction du souverain et quitta le groupe des dignitaires pour se faufiler discrètement vers l'angle où l'attendait la personne venue le chercher.

Plus il réfléchissait, plus Nogaret était tenaillé par un atroce soupçon. Ce que la reine lui avait confié ne faisait que confirmer ses angoissantes conjectures. Il avait besoin d'entendre une autre voix faisant autorité. Une personne absolument compétente dans le domaine médical : le chirurgien personnel de Sa Majesté.

« Bonjour, maître de Mondeville. Pardonnez-moi de vous déranger, mais c'est important.

— Je vous en prie, Nogaret. Le valet m'a dit que vous êtiez en mission pour le compte de notre roi.

— Précisément, maître. Pour exécuter le bon vouloir du roi, je dois vous poser une question. J'ai su que vous aviez eu une violente dispute avec Arnaud de Villanova, il y a deux ans. C'est arrivé au Louvre, dans les appartements royaux. Il m'a été dit que cela a commencé comme une simple discussion entre deux médecins qui s'est ensuite transformée en véritable litige. Vous en souvenez-vous ? »

Mondeville s'en souvenait, et comment ! Son beau menton blanc, rasé de près, devint rouge à cause du dépit qu'il n'essaya pas de cacher. « Médecin, ce vieux fou ? Attention, Nogaret, cela pourrait être considéré comme un blasphème. » L'avocat enregistra la violente réaction de son interlocuteur et réagit en conséquence.

« Maître, je ne suis certainement pas capable d'évaluer sa compétence en matière médicale. Mais il se fait passer pour un médecin et Sa Majesté le considérait tel. On m'a même rapporté qu'Arnaud a examiné tous les membres de la famille royale.

— Bien sûr. Quelle ignominie ! Il a même soutenu que le petit prince Robert souffrait d'insuffisance cardiaque.

— Et ce n'était pas vrai ?

— Le petit prince est sain comme un gardon. Mais le pire, c'est que le vieux lunatique prétendait que la maladie pouvait se soigner avec de l'extrait de digitale.

— Pardon, je ne…

— C'est une plante hautement toxique, Nogaret. Il suffit de dépasser légèrement la juste dose et l'insuffisance cardiaque devient un arrêt cardiaque. Vous imaginez à quel point il peut être difficile de trouver la juste quantité pour un enfant de deux ans ? »

Nogaret comprenait bien l'appréhension du chirurgien. Mondeville avait déconseillé de la manière la plus absolue cette thérapie. Pouvait-on lui en vouloir ?

« Le roi m'a chargé de clore l'enquête qui est encore en cours sur le vieil homme, dit Nogaret. Je dois clarifier chaque point douteux. Je voulais vous soumettre quelque chose que j'ai découvert dans le procès-verbal de son interrogatoire. Une phrase très singulière, à la tonalité… prophétique. Je vous rappelle que le Catalan était mon collègue à l'université de Montpellier et que je le connais bien. Lorsque j'ai su qu'on l'avait arrêté pour sacrilège et soupçon d'hérésie, j'ai immédiatement pensé qu'il était victime de calomnie. La phrase qui m'a frappé dit ceci : "Des souterrains de Notre-Dame, l'Antéchrist envahira la terre." Je ne crois pas qu'il ait voulu parler des jours derniers, même si l'affaire a une dimension diabolique. Il se peut que le vieil homme ait découvert un plan pour déstabiliser la monarchie française, pour entraîner le pays à la révolte en propageant la peur. Vous avez sans doute entendu ce que l'on raconte dans le sud de la France, maître. »

Henri de Mondeville écoutait attentivement, et les mouvements de ses pupilles, de plus en plus rapides, montraient le désarroi qui l'envahissait. L'insinuation de Nogaret lui apparaissait clairement dans toute son épouvantable portée.

« Vous pensez à ceux qui répandent la peste ?

— Oui, maître. Les deux choses pourraient être liées. La dissidence politique et le spectre d'un fléau divin. En clair, les rebelles pourraient essayer de déclencher la guerre civile en répandant avec un soin diabolique une terrible épidémie.

— Mon Dieu, Nogaret ! En êtes-vous sûr ?

— Laissez-moi vous présenter un tableau des indices. Un médecin d'expérience comme vous sera pour moi un guide précieux. »

Les troubles qui avaient éclaté à Toulouse pendant l'été ne pouvaient pas être dus à une triste fatalité : il y avait eu des centaines de morts provoquées par un mal inconnu, le peuple s'était insurgé et avait accusé les hérétiques albigeois qui se cachaient encore dans les campagnes et, bien entendu, les Juifs : ces abominables ennemis du peuple chrétien disséminaient des germes mortels dans l'eau et dans les champs. C'était ce qui se disait ; il fallait donc les exterminer.

Mais Bernard Saisset, l'audacieux évêque de Pamiers, voyait les choses différemment : la mortalité qui avait frappé le Sud était due à la seule colère divine, c'était la juste vengeance contre Philippe IV et son épouvantable arrogance qui le poussait au sacrilège parce qu'il ne voulait pas se plier aux conseils paternels du pape.

« Désormais, beaucoup de vassaux du Languedoc chantent les louanges de Bernard Saisset et acclament ses discours, dit Nogaret. Ils sont mécontents des impôts trop lourds et espèrent que Dieu punisse Philippe d'un châtiment exemplaire. La fièvre de la révolte se répand partout au pied des Pyrénées ; pourquoi respecter un souverain cruel, rebelle à la sainte autorité du vicaire du Christ ? Pourquoi supporter la colère divine qu'il a provoquée ? » Dans un climat aussi délétère, l'évêque insinuait même que Philippe IV n'avait plus le droit de s'asseoir sur le trône de France. Consentir à ce qu'une telle usurpation continue était une offense à Dieu. « Vous me suivez, maître de Mondeville ? La terreur provoquée par la maladie agite les foules déjà épuisées par la récente mortalité. Elle fait le jeu de l'évêque. Est-ce un hasard, ou bien Saisset a-t-il signé un pacte avec ceux qui diffusent la maladie ? Le Catalan est un médecin, même si vous jugez trop osées certaines de ses thérapies ; on l'estime, il n'y a pas de doute. Le roi avait pour lui une grande considération, il lui avait même confié certaines expériences à mener pour le compte de la Couronne. C'est justement au moment où il fréquentait la cour et menait ces recherches pour le compte du souverain qu'Arnaud fut accusé d'impiété et arrêté. Il est impossible de ne pas penser qu'il ait, sans le vouloir, marché sur les plates-bandes de quelqu'un. Qu'avait-il découvert ? Et qui se sentait menacé ? »

Le chirurgien royal fixait le vide, et ses yeux, vides eux aussi, étaient la proie d'une peur sourde et irrationnelle.

« Si vous êtes dans le juste, Nogaret, il faut tout de suite prendre des mesures, marmonna-t-il, abasourdi. Les villes deviennent rapidement autant de foyers d'infection. Nous devons empêcher la contagion.

— Nous pouvons peut-être prendre les propagateurs d'infection de vitesse, maître. Je pense que le Catalan était au courant de la conjuration et qu'il essayait de produire un antidote capable d'arrêter la maladie.

On dit qu'il avait créé un laboratoire secret dans les cryptes de Notre-Dame. Il se peut qu'une partie de son travail soit encore là-bas.

— Vraiment ? Je veux voir ça.

— Moi aussi, Mondeville. Malheureusement, on ne peut pas. Ces souterrains sont comme le Phœnix : tout le monde en parle, mais personne ne l'a jamais vu. Bref, on ne trouve pas l'accès. J'ai même demandé à Sa Majesté les plans de construction du sanctuaire. Elle affirme qu'ils n'existent pas.

— C'est étrange.

— Bien sûr que c'est étrange ! répliqua Nogaret. On peut même dire que c'est impossible. Je pense qu'en réalité Sa Majesté ne veut pas que je descende là-bas. Il existe peut-être des choses cachées dans ces cryptes qu'elle préfère garder secrètes.

— Comment puis-je vous aider, Nogaret ?

— Parlez au souverain. Vous êtes l'homme à qui il confie sa santé, il vous écoutera. Vous êtes un médecin de grande réputation. Si le vieil homme a caché dans ces lieux un remède, vous serez à même de le reconnaître mieux que moi. »

Henri de Mondeville caressa son crâne chauve d'un geste lent, presque intimidé par les pensées qui lui traversaient l'esprit.

« Certainement, Nogaret. Je ferai ce que vous demandez. Il est de mon devoir, toutefois…

— Toutefois ?

— Vous avez tort de vous montrer sceptique vis-à-vis des accusations que l'on a portées contre le Catalan. Ce vieillard est un homme des ténèbres, croyez-moi. Dans ses pratiques médicales, il y a des choses pour le moins peu orthodoxes. Lorsqu'il soigne les malades, il ne se fie pas aux procédés confirmés par l'expérience de nombreux collègues. Il suit son instinct. Une sorte de sens supplémentaire dont je ne sais dire comment il l'a développé. Ou alors… je peux l'imaginer facilement, conclut-il avec un frisson.

— Pouvez-vous être plus clair, je vous prie ? »

Henri de Mondeville rassembla ses idées. Par où commencer ? Peut-être un bon exemple, un exemple lumineux, pouvait expliquer ce qu'il avait en tête.

« Je vais vous raconter quelque chose que j'ai vu de mes yeux, Nogaret. Un homme avait été mon patient, il était atteint d'un mal incurable et je ne voulais pas le tromper avec de vains espoirs. Quelques mois après, cet homme est venu me voir ; il était d'une arrogance insupportable. J'ai vu de la haine dans ses yeux. Il me traita de charlatan et me dit que le roi avait tort de se laisser tromper par un incompétent de mon espèce. Je lui demandai la raison de ses griefs, n'ayant rien à me reprocher à son égard.

— Qu'a-t-il dit ?

— Il a dit qu'il s'était adressé au Catalan, sans nourrir trop d'espoir, mais Arnaud l'avait totalement libéré de sa maladie. La chose était incroyable, mais ce n'était rien par rapport à ce qu'il m'a raconté lorsque je lui ai demandé comment il s'y était pris.

— De manière… peu orthodoxe, j'imagine ? »

Mondeville acquiesça, le regard grave.

« Le patient m'a raconté qu'Arnaud l'avait placé au centre d'une pièce. Il était minuit, le soleil était entré dans la constellation des Gémeaux, qui a une influence bénéfique sur le thorax, car le mal de cet homme était tapi dans ses poumons. Le vieux traça autour de lui un cercle parfait avec une étrange poudre noire. La poudre s'enflamma à l'improviste et brûla d'une flamme violente qui dégageait une odeur piquante, comme celle de l'huile. Arnaud criait et récitait d'étranges formules, il dessinait des symboles ésotériques sur la poitrine nue de l'homme. Puis il prit une poignée d'argile et la plaça sur la partie malade. Quand le feu s'éteignit, le Catalan donna à l'argile la forme d'un homme. Il mit la statuette dans un petit cercueil en plomb, en tout point semblable à un vrai. Il ordonna au patient de creuser un trou profond et d'y déposer le cercueil. Le mal était mort, il fallait l'enterrer. »

Nogaret contracta les muscles de la bouche en une grimace tendue. Ce rituel macabre avait le goût d'une offrande aux puissances souterraines.

« Ce que vous me racontez me donne des frissons, Mondeville. Je ne sais plus quoi penser.

— Si j'étais vous, Nogaret, je réfléchirais à deux fois à propos du vieil homme. Arnaud est un homme des ténèbres, je vous le répète. S'il est vrai qu'une machination est en cours pour lancer une révolte, si réellement quelqu'un veut exaspérer le peuple en l'épuisant avec une pandémie… êtes-vous certain que derrière cet horrible dessein ne se trouve pas, justement, le Catalan ? »

Non, Nogaret n'en était absolument pas certain. Il n'était plus sûr de rien, après ce qu'il avait entendu. Il connaissait Arnaud et, dans le passé, il avait eu une bonne opinion de lui. Mais, c'était bien connu, les personnes changeaient, parfois elles réussissaient à cacher même à leur conjoint le secret d'un cœur sombre. « Depuis des jours une question me tourmente : si le Catalan est capable de composer un antidote, peut-être est-il capable de créer la maladie ? » Il émit cette hypothèse tout en craignant de le faire.

« Bien sûr, Nogaret. Pour trouver la cure adéquate, il faut bien connaître la maladie.

— Si mes conjectures sont justes, le fait de posséder l'antidote met dans les mains du vieux un grand pouvoir. Un pouvoir démesuré. Les raisons pour lesquelles Sa Majesté veut faire revenir le Catalan en France sont claires. Elle y tient au point de vouloir que son procès soit rouvert et bouclé, qu'Arnaud soit complètement réhabilité.

— Ce serait logique, effectivement, acquiesça le chirurgien. Si le roi fait une offre assez alléchante, il se peut que le Catalan accepte de revenir en France. La question est : que voudra-t-il en échange ? »

L'avocat hocha la tête. « Je crains que Sa Majesté ne soit prête à tout, au point où nous en sommes ! Comment peut-elle permettre que ses sujets soient fauchés par une épidémie ? » Mondeville lui posa amicalement la main sur l'épaule. « Je vois que vous êtes troublé. Je suis désolé, je vous ai fait de la peine, mais il était de mon devoir de le faire. Par égard pour vous, et par égard pour Sa Majesté. »

Mondeville rejoignit sa place, tandis que Nogaret, hagard, fixait du regard la silhouette majestueuse du roi de France, absorbé dans la contemplation de ses gestes rituels. Le roi sacré, le roi thaumaturge, se dressait solennellement comme une statue de pierre dans la nef de Notre-Dame, guérissant les malades comme Jésus.

Pendant ce temps-là, songeait l'avocat, quelqu'un ne pensait qu'à répandre la mort en utilisant des pouvoirs funestes. Pour combattre un adversaire, il fallait avant tout le connaître à fond. S'il voulait réussir sa mission,

Nogaret devait consulter un expert, un connaisseur des intrigues du Malin. Même si la perspective de cette démarche le révulsait.

Le supplicié était suspendu à un crochet qui lui traversait le menton, comme une pauvre bête aux abattoirs. En passant à ses côtés, Nogaret pria pour qu'il fût déjà mort. Ses mains avaient été réduites à l'état de bouillie sanguinolente par la férocité des tortionnaires. Ses jambes n'étaient plus que deux moignons brûlés par les charbons ardents. L'odeur de la putréfaction planait autour de ce macabre fardeau et des corbeaux faméliques volaient en cercle au-dessus de lui, impatients de se repaître des chairs molles de ses yeux.

Une fois la cour franchie, on entrait dans une halle où l'air était rendu irrespirable par une puanteur de sang gâté et de chair brûlée. Sur de grandes tables sales, il y avait toutes sortes d'instruments qu'une imagination morbide avait mis au point dans le seul but de faire désirer la mort comme une libération. Les tenailles, le chevalet, la roue qui tournait jusqu'à ce que le malheureux, mains et pieds liés, ne défaille de douleur pendant que ses ligaments se rompaient. Et pis encore. Nogaret préféra ne pas regarder. Sa profonde connaissance du droit romain l'avait habitué à une certaine conception de la civilisation. Il comprenait bien qu'il fallait épouvanter les malfaiteurs par l'exposition des instruments de torture, qu'il fallait leur faire subir la dose de douleur capable de délier la langue et vaincre les scrupules. Mais pourquoi aller au-delà ? À quoi cela pouvait-il servir ? Quel intérêt pouvait avoir un homme rendu fou par la douleur, avec la mâchoire désarticulée par le supplice du crochet ?

Était-il encore capable de parler, de révéler le nom de ses complices ? Nogaret rejetait ces méthodes qui ne pouvaient avoir que l'horrible but de satisfaire la férocité morbide d'un bourreau pervers. Il n'était pas fait pour ça. L'homme qui l'accompagnait le long de cette atroce galerie des horreurs non plus.

« Où allons-nous, révérend ?

— Dans un lieu que peu de gens peuvent voir, y compris nous autres inquisiteurs. »

Le père Bernard Gui, originaire de Toulouse, comme Nogaret, était l'un des hommes les plus instruits qu'il eût jamais connus. Entré par vocation dans l'ordre des Dominicains, il avait été très tôt enrôlé par le tribunal de l'Inquisition pour l'*haeretica pravitas*, où il se fit une réputation d'homme zélé et scrupuleux, même si son rôle n'était pas de mettre sous pression ceux que l'on suspectait de corrompre la foi chrétienne avec de fausses croyances religieuses. Bernard Gui était un homme de lettres, et non pas un tortionnaire à la tenaille chauffée à blanc. Connaisseur émérite de l'hérésie sous toutes ses formes diaboliques, les anciennes comme les nouvelles qui ressurgissaient du passé, il avait la tâche délicate d'étudier, examiner, rechercher et émettre, *in fine*, la sentence.

« Voilà, on descend par ici. » Le dominicain tira de la corde qui serrait sa bure une longue clé en fer noir qui ouvrit en grinçant une petite porte au fond de la salle. Ce passage menait à un espace où un escalier en colimaçon semblait plonger dans le vide jusqu'au centre de la terre. Nogaret éprouva un sentiment oppressant en regardant cette spire tortueuse de marches qui aspirait la faible lueur de la lanterne.

« Ne dites à personne que vous êtes venu ici, ordonna

le moine. Le Grand Inquisiteur a fait une exception seulement parce que vous enquêtez pour le compte de Sa Majesté. »

Nogaret s'engagea à garder un silence éternel sur cette visite. Ils commencèrent à descendre vers la gorge étroite. Combien de marches ? Difficile à dire, parce qu'une sensation d'étouffement gênait la respiration et semblait multiplier l'angoisse à chaque pas. Parvenu au bas de l'escalier, Bernard Gui ouvrit une autre porte et la franchit. Avec un ample mouvement du bras, il éclaira le déambulatoire plongé dans l'obscurité. Des ombres glissaient sur les pierres translucides du pavement, elles se déplaçaient en faisant surgir du néant, pendant un instant, une double file de piliers ébauchés dans la pierre de la crypte, aussitôt engloutis par l'obscurité. Là-bas, le froid mordait les chairs et tourmentait l'âme.

« Où sommes-nous ? demanda Nogaret.

— Quinze pas sous le Châtelet. Au-dessus de nos têtes, il y a la cour par laquelle on accède aux salles d'audience.

— Quel est cet endroit ?

— Une nécropole, Nogaret. »

L'avocat n'avait jamais entendu parler de l'existence d'un hypogée sous les fondations de la prison la plus redoutée de Paris. Bernard Gui avança le long du couloir encadré de piliers, et le jeu des ombres mouvantes projetées par sa lanterne éclaira six statues funéraires en granit alignées sur les côtés. Les morts étaient représentés assis sur des trônes en pierre qui devaient contenir les dépouilles. Nogaret suivit le dominicain tandis que les visages scellés dans les ténèbres et le silence éternel semblaient le scruter avidement, avant de se perdre dans l'obscurité profonde.

« Ce sont tous des nobles de haut lignage, murmura le moine. Certains avaient dans les veines du sang royal.

— Je croyais que la nécropole royale était dans l'abbaye de Saint-Denis, objecta le juriste.

— On trouve là-bas les sépultures des souverains et de leurs conjoints, Nogaret. Ceux qui sont morts dans la grâce de Dieu.

— Et ceux-là ? Pourquoi sont-ils ici ? »

Question évidente, mais la stupeur de Nogaret devant cette sombre révélation avait quelque peu altéré sa perspicacité.

« Ceux-là ont vécu il y a cent ans, répondit le moine, quand la peste de l'hérésie contaminait le royaume et gangrenait une bonne partie du peuple chrétien. Étaient-ils hérétiques ? Je comprends pourquoi ils n'ont pas été admis dans le sanctuaire royal, avec les autres, qui sont morts en paix. Le crime d'hérésie s'expie par le feu. » Dans la pénombre de la lumière hésitante, le visage de Bernard Gui était animé d'une véritable peur. « La raison pour laquelle ils n'ont pas été brûlés, ajouta-t-il, c'est que l'on croyait que le feu, au lieu de libérer l'âme en la purifiant, aurait en réalité rendu plus forts ces esprits pervers en leur donnant la puissance des ténèbres.

— Quelle hérésie suivaient-ils ?

— La mère de toutes les hérésies. La première qui surgit de la nuit des temps, de la rébellion de Lucifer et de la cohorte d'anges déchus. On les appelait naassènes parce qu'ils adoraient Naas, le serpent de la Genèse. C'est-à-dire la bête de l'Apocalypse. L'Antéchrist. Les adeptes de ces doctrines diaboliques haïssaient l'humanité et aspiraient à ne faire qu'un avec le Prince des

Ténèbres. Ils répandaient la mort, car chaque vie arrachée était considérée comme un sacrifice humain. Ils croyaient pouvoir devenir des dieux au moment de la grande déflagration universelle. Le feu était leur source de force et de pouvoir, c'est pour cela qu'ils semaient dans les villages une maladie mortelle et inexplicable. Ils utilisaient des pierres inconnues à l'apparence inoffensive mais qui pouvaient causer, au moindre contact, des brûlures horribles et des tumeurs qui enflaient de manière incontrôlable jusqu'à provoquer la mort dans d'horribles souffrances. Ces pierres venaient des entrailles les plus profondes de la terre. Arrachées aux parois mêmes de l'enfer.

— Révérend, vous pensez donc que cette phrase d'Arnaud…

— Je n'en doute pas, si ce que vous m'avez raconté est vrai. "Des souterrains de Notre-Dame, l'Antéchrist envahira la terre" : c'est une phrase clairement hérétique. Le moine allemand Rodolphe le Glabre décrit justement en ces termes une terrible hécatombe humaine qui se déclencha vers l'an 1000 : le feu dévorait les membres en les consumant inexorablement, sans que l'on pût comprendre d'où il jaillissait. Rodolphe vivait exactement à l'époque où les naassènes ont émergé de leur sommeil qui durait depuis des siècles.

— Je connais Arnaud de Villanova, protesta Nogaret. Il me semble impossible qu'il ait succombé à un credo aussi pervers.

— Le Catalan est peut-être étranger à la secte. Mais il sait. Il connaît les noms de ceux qui y sont mêlés. Le vieux a prononcé cette phrase si ambiguë comme un avertissement : ceux qui pouvaient comprendre devaient saisir son message. Venez, Nogaret. Il y a autre chose que je veux vous montrer. »

Bernard Gui avança encore de quelques pas et leva de nouveau la lanterne au-dessus de sa tête. Plus loin, la crypte continuait à s'enfoncer dans le sous-sol jusqu'à disparaître dans les ténèbres. Il y avait d'autres tombes dans cette obscurité, ouvertes et vides. Elles ressemblaient à des chrysalides létales prêtes à accueillir de futurs cadavres.

« Arnaud s'est exprimé à travers des symboles parce que sa langue est liée par la peur, murmura l'inquisiteur. Les noms qu'il devait donner ne sont pas des noms que l'on peut prononcer. Soyez prudent, Nogaret. Priez Dieu pour qu'il vous protège : aujourd'hui comme autrefois, l'haleine du Malin peut séduire des hommes et des femmes qui sont assis sur les marches du trône ! »

5

Paris était la plus grande métropole d'Europe, celle qui frappait le visiteur par les contrastes les plus criants. Les rues des faubourgs populaires étaient des boyaux malsains et asphyxiants courant entre des rangées de maisons hautes et malingres qui avaient poussé les unes sur les autres comme des sœurs laides et querelleuses. Toutes, ou presque, avaient un rez-de-chaussée loué à une boutique, enserré dans un portique de piliers taillés dans des troncs tordus qui semblaient implorer pitié pour la charge excessive posée sur leurs pauvres épaules.

Les voies publiques n'étaient qu'un lit irrégulier de terre battue tassée par le flot continu de chars et de piétons. Des touffes de mauvaises herbes teigneuses s'obstinaient à pousser le long des murs ; au centre coulait un ru fétide où il était sage de s'abstenir de poser le pied. De temps en temps, la pluie descendait comme une bénédiction et nettoyait l'air de ces miasmes révoltants. En automne, il pouvait pleuvoir des jours durant, sans interruption. L'eau fraîche battait les toits, emplissait les gouttières qui vomissaient des flots troubles dans les rues telles d'implacables cascades glacées. Ces torrents emportaient les lisiers putréfiés ainsi que les autres saletés. Après la pluie, la ville était différente, rafraîchie et presque odorante comme le linge tout juste lavé.

Le cœur de la ville, l'île de la Cité, était au contraire pavé jusqu'aux moindres recoins. Des maisons, aussi étroites qu'ailleurs, mais plus régulières et enjolivées par des éléments en pierre claire, donnaient sur des rues élégantes. Elles avaient des vitres aux fenêtres et de gracieuses lanternes étaient suspendues aux murs pour éclairer la bonne vie bourgeoise. Les façades étaient faites d'un curieux mélange de matières, mais disposé avec ordre, avec leurs colombages dessinant d'esthétiques motifs en losange. Sur ces rues planait l'odeur piquante des acides utilisés par les orfèvres, le parfum des fruits confits et des sucres des pâtissiers, de fer et de pain chaud et, au printemps, la délicate senteur des fleurs que les femmes des riches artisans faisaient pousser dans des corbeilles sur les rebords des fenêtres. Des odeurs de braves gens affairés comme des abeilles infatigables dans leur ruche toujours bien pourvue en miel et en cire car jamais oisive. Les sujets préférés de Sa Majesté Philippe IV.

Guillaume de Nogaret était sur le point de s'engager entre le viaduc de hautes maisons du pont au Change lorsqu'il s'arrêta, saisi par un sentiment inattendu. Il regarda l'eau de la Seine où se reflétaient les silhouettes des maisons et le va-et-vient des gens. Le pas qu'il allait franchir était bien hardi : mais à bien y réfléchir, avait-il le choix ?

La taverne de la Demi-Lune portait ce nom parce que, dans la Babel de gens différents attirés à Paris par les multiples trafics, elle professait un œcuménisme sexuel assez insolite. Au point que parmi les prostituées en service le soir, il y avait trois danseuses du ventre à la peau noire comme la nuit. Le jour, au contraire, c'était seulement un débit de boissons somnolent et respectable où l'on vendait le meilleur cidre de la ville. Sa vocation nocturne étant bien connue, le cardinal Matteo d'Acquasparta avait accepté à contrecœur la proposition de rencontrer Nogaret en ce lieu ; il y avait consenti, mais à condition que la rencontre eût lieu dans la cour, de façon à ne pas mettre le pied dans l'établissement. Il y alla, de surcroît, déguisé en valet, pour préserver son honneur et celui de la sainte mère l'Église.

L'avocat arriva du pas décidé de celui qui est chargé d'une sale besogne.

« Bonjour, très révérend père. Merci de m'avoir accordé cette rencontre. Je suis sûr que vous ne le regretterez pas.

— Je l'espère », bafouilla l'Éminence.

Pour le moment, il regrettait amèrement de s'être fait traîner là et regardait autour de lui, craignant qu'un passant le reconnaisse.

« Votre réputation est en sécurité, dit Nogaret pour le tranquilliser. J'ai donné un pourboire au tavernier. Personne ne passera par ici pendant au moins une demi-heure. » Ce fut comme un baume apaisant sur les nerfs du cardinal. Il se détendit, plus disposé à écouter.

« Pourquoi avez-vous voulu me rencontrer ? demanda-t-il.

— Je sais que vous êtes sur le point d'aller à Rome, éminentissime. Vous verrez sûrement le pape. Je crois que vous serez à même de lui donner une information précieuse. »

La curiosité du cardinal fut piquée au vif.

« Vraiment ? De quoi s'agit-il ?

— Très révérend, mon domaine est le droit civil, mais je sais que notre roi n'a pas l'autorité nécessaire pour faire arrêter un évêque. L'abus perpétré par Sa Majesté contre monseigneur Saisset vous met, vous et tout le clergé de France, dans une position terrible. »

Matteo d'Acquasparta secoua la tête, effondré. Le fait que quelqu'un comprît l'insoluble dilemme dans lequel il se débattait lui procura un soulagement passager.

« Nogaret, en théorie je devrais prononcer l'interdit sur Paris. Mais vous imaginez les conséquences ?

— Cela peut être évité, répondit fermement l'avocat. Notamment si vous trouvez le moyen de dire au pape quel est le vrai motif de l'arrestation de Saisset.

— Que voulez-vous dire, Nogaret ?

— Pour l'instant, je ne peux pas le prouver, Votre Éminence, mais d'horribles jeux secrets se trament derrière cette grave violation de la liberté de l'Église. Le roi de France a peur. Il doit se méfier d'ennemis aguerris qui se cachent au sein même du Louvre et qui ont fait de l'évêque de Pamiers leur champion. »

Les yeux de Matteo Bentivegna se dilatèrent d'épouvante. « Au nom de Dieu, Nogaret… êtes-vous sûr de ce que vous avancez ? » Avec diligence et tout le tact nécessaire, celui-ci mit le cardinal au courant des faits importants qu'il avait recueillis dans ses colloques avec la reine, le chirurgien et frère Bernard Gui. Il révéla ce qui pouvait l'être, et passa sous silence ce qu'il était opportun de maintenir sous le boisseau.

« Mes soupçons sont assez solides pour mon alarme. Lorsque vous serez à Rome, vous devrez faire tout votre possible pour ramener en France Arnaud de Villanova. Savez-vous de qui il s'agit ?

— Et comment ! » répondit le cardinal, exaspéré.

Ils étaient tous à la recherche de cet Arnaud de malheur ! Il n'osait raconter à âme qui vive l'horrible expérience vécue quelques jours auparavant, lorsqu'il avait reçu la visite de ce malfrat masqué venu lui ordonner d'enlever le Catalan. Et maintenant, même Nogaret s'y mettait.

« Oui, je me souviens de ce vieil homme bizarre, répondit-il d'un ton évasif. Mais pourquoi le roi y tient-il tellement ?

— Je crois qu'Arnaud avait découvert une conspiration. Si mes soupçons sont exacts, des personnages sans scrupule veulent renverser le trône de France. Pour réussir, ils seraient capables de répandre sur le royaume une épidémie féroce, un fléau qui pourrait dépeupler le pays. Le Catalan préparait un antidote avec des méthodes que lui seul connaît. Cela s'est su, et on a essayé de l'éliminer en le faisant accuser de sacrilège. Mais peut-être les choses se sont-elles déroulées autrement. Le Catalan était peut-être impliqué, lui aussi. Peut-être avait-il adhéré aux croyances diaboliques d'une secte qui se cache sur les hauteurs inaccessibles des montagnes du Midi, et créé pour ces enfants du démon une infection qui ne laisse aucun salut. Peut-être s'est-il repenti à temps et résolu à empêcher cette calamité. Il a trahi ses complices qui se sont vengés.

— Vous croyez qu'ils voulaient l'envoyer à la mort pour ne pas être dénoncés ?

— C'est plausible, mais cela n'a plus d'importance désormais. Maintenant, ce qui compte, c'est que le pape accueille favorablement la requête du souverain, qu'il oblige le vieil homme à revenir ici. Le vicaire du Christ a le devoir de sauver toutes ces vies innocentes. »

Matteo d'Acquasparta acquiesça d'un geste vigoureux. Tout devenait clair, désormais. La visite clandestine de quelques nuits auparavant, les mots ambigus qui suggéraient qu'il fallait ramener le Catalan en France à tout prix. Sur le moment, l'idée d'enlever le Catalan lui avait paru abominable. Maintenant, devant la perspective de voir le peuple décimé par l'horreur d'une épidémie, et à la pensée de toutes ces pauvres âmes mises en danger, il était d'accord qu'il fallait traîner en France ce vieillard récalcitrant, d'une manière ou d'une autre. Quitte à l'assommer lui-même et à le fourrer dans un sac, avec ses mains sacerdotales enveloppées de pourpre.

« Bien, Nogaret, je ferai l'impossible pour convaincre Sa Sainteté.

— Si Boniface ne vous croit pas, s'il devait exiger des preuves concrètes, sachez que malheureusement nous n'en avons pas. Mais le roi est prêt à concéder de précieuses contre-parties en échange de la faveur qu'il demande. Assurez-le que Bernard Saisset sera libéré à l'instant même où le Catalan franchira les murs de Paris. Même si l'évêque est un agitateur qui essaye de soulever le peuple contre son souverain.

— C'est ce que le roi vous dit en personne, Nogaret ? »

Le juriste n'était pas un menteur, et il ne voulut pas l'être dans un moment aussi crucial.

« Non, très révérend père. Pas de manière aussi explicite. Mais il l'a laissé entendre. Il a demandé que je lise le mandat d'arrêt contre Saisset. Admettez que c'est étrange : il me charge de mettre fin aux poursuites contre Arnaud de Villanova et il m'ordonne de lire le mandat contre l'évêque de Pamiers ? Cela n'a pas de sens. À moins, bien entendu, qu'il y ait entre les deux arrestations une quelconque relation, et je crois que cette relation existe bel et bien.

— Je ne comprends pas. Une arrestation serait donc la conséquence de l'autre ?

— D'une certaine manière. Les chefs d'accusation contre Saisset sont très spécieux. Ils forment un échafaudage tellement fragile qu'il pourrait être démonté par un bon étudiant. Je me suis demandé pourquoi. Si Saisset a réellement commis ce qu'on lui reproche, s'il accuse Philippe d'être un usurpateur, ses crimes sont beaucoup plus graves que ce qui lui est imputé. Il existe une réponse capable de tout expliquer : Sa Majesté veut tenir l'évêque sans toutefois le compromettre irrémédiablement.

— Oui, Nogaret. Cela me semble clair : le roi a lié les mains de l'évêque avec un nœud enchevêtré mais qu'il peut défaire facilement, s'il le veut.

— Il sera défait à l'instant, si le Catalan revient à Paris. Mais cela dépend en grande partie de vous. Que Dieu vous guide, Éminence ; ou nous verrons se réaliser cette tragique mise en garde : “Des souterrains de Notre-Dame, l'Antéchrist envahira la terre” ! »

Votre Sainteté,

C'est votre dévouée fille Jeanne qui vous écrit, comtesse de Champagne et de Brie, souveraine de Navarre et, plus tristement, reine consort de France. De la tonalité de mes mots vous comprendrez qu'il s'agit d'une missive très confidentielle, elle ne vous parviendra pas par les voies habituelles, mais par l'intermédiaire de personnes de confiance.

Sachez que la situation en France se dégrade de jour en jour. Le chancelier Flotte est toujours plus déterminé à attaquer votre sainte autorité et agite les grands seigneurs de France en les incitant à la révolte contre notre sainte mère l'Église. Il n'y a pas d'espoir que je puisse convaincre mon mari, le roi, de libérer le pauvre évêque de Pamiers. Je le suspecte de couver à l'égard de celui-ci une haine viscérale, un ressentiment profond qu'il ne sait exprimer et dont il n'est pas, peut-être, totalement conscient ; qui a des raisons de nature privée, liées à sa misérable famille. Votre Sainteté, j'ai scrupuleusement suivi vos conseils paternels, et je me prosterne à vos pieds comme une fille désespérée. Je n'aurais pas de scrupules à utiliser mes sentiments d'épouse, mon corps, ma séduction de femme pour changer l'état d'esprit de mon mari à votre égard. Je pourrais me conduire comme une prostituée, si cela pouvait être utile. Mais c'est impossible. Indifférent à tout, à mes larmes comme à la tiédeur de mon lit, le roi Philippe ne m'a plus approchée depuis des semaines.

Voilà quelle est ma condition, Votre Sainteté. J'ai épousé l'homme que j'ai toujours aimé, le seul que j'aimerai de ma vie, et il me traite avec le même cordial détachement qu'il réserve aux ennemis dignes de quelque considération. Priez pour moi, Saint-Père, car je suis la femme la plus malheureuse de la terre.

Jeanne de Navarre relut la lettre qu'elle venait tout juste d'écrire, puis elle laissa l'encre sécher complètement, la plia et y apposa son sceau privé. Elle poussa un long soupir de soulagement, comme pour retrouver du courage. C'était humiliant de devoir confesser au pape certaines choses. À celui-là même qui lui avait demandé, dans une lettre secrète et dans une langue truffée d'allégories, d'utiliser les flatteries du sexe pour pousser son mari à rester fidèle au Saint-Siège.

Les flatteries du sexe ? Mais quel sexe ?! La douleur poignante de son âme remonta jusque dans ses yeux, et Jeanne dut essuyer de ses doigts les larmes qui commençaient à lui embuer la vue. Elle posa la plume sur la table, en proie à ses souvenirs. Il y avait toujours eu de la distance entre eux ; Philippe l'avait écartée de tout. Elle n'était que la femme qu'on lui avait imposée par raison d'État et qu'il avait acceptée avec une lâche résignation, sans sourciller.

Ils ne se parlaient pas, ou rarement. Entre eux, c'était plutôt un jeu de regards, échangés depuis les extrémités de la longue table où Sa Majesté présidait les banquets officiels. Des regards silencieux dans la cohue des courtisans, une foule de visages aux yeux avides de saisir le moindre geste entre eux pour nourrir les ragots du jour. Le roi avait toujours donné en pâture à cette maladive curiosité collective le même impénétrable masque d'indifférence, sur lequel il n'y avait pas grand-chose à broder. On disait que le regard du roi Philippe était aussi beau que glacé et impassible. Mais pas pour elle, pas pour Jeanne. La couleur de ses yeux lui rappelait l'océan de l'extrême nord, là où finissait le monde, mais son regard n'était pas froid. Surtout quand il se posait sur elle ; alors elle voyait l'azur foncé changer de nuance, elle voyait la mer de glace se troubler comme si des courants chauds la parcouraient ; elle semblait s'agiter de colère, de volonté de revanche. De passion parfois, et même de douleur.

Il lui manquait à lui couper le souffle, voilà la vérité. Mais elle ne pouvait rien faire pour désamorcer le conflit qui s'était déclaré entre eux, si ce n'était renoncer à ses positions, aux sages choix qu'elle avait faits dans l'intérêt de son peuple. Dans un moment de faiblesse, elle prit son visage entre ses mains, en cherchant du courage. Elle avait des devoirs bien précis à assumer et des choses ingrates mais nécessaires demandaient son attention. Elle plongea sa plume dans l'encrier et écrivit une deuxième lettre.

À monseigneur Periz de Legaria, archevêque de Pampelune et Tudela, secrétaire particulier de la couronne de Navarre.

Monseigneur,

Au moment où je vous écris, mon mari est peut-être sur le point de signer dans ses appartements un acte d'accusation contre la sainte personne de Boniface VIII, le souverain pontife. Je ne peux que craindre le pire. En ce qui me concerne, je sais que le devoir d'une reine est de s'ignorer, de renoncer aux sentiments, de faire face aux sacrifices qui peuvent assurer le bien-être de son pays. J'ai affirmé publiquement que la Navarre ne signera aucun document, ne soutiendra aucune action qui puisse nuire à l'honneur ou à la liberté du Saint-Siège.

Après cette déclaration, que chacun a pu entendre et qui m'attire quotidiennement le mépris de la cour, il est bien certain que toute forme de censure religieuse que Boniface voudra imposer à la France ne sera pas étendue à la Navarre et n'aura pas de conséquences sur mon peuple. Je payerai un prix très élevé pour ce choix, mais je le dois à mon pays. Je suis prête à supporter la vengeance de mon mari, qui ne me pardonne pas ce que j'ai fait, comme si j'avais commis à son égard la plus infâme des trahisons. Je m'adresse à vous pour vous demander que le palais royal de Pampelune soit remis en état. Il se peut que je sois répudiée ou peut-être exilée de France ; dans ce cas je reviendrai sur mes terres. Avec le cœur en miettes, l'honneur recouvert de boue, la vie dévastée. Quoi qu'il en soit, je reviendrai chez moi.

Au moment d'apposer les salutations et sa signature, la reine hésita un instant. Avait-elle raison de manifester ses craintes de cette manière, en s'humiliant, qui plus est, devant un subordonné ? L'hypothèse funeste qu'elle avait décrite n'était pas si improbable, et l'idée d'une patrie qui l'attendait, d'un port sûr où accoster, était un réconfort pour son cœur brisé.

Des coups frappés à la porte l'arrachèrent à ses tristes pensées.

« Madame, une personne désire vous parler, annonça la baronne Marie de Galard, première dame de la reine.

— Pas maintenant, s'il vous plaît. Je suis très occupée.

— Pardonnez-moi, madame, le cardinal Matteo d'Acquasparta m'a priée d'insister. C'est une question urgente, paraît-il. »

Le célèbre théologien de la Sorbonne ? Que pouvait-il lui vouloir ? Peut-être avait-il eu vent de sa dispute avec le roi à cause de l'arrestation de l'évêque, et venait lui faire ses compliments et lui assurer le soutien du Saint-Siège. Cette idée s'estompa rapidement de l'esprit de la reine dès que la dame de compagnie fit entrer le prélat dans le cabinet. Le cardinal semblait tendu, une vraie boule de nerfs ; une inquiétude excessive pour une affaire qui ne le concernait pas personnellement.

Jeanne se leva et s'inclina respectueusement pour baiser l'anneau pastoral.

« Madame, j'en viens directement au fait, dit-il sans atermoiements. Maître Guillaume de Nogaret a insisté pour me conduire dans une des tours de Notre-Dame et m'a montré une inscription.

— Je crois l'avoir vue, moi aussi, répondit-elle, perplexe. En réalité, ce sont deux lettres n'ayant aucun sens.

— Il est possible qu'elles en aient un, objecta le cardinal. Il se peut que de ces lettres vienne le salut du peuple de France. Vous devez m'aider, madame, ou bien vous verrez le peuple de ce pays tomber sous vos yeux, décimé par une horrible calamité. Ces deux lettres, sculptées à la base de la tour de Notre-Dame, ne sont pas les seules choses que Nogaret m'ait montrées. J'ai besoin de vous car une mission bien difficile m'attend. Tous les chemins mènent à Rome. Et à Rome, il y a Arnaud de Villanova ; à Rome, il y a toutes les réponses que nous cherchons ! »

2

LE QUATRIÈME CAVALIER

En ce temps-là, une terrible maladie frappait les hommes : un feu caché consumait et détachait les membres qu'il avait frappés. Beaucoup furent complètement dévorés par ce feu en une seule nuit.

Rodolphe le Glabre,
Histoires, II, 13-17

1

Dès l'aube de ce matin de novembre, un sale vent glacé balayait les rues de Rome. C'était une tramontane colérique et insistante qui jetait les feuilles mortes au visage des passants et mettait de travers les soutanes des prêtres.

Dans la chapelle de Saint-Nicolas, cœur du palais du Vatican, le pape Boniface VIII humait à pleines narines les effluves célestes de l'encens. Le chef de la chancellerie apostolique, le cardinal Pietro Valeriano Duraguerra, déclamait la litanie d'un insolite offertoire.

« Vingt pièces de brocard byzantin, Votre Sainteté. Quatre de ce velours vénitien que l'on appelle *alluciolato* parce qu'il a dans sa trame des bouclettes de fil d'or qui brillent comme des lucioles dans le ciel d'août. Une tasse creusée dans un énorme saphir. Six oiseaux de Chypre…

— Joli ! dit vivement le pape. De quelle espèce ?

— Non, Votre Sainteté, ce ne sont pas de vrais volatiles, ce sont des brûle-parfum en argent. »

L'explication n'avait pas satisfait le souverain pontife. Le trésor apostolique débordait déjà d'or, d'argent et de pierres précieuses, une énième quincaillerie précieuse aurait fini dans l'anonymat d'objets étincelants accumulés dans la salle du château Saint-Ange qui servait de coffre-fort. Le pape Boniface aurait réellement préféré recevoir en cadeau une véritable rareté : deux délicates petites créatures siffleuses venues des forêts de l'Orient pour enrichir sa ménagerie d'animaux exotiques.

Pendant ce temps-là, le cardinal Matteo d'Acquasparta, qui était resté en retrait, se torturait la cervelle au sujet de l'épineuse mission qui l'avait conduit à Rome. Un tour rapide dans le palais lui avait suffi pour comprendre qu'il n'y avait aucune trace du Catalan. Ceux à qui il avait demandé où était le médecin de Sa Sainteté, sans plus de détails pour ne pas susciter de soupçons, lui avaient donné une réponse décourageante. Le médecin de Sa Sainteté ? Maître Guillaume de Brescia ? Le cardinal, désappointé, s'était alors adressé au comptable qui tenait les registres de la Chambre apostolique et, prétextant un malaise, lui avait demandé de lui suggérer le nom de celui qui soignait le souverain pontife, le meilleur médecin, le mieux payé de tous. Son enquête avait abouti au nom de Taddeo Alderotti, le médecin le mieux rémunéré de la curie, que les Italiens considéraient comme un nouvel Hippocrate. Il soignait tous les membres du Sacré Collège, précisa le comptable, c'était la personne à qui il pouvait confier sa santé.

Frustré et confus, Matteo d'Acquasparta avait compris que le Catalan se trouvait dans les murs du Vatican avec une charge non officielle, sa présence n'étant répertoriée nulle part. Il n'y était probablement pas pour exercer ses capacités thérapeutiques, mais pour d'autres raisons. Cela semblait renforcer les soupçons de Nogaret. Sans doute Boniface gardait-il le vieux près de lui car il le considérait comme une marchandise précieuse à échanger. Un coffre qui contenait quelque chose qui pouvait calmer, ou faire cesser, l'offensante indocilité du roi Philippe à l'égard du Saint-Siège.

Il était clair qu'il ne pouvait pas accomplir sa mission en restant dans les bas-fonds de la curie. Il devait oublier ce fatras de recherches désordonnées, sortir à découvert et s'adresser aux degrés supérieurs de la sainte Église romaine. Là, il y avait sûrement quelqu'un qui savait. Et qui, peut-être, déciderait de l'aider. Cet homme de bonne volonté, le seul qui aurait pu accepter une collaboration sans demander une grosse contrepartie, c'était le chef de la chancellerie apostolique : Pietro Valeriano Duraguerra. Un talentueux vétéran de la diplomatie pontificale. C'était un vieil homme malingre, blanc comme la farine, avec, sur la tête, une touffe ébouriffée de cheveux chenus et crépus. À le voir, on aurait dit un petit être superflu, gracile et gracieux comme les insectes qui glissaient sur les eaux des lacs ; mais son poids dans les énormes rouages de la curie romaine était inversement proportionnel à celui de son corps. C'était un homme au grand pouvoir, même s'il avait plus l'air d'un pénitent que d'un homme politique. Ce n'était pas sa seule singularité : tout en étant imbu du cynisme sans lequel aucun État ne fonctionnait, il avait également une conscience. Une qualité rare qui faisait de lui une sorte de chimère dans les milieux du haut clergé et qui lui avait assuré la confiance inconditionnelle de Boniface.

Matteo d'Acquasparta s'approcha d'assez près avec circonspection et fit un signe de la main que Duraguerra comprit aussitôt. Entre deux audiences, il trouva le moyen de le rejoindre dans un coin de la salle.

« Bienvenue, Matteo, dit le cardinal Duraguerra,

surpris. Nous n'étions pas au courant de votre arrivée. Vous êtes ici pour un motif imprévu ? Suivez-moi, quoi qu'il en soit, le pape vous recevra immédiatement. Ce n'est pas décent de faire attendre un membre du Sacré Collège. Surtout un théologien vénéré comme vous.

— Duraguerra, je ne suis pas ici pour parler avec Sa Sainteté.

— Je comprends, vous êtes à peine arrivé de Paris, vous devez être fatigué de ce long voyage. J'annoncerai au pape votre arrivée, il vous verra demain, quand vous serez reposé. »

Bentivegna lui saisit le bras en le suppliant du regard.

« Je suis venu à Rome en voyage, disons... privé. Je me trouve, en réalité, dans une situation très délicate. J'espère tant que vous me compreniez, mon ami. Je n'ai reçu aucune charge de la part du roi de France, et pourtant je dois accomplir une mission d'importance vitale pour le bien de l'Église. »

Duraguerra fronça ses sourcils épais.

« Vous n'êtes pas envoyé par Philippe ? Mais alors...

— Ce serait trop long à expliquer. Mais j'ai confiance en Dieu et dans les hommes de bonne volonté comme vous, Duraguerra. Je sais que vous travaillez jour et nuit pour préserver la paix. C'est pour cela que je vous demande de m'aider. Il y a certaines choses que je dois communiquer à Sa Sainteté, mais je ne peux pas risquer de provoquer un incident diplomatique. Cela concerne Arnaud de Villanova : le roi de France veut qu'il retourne en France. Il le veut absolument ; pour avoir une monnaie d'échange, il a fait arrêter l'évêque de Pamiers. Vous comprenez la dimension du drame ? »

Duraguerra comprenait parfaitement. Une âpre guerre diplomatique était en cours entre le pape et le roi de France. Une guerre sans effusion de sang, mais seulement en apparence. C'étaient les deux piliers du monde, deux hommes hors du commun et charismatiques. L'un était *Vicarius Petri*, l'autre *alter Christus*, et pourtant ils se battaient dans une surenchère de subterfuges, de mensonges et de lâches coups bas. Comment pouvaient-ils servir la noble cause de la paix de cette manière ?

Le chef de la chancellerie apostolique ne savait réellement pas quoi faire. Il se frotta les mains, perplexe, les cheveux en bataille. C'était un geste superstitieux, ou peut-être une façon de stimuler ses facultés intellectuelles. « Cher Matteo, ce Catalan lunatique a une telle emprise sur le cœur du pape qu'on lui a carrément concédé l'usage exclusif d'une partie des jardins du Vatican ! Il vit enfermé dans une hutte entourée d'un enclos de pieux, une sorte de forteresse inexpugnable. Il ne vous sera pas facile de lui parler. Il ne reçoit pas de visites, que je sache, et les gens en ont une peur bleue. Tout le monde l'évite… ou presque. » Duraguerra s'interrompit, il venait d'avoir une intuition. Plus il y pensait, plus l'idée lui paraissait séduisante et envisageable. Lorsqu'il reprit la parole, son expression était plus optimiste.

« Il existe peut-être quelqu'un qui peut jouer le rôle d'intermédiaire entre vous et ce vieux fou.

— Envoyez-le-moi, je vous en prie !

— Attendez un moment. »

Duraguerra quitta le cardinal pour s'approcher du

trône apostolique. Il s'inclina, traversa l'espace vide qui séparait la foule d'au moins trois pas de la personne du vicaire de Pierre. Il monta les marches de l'estrade sur laquelle se trouvait la sainte chaire et chuchota pendant un moment à l'oreille du souverain pontife. Boniface fronça les sourcils, puis il acquiesça.

« Est-ce que notre neveu Crescenzio est ici ? » demanda le pape à voix haute. Un murmure de curiosité fit le tour de la salle. Quelques minutes plus tard, la foule des représentants de tous les ordres religieux du monde chrétien s'ouvrit pour laisser passer un jeune homme d'une vingtaine d'années. Il avait un regard vif et les yeux très noirs, comme ses cheveux qui, sous la lumière du soleil, s'éclairaient de lueurs cuivrées. Il s'arrêta un instant pour saluer Dante Alighieri, qu'il avait reconnu parmi ceux qui attendaient l'audience, puis se dirigea droit vers le seuil apostolique en écartant moult robes monastiques et soutanes de prêtres.

Crescenzio Caetani se distinguait par un habit particulier qui faisait beaucoup jaser dans la curie. C'était une tunique qui descendait jusqu'aux chevilles, faite d'un tissu noir de qualité, avec une série de boutons en corne sur le devant. Elle aurait pu le faire ressembler à un croque-mort s'il n'y avait pas assorti une magnifique et précieuse chemise vert émeraude, dont on apercevait les manches et le bord inférieur. En réalité, il avait choisi le noir pour des raisons pratiques : il occultait le sang des malades qu'il examinait en sous-main, dont aucune trace n'était ainsi visible. La capuche était taillée en pointe, selon les canons de la mode, mais elle était doublée d'une toile cirée qui comportait deux ouvertures fermées par des lentilles de verre. S'il le fallait, il pouvait détacher la doublure et se couvrir le visage avec un masque en forme de bec qui, imbibé de puissants antidotes, lui permettait de marcher en sécurité même dans les sanatoriums infectés par la peste. L'ensemble était assez élégant mais ne lui permettait pas de passer inaperçu. Ce n'était pas forcément un mal, pensait-il. Cet habit excentrique était l'uniforme de sa liberté, alors que monsieur son oncle le pape voyait en lui le déplorable drapeau d'une rébellion passive.

À ce moment même, en le voyant, le visage du pape s'était assombri.

« Le cardinal Matteo d'Acquasparta est venu à Rome, c'est curieux, non ? murmura le pape à l'oreille de son neveu lorsqu'il fut assez près pour que nul autre ne puisse entendre, même avec l'ouïe aiguisée.

— De fait, Votre Sainteté, c'est réellement étrange : juste au début de l'année académique, l'insigne théologien quitte sa chaire à la Sorbonne et part en voyage. Qu'en diront les étudiants ?

— Ce qui est plus étrange encore est qu'il soit venu à titre privé. Il n'a aucun mandat du roi de France. Savez-vous ce que cela signifie, Crescenzio ?

— Je peux aisément l'imaginer. Cela signifie que Philippe le Bel l'envoie ici pour quelque chose auquel il tient énormément et dont il désire ne laisser aucune trace dans un quelconque document. »

Une lueur d'admiration éclaira les yeux du pape. Il était sincèrement attaché à son neveu. Bien sûr, il regrettait son attitude insoumise, mais il s'était servi de lui en quelques occasions pour mener des investigations sur des personnages très haut placés, qui n'auraient jamais toléré se savoir sous enquête. Les capacités de déduction affûtées de Crescenzio s'étaient révélées très utiles ; il pensait les utiliser encore à cette occasion. « Mon fils, les rapports entre la France et le Saint-Siège ne sont pas aussi bons que par le passé. Ce n'est pas un conflit ouvert, certes, mais la situation est sur le fil du rasoir. Vous êtes la personne adéquate pour cette tâche. Vous êtes habile à découvrir, et à recouvrir s'il le faut. Mettez-vous à la disposition du cardinal. Écoutez ce qu'il a à dire, vous m'en référerez. » Le jeune homme ne paraissait pas enthousiaste ; la politique, ce n'était pas son affaire. « Saint-Père, ôtez-moi d'un doute : Matteo d'Acquasparta est un homme qui vous est fidèle. Il aurait été logique que le roi de France donne cette mission à quelqu'un d'autre. »

Le regard du pape devint perçant comme une aiguille.

« Excellente observation, cher neveu. Matteo n'est pas seulement un collaborateur dévoué, c'est un ami. Lorsque les infâmes cardinaux Pietro et Giacomo Colonna ont mis en doute mon élection au trône de Pierre, après la démission de Célestin V, c'est justement le cardinal d'Acquasparta qui m'a défendu bec et ongles. Sa grande autorité de théologien a fait taire tout le monde. C'est pour cela que son arrivée à Rome me tracasse. J'ai beaucoup d'ennemis au Sacré Collège. Des serpents hideux, de sales espions du roi de France. Philippe aurait pu faire appel au cardinal Jean Lemoine, cette charogne !

— S'il ne l'a pas fait, Saint-Père, c'est qu'il ne veut pas vous indisposer. Il vous envoie Matteo d'Acquasparta, un homme qui vous respecte et vous aime. N'est-ce pas une main tendue dans l'espoir de retrouver la paix ? »

Boniface frappa du poing sur l'accoudoir en signe d'approbation.

« C'est bien, mon garçon. C'est ce que j'ai pensé aussi, mais dans des termes légèrement différents : Philippe ne me tend pas la main pour faire la paix, en réalité il veut que je la saisisse parce qu'il sent qu'il est en train de glisser dans un gouffre dont il ne pourra plus sortir. Il veut que je saisisse sa main tendue pour lui éviter de tomber dans l'abîme, entraîné par ses erreurs. Je sais qu'il garde en captivité depuis des années le frère du grand maître de l'ordre des Templiers : personne ne connaît la raison d'une telle cruauté. Mais il existe toujours une raison : je suis persuadé que le roi de France est en train de comploter contre mon autorité, et que frère de Molay a les preuves de sa culpabilité. C'est pour cela que Philippe essaye de le réduire au silence en gardant son frère en otage. Le roi de France est un homme arrogant et insupportable. Un malfrat qui se fait appeler héraut du Christ par ses sous-fifres, fils aîné de la sainte mère l'Église… Je sais, moi, de qui il est le fils ! Mais pour le moment je vais faire contre mauvaise fortune bon cœur. Je lui tendrai la main amie qu'il demande : la vôtre. »

Crescenzio accusa le coup.

« Mais, Saint-Père, je n'ai aucune expérience de la diplomatie !

— Il ne s'agit pas de diplomatie. Philippe le Bel veut qu'Arnaud de Villanova retourne à Paris. Je le sais, il me l'a écrit. J'ai fait la sourde oreille. Je ne vois pas pour quelle raison je devrais obliger le Catalan à revenir dans le pays où une poignée de fanatiques ignorants a failli l'envoyer au bûcher. Maintenant que les voies diplomatiques ont échoué, je crains fort que le roi ne tente de récupérer le vieil homme par des moyens détournés. Je parie ma soutane et mon surplis que la mission de ce pauvre Matteo est de convaincre Arnaud de partir. Mais pourquoi est-ce si important pour Philippe ? C'est la question, et vous, mon neveu, vous devrez découvrir ce que cela cache. Est-ce clair ? »

Crescenzio fit une dernière tentative.

« Saint-Père, ne m'obligez pas à boire ce calice.

— Vous le boirez jusqu'à la dernière goutte. Vous êtes têtu comme une mule. Vous refusez la carrière fulgurante dans la curie que je pourrais vous offrir d'un claquement de doigts. Et pourquoi ? Vous marier ? Avoir des enfants et assurer une descendance légitime à votre maison ? Non, vous voulez étudier la médecine ! Le hasard veut que cette folie puisse se révéler précieuse. J'entends en profiter. Arnaud de Villanova est justement médecin. Vous devez vous entretenir avec lui.

— Ne serait-ce pas mieux que vous le fassiez vous-même, Votre Sainteté ?

— J'ai essayé, mon fils. J'ai essayé de le pousser à se confier à moi. Le Catalan m'a répondu très vaguement, et encore… il l'a fait parce qu'il ne pouvait pas se taire devant une demande du pape. Il est très réticent concernant les détails de ce qui s'est passé à Paris, et je ne veux pas l'irriter. Contrairement à moi, vous avez du temps à lui consacrer : essayez de gagner sa confiance. Du reste, à qui d'autre pourrais-je m'adresser ? Le vieux n'a de rapports qu'avec vous et votre sœur Maddalena. Vous êtes les seuls êtres vivants qu'il ne méprise pas.

— Nous avons suivi ses cours lorsqu'il enseignait à Salerne.

— Bien, coupa le pape. Informez de tout ça votre frère Francesco : qu'il invite à dîner le cardinal d'Acquasparta dans sa résidence de Santa Maria in

Cosmedin. Que Maddalena soit là également. Faites en sorte que cela ait l'air d'une simple réunion de famille des Caetani. Faites parler Matteo, essayez de savoir quels sont les desseins du roi de France à propos d'Arnaud. Vous pouvez laisser entendre que j'ai la volonté de collaborer et de satisfaire le souverain, dans les limites du possible. Mais qu'une chose soit bien claire : Philippe IV n'obtiendra rien s'il ne courbe pas la tête devant mon double pouvoir spirituel et temporel. Je suis le Christ et je suis César ! »

2

La lumière de cette journée grise était comme une chape de vapeur de plomb. Un coucher de soleil incertain dessinait dans le ciel des taches teintées de rouille. Dans la somptueuse demeure près de Santa Maria in Cosmedin, l'église du cardinal Caetani, le dîner venait de s'achever. Invité par la famille du pape comme Sa Sainteté l'avait ordonné, Matteo d'Acquasparta était assis, le dos si droit qu'on aurait cru qu'il avait avalé un manche à balai. Il était impatient d'aborder l'épineuse question pour laquelle il avait fait le long voyage depuis la France. Pendant le repas, le maître de maison avait imposé que l'on fasse la conversation alors que défilaient les plats.

Heureusement, parmi les convives figurait aussi Dante Alighieri, qui s'était lié d'amitié avec Crescenzio Caetani l'année précédente, lors de son arrivée à Rome pour le pèlerinage du grand jubilé universel. Il était revenu dans l'Urbs pour des questions liées à ses études. C'était du moins ce qu'il disait. Sa présence avait permis de faire baisser la tension autour de ce banquet supposé être un dîner amical, mais pendant lequel, personne ne l'ignorait, seraient abordées des questions dont dépendait la paix dans l'Église. On avait demandé à la jeune Maddalena Caetani, un bourgeon de beauté de treize ans, de chanter de sa voix d'ange *Donne ch'avete intelletto d'amore*, une des plus belles chansons de Dante Alighieri, mise en musique par son ami Casella. Le cardinal en profita pour manifester à Dante ses réticences au sujet de son malencontreux projet de poème qui se passerait en enfer, rien de moins ! Mais plus il en disait, plus le Florentin semblait enthousiaste, de sorte qu'à la fin l'Éminence renonça par épuisement. Il devait démêler l'écheveau mortifère qui concernait Arnaud le Catalan, il n'était pas là pour parler de poésie.

Crescenzio arriva au milieu de la soirée, s'excusant du retard en invoquant une importante obligation à laquelle il n'avait pas pu se soustraire. Il avait l'air fatigué et un peu songeur. Lorsqu'il s'approcha de Matteo d'Acquasparta pour baiser son anneau, le cardinal perçut sur lui un léger parfum de femme. « Il court les toits comme un chat en chaleur », se dit le cardinal. Mais son arrivée était une manne tombée du ciel.

« S'il vous plaît, Crescenzio, voulez-vous réveiller votre frère ? » lui demanda-t-il avec une douceur péremptoire.

Francesco Caetani, après les abondantes libations, dormait en effet dans une confortable chaire couverte de coussins de velours. Les bras langoureusement posés sur les accoudoirs, la tête inclinée sous les assauts d'une impérieuse torpeur digestive. On pouvait tout dire de lui sauf que c'était un ascète, mais, par rapport à tant d'autres, il avait des circonstances atténuantes. Bien qu'heureusement marié à Maria de Supino, il avait été élevé à la condition de cardinal en un clin d'œil pour remplacer un autre neveu de Boniface, un cardinal mort prématurément.

Francesco n'avait aucunement des mœurs de prêtre, ni l'habitude de la mortification de la chair. Jeûner, ne serait-ce qu'un jour, l'affaiblissait tellement que le pape, craignant de voir mourir un autre membre de sa famille, lui avait accordé une dispense perpétuelle lui permettant de manger de la viande même pendant l'avent. Il en profitait. Ce soir-là, il avait rapidement fait disparaître un bol de raviolis cuits dans du bouillon de chapon, puis des lasagnes assaisonnées de fromage selon la recette de Ravenne, une tourte farcie de caciocavallo râpé, deux pigeons à la poêle farcis de pain aux olives noires, des beignets de pommes et une grosse portion de parmesan servi avec du miel d'arbousier, couvert de pignons et d'abricots secs. Une parfaite incarnation de ce que les réformateurs appelaient le « clergé gras ».

Il exhalait une odeur puissante de chair d'homme irriguée par un sang robuste, éclatant de santé. Il ronflait calmement, interrompant régulièrement son bourdonnement de cigale discrète pour ruminer en silence. Peut-être prolongeait-il dans son sommeil l'abondant repas qu'il venait de consommer éveillé.

Crescenzio saisit une serviette et, avec délicatesse, d'un geste sûr, il en gifla le nez rougeâtre de son frère aîné. Francesco Caetani se réveilla en sursaut. « Qu'y a-t-il ? Qu'est-ce qui se passe ? » demanda-t-il en se tournant à droite et à gauche. Il avait encore dans la bouche le goût amer du sommeil et des vapeurs digestives chargées. « Pardonnez-moi, dit son frère en mentant avec pudeur, il y avait une guêpe posée sur votre nez, elle allait vous piquer. » Francesco Caetani n'était pas assez lucide pour objecter que des guêpes, en hiver, il n'y en avait guère. Il déboutonna sa tunique, ouvrit la chemise sur sa poitrine encore trempée de sueur et commença à s'éventer. D'un signe bref, il ordonna à un serviteur de lui apporter une bassine d'argent avec de l'eau fraîche pour se débarbouiller le visage. Puis il invita son hôte à parler librement : Dante Alighieri, en qui il avait une totale confiance, pourrait les aider de sa vaste culture. Matteo parla. Le récit terminé, un silence de glace s'installa.

« Le quatrième cavalier de l'Apocalypse, murmura Francesco Caetani avec un frisson à fleur de peau. Si je ne connaissais pas votre réputation d'homme intègre, Matteo, je pourrais penser que vous avez inventé ce récit cauchemardesque pour nous plonger dans la terreur. Existe-t-il au monde des gens pervers au point de condamner tout un peuple pour renverser un roi ?

— Ce qui m'étonne le plus, dit Dante, c'est l'extraordinaire pouvoir que l'on attribue au Catalan dans cette histoire. Ce vieil homme est-il réellement en mesure d'inventer un antidote capable d'éviter une pandémie ?

— Oui, il peut le faire, assura Crescenzio. On sait qu'Andromaque, le médecin de Néron, avait réussi à composer une panacée prodigieuse. On ne sait pas de quoi il s'agissait précisément, mais elle était capable de revigorer le corps humain au point de le rendre invulnérable. Certains pensent que cette drogue contenait un minerai inconnu. Un fragment de comète, tombé du ciel dans la nuit des temps et doté d'un incroyable pouvoir sur la physiologie du corps humain. »

Dante plissa le front.

« Je ne suis pas médecin, mais cela me paraît inouï.

— Ça ne l'est peut-être pas, objecta Matteo d'Acquasparta. Saint Thomas d'Aquin reconnaît aux astres le pouvoir d'agir sur le corps humain. Je ne serais pas étonné si cette panacée prodigieuse était réellement un fragment de comète tombé sur la terre depuis les profondeurs sidérales.

— Vous dites qu'Arnaud a évoqué publiquement cette épidémie. Le vieil homme a donc un don de prescience ?

— Certainement, messire Alighieri. Il n'est pas nécessaire que le vieux soit un prophète, il suffit qu'il ait une bonne connaissance de l'astronomie. Saint Augustin admet, dans *De Civitate Dei*, que le mouvement des étoiles peut prédire certains évènements, même s'il ne les provoque pas. Il faut ajouter que le Catalan maîtrise parfaitement la médecine arabe… »

Cette phrase, laissée en suspens, et accompagnée d'un échange de regards silencieux et complice entre Crescenzio et sa sœur, aiguisa la curiosité générale.

« Que voulez-vous dire ? Soyez plus clair, l'exhorta Francesco.

— Mon maître de Salerne, Matteo Silvatico, m'a parlé de certains savants arabes avec lesquels il était en contact, des Égyptiens. Ils avaient retrouvé dans le sable du désert des papyrus très anciens qui décrivaient certaines méthodes thérapeutiques incroyables. Il paraît que les médecins des pharaons pouvaient même ouvrir les os du crâne et opérer le cerveau. »

Matteo d'Acquasparta écarquilla les yeux.

« Et les gens ne mouraient pas ?

— Non, très révérend père. Mais ces médecins ne se servaient pas seulement de lames effilées et d'autres instruments chirurgicaux. Pendant l'intervention, il fallait réciter des formules capables de faire sortir des mondes obscurs de très puissants esprits. Je pense qu'il est inutile d'ajouter quoi que ce soit… »

Non, ce n'était pas utile. Un frisson soudain avait fait frémir Dante et les deux cardinaux. « Que Dieu nous vienne en aide ! s'exclama Alighieri. Du reste, tout le monde sait que les Sarrasins sont habitués à invoquer le diable. Ils cultivent une amitié profonde avec les armées des ténèbres et se servent de ces esprits immondes pour atteindre leurs buts. »

Crescenzio fit la moue.

« Libre à vous de ne pas me croire, messire Dante ; mais je vous assure que ce n'est pas ainsi. Lorsque j'étais à Salerne, j'ai fréquenté des marchands syriens qui apportaient des minerais et des épices rares. Je suis même allé jusqu'à Damas avec eux. Il est certain qu'il existe des gens infâmes parmi eux, mais les Sarrasins n'ont aucune sympathie pour le Malin. Ils le craignent comme nous, peut-être davantage.

— Les usages dont vous avez parlé, mon fils, sont à condamner, protesta Matteo d'Acquasparta. Si le Catalan utilise la magie, alors…

— Faire usage d'une pratique ne veut pas dire y croire, très révérend. Arnaud connaît parfaitement le pouvoir des minerais, des herbes et des corps célestes. Il existe des centaines, des milliers, même, de substances qui ont le pouvoir de stimuler dans le corps humain une réaction bénéfique ou, au contraire, nuisible. J'ai entendu de mes oreilles le Catalan citer *ex cathedra* des passages des textes d'Averroès, et l'on sait que ce savant arabe a réussi à libérer sa ville d'une terrible épidémie de peste. Le Catalan peut très bien avoir créé un antidote capable d'enrayer une épidémie. Il peut aussi avoir trouvé le moyen de la produire, malheureusement. »

Matteo secoua la tête.

« Même si c'était le plus sinistre des sorciers, le Catalan doit revenir en France. Je vous en prie, faites l'impossible pour l'en convaincre.

— C'est plus facile à dire qu'à faire ! s'exclama Francesco Caetani. Admettons que le pape consente à le laisser partir : qui peut prédire que le Catalan acceptera ? Il n'a certes pas trouvé un accueil agréable à Paris.

— On peut peut-être lui offrir quelque chose qu'il désire, suggéra Dante. Il a peut-être besoin de substances rares pour ses expériences. Des minerais ou des substances difficiles à trouver.

— J'en doute, dit Crescenzio. Arnaud est réservé comme un ermite. Il fait en sorte de ne rien devoir à personne. Même à Sa Sainteté.

— En réalité… il y aurait bien quelque chose. »

Cette voix gracile et gracieuse qui les avait charmés par le chant, mais que tous les hommes présents avaient oubliée, vibra dans l'air et les surprit. Pendant la discussion, Maddalena était restée silencieuse, conformément aux préceptes de l'éducation d'une femme de son rang. Mais elle avait le sentiment qu'elle avait quelque chose d'important à dire ; quelque chose de déterminant.

« Qu'en savez-vous ? » lui demanda Francesco.

Intimidée de se retrouver au centre de l'attention générale, la jeune femme essaya de mettre de l'ordre dans ses idées.

« Ce matin même, maître Arnaud m'a demandé de lui trouver un jaspe vert.

— Du jaspe ? Ce n'est pas une pierre difficile à trouver.

— Non, très révérend père. Vous avez raison. Mais, voyez-vous, maître Arnaud cherchait une variété particulière de jaspe, celle que le médecin romain Galien recommande pour soigner les maux de l'œsophage. Si on le garde sur soi, il soigne également l'ulcère. Certains conseillent même d'y inciser une tête de serpent entourée de rayons, comme l'enseigne Nekepsos dans son quatorzième livre.

— Nekes… Qui est-ce ? Je n'ai jamais entendu parler d'un auteur de ce nom, objecta Matteo.

— Ce n'est pas un docteur de l'Église, expliqua Maddalena, c'est un pharaon expert en minerais thérapeutiques et en interactions physiologiques. C'est maître Arnaud qui me l'a dit. »

Déconcertés, ils se regardèrent les uns les autres. Matteo d'Acquasparta était abasourdi : il ne s'attendait pas à entendre aligner un vocabulaire médical aussi précis par une jouvencelle que l'on aurait plutôt imaginée experte en aguille, fil et dentelle. Même Crescenzio avait du mal à y croire.

« Le Catalan vous a donc longuement parlé de ces questions, petite sœur ? Vous ne seriez pas en train de nous raconter une belle fable ?

— Pas du tout, protesta-t-elle d'un ton amer. Je me promenais dans les allées du jardin et j'ai senti que maître Arnaud avait besoin d'aide. Je ne sais pas pourquoi, je l'ai senti et c'est tout. Je me suis précipitée dans son jardin, la porte était ouverte. J'ai vu que le vieux était monté sur le néflier pour cueillir des fruits, et que, sans le vouloir, il avait fait tomber l'échelle. Il était épouvanté, on aurait dit un chaton en difficulté. J'ai remis l'échelle et il est descendu. Il m'a dit qu'il s'était senti perdu et qu'il avait, à ce moment-là, invoqué l'âme de son ancien maître, celui qui l'avait instruit quand il était jeune. Et que son maître m'avait envoyée, moi, pour lui porter secours.

— Tiens donc... » marmonna Crescenzio.

Il comprenait que le vieil homme ait pu avoir peur et qu'il ait été reconnaissant, mais le fait qu'il se soit mis à parler de certaines choses avec sa sœur lui paraissait pour le moins insolite.

Matteo d'Acquasparta se leva de table pour prendre congé. « Francesco, dit-il avec fougue, vous devez utiliser la sympathie que le Catalan ressent pour vos frère et sœur. Les hommes de culture aiment échanger avec d'autres intellectuels. Si le vieux possède réellement l'antidote dont parle le roi de France, il doit le mettre dans les mains d'hommes de confiance. Il a le sacro-saint devoir d'empêcher tant de morts innocentes. Parlez-lui, Crescenzio. Et vous aussi, ma chère fille. *Vous surtout.* »

En quittant la somptueuse demeure, Matteo d'Acquasparta se sentait incroyablement soulagé. De façon totalement inattendue, il avait trouvé une brèche dans la muraille qui isolait le Catalan et le rendait inaccessible. La jeune, la douce Maddalena Caetani. Une jeune fille pure et sage, icône parfaite de la Sainte Vierge. Jardin clos, source scellée, tour d'ivoire... C'était elle le chemin. La clé secrète capable d'ouvrir le cœur de pierre du savant. C'était sur elle qu'il fallait tout miser.

3

Il y avait une odeur de renfermé sous les voûtes basses et sombres du sanatorium. L'air stagnant était saturé de la puanteur d'haleines rendues acides par la maladie, d'urinoirs pleins oubliés sous les lits et de chair humaine non lavée. De pauvres corps anonymes d'où sortaient, de temps en temps, de faibles plaintes.

Sous la lumière rasante de la fin du jour qui approchait, Crescenzio entra, tenant sa sœur par la main. Une religieuse, vestale anonyme de la charité qui passait à côté, lui jeta un regard réprobateur. « Emmener ici cette jeune fille ! » lui reprochait-elle silencieusement. Pouvait-il lui donner tort ?

« Je n'aurais pas dû me laisser convaincre, se plaignit-il. Vous auriez dû rester à la maison.

— Pourquoi dites-vous ça, Crescenzio ? À Salerne, sœur Gaïta m'a emmenée dans les sanatoriums. Comment apprendre la médecine, sinon ?

— Vous étudiez auprès des religieuses. Combien de malades avez-vous vus ?

— Crescenzio, vous n'imaginez pas combien de personnes frappent aux portes des couvents pour chercher un soulagement à leur maladie.

— Maddalena, ici, c'est différent. J'ai choisi de

venir pour suivre une intuition. Une idée que j'ai eue l'autre soir, lorsque Matteo d'Acquasparta nous a raconté cette terrible histoire sur Arnaud de Villanova et l'épidémie que quelqu'un veut répandre en France. Si j'arrive à comprendre de quelle maladie il s'agit, je pourrai peut-être trouver l'antidote sans impliquer le Catalan. Notre oncle le pape dit que le vieux est réticent lorsque lui-même l'interroge. Quel espoir avons-nous de le convaincre s'il ne veut pas révéler ce qu'il sait au pape en personne ?

— Qui sait ? dit-elle. La pire épidémie que le monde ait connue est celle qui éclata à la fin du premier millénaire. Le feu de saint Antoine. Une phlogose incurable qui mène inévitablement à la mort. »

Crescenzio acquiesça. Lorsque le cardinal d'Acquasparta leur avait parlé de la macabre nouvelle venant d'outre-Alpes, lui aussi s'était immédiatement souvenu de certaines pages de Rodolphe le Glabre. Le moine allemand décrivait la terrible épidémie qui, vers l'an 1000, avait failli dépeupler l'Europe. Un feu dévastateur brûlait les membres alors que les victimes étaient encore vivantes ; à la forte mortalité était venue s'ajouter une sorte de folie collective qui rendait les hommes plus infâmes et féroces que les bêtes. Le pieux moine décrivait un cauchemar, comme si les démons étaient sortis de l'enfer pour ravager la terre. « Une faim enragée poussait les gens à dévorer de la chair humaine. Les voyageurs étaient agressés, et les corps, coupés en morceaux, étaient cuits sur le feu et mangés. Ceux qui se déplaçaient d'un pays à l'autre dans l'espoir d'échapper à la disette et qui étaient hébergés le long du chemin étaient égorgés et servaient de nourriture aux personnes qui les avaient accueillis. Certains appâtaient les enfants en leur montrant un fruit ou un œuf, les entraînaient à l'écart pour les égorger et s'en nourrir. Voilà ce que racontent les annales. »

Maddalena frissonna d'horreur.

« Que sommes-nous venus chercher ici ?

— Un pèlerin allemand.

— Allemand… comme Rodolphe le Glabre ? » demanda-t-elle.

Crescenzio lui adressa un regard rogue, non dépourvu d'admiration. « Vous avez l'esprit bien vif, jeune fille. Je crois bien que notre cher frère le cardinal n'exagère pas lorsqu'il dit que vous faire étudier a été une erreur. Les femmes intelligentes sont rebelles de nature ; si, en plus, elles sont instruites, que Dieu nous protège ! »

Maddalena ne fut pas offusquée. Ces mots, d'un ton sévère, étaient accompagnés d'un regard d'une infinie tendresse.

« Mettez le mouchoir devant votre bouche », ordonna-t-il. Les onguents rares dont il était imprégné lui auraient évité la contagion, au cas où des malades dangereux seraient présents. En passant entre les lits alignés, ils soulevaient discrètement les voilages qui isolaient certains malades profitant de quelques égards.

« Croyez-vous que nous aurons à affronter une vague de lèpre, Crescenzio ? C'est une maladie qui se propage très rapidement.

— Non, la lèpre se répand facilement, mais elle est facile à reconnaître. Même le dernier des ânes saurait en identifier les symptômes.

— Et si c'était la maladie de Vénus ? »

Crescenzio, qui avait une certaine expérience dans les affaires de Vénus, ébaucha un sourire face à la naïveté de sa sœur. « Sans entrer dans les détails, ma chère sœur, si c'était cette maladie, toutes les personnes qui ne fréquentent pas les bordels seraient en sécurité. »

Il en avait soigné, des prostituées : des pauvres sans avenir et des traînées richissimes. Il connaissait bien les signes inexorables de la maladie par laquelle Dieu punissait le vice du plaisir charnel et de la promiscuité. Cela commençait parfois par un petit ulcère dans la bouche, dans d'autres cas les organes honteux étaient touchés les premiers, montrant l'origine de la faute. Phlogoses, douleurs articulaires, tumeurs de la taille d'un œuf ou d'un petit pain partout sur le corps. Tout comme la lèpre, la maladie pouvait consumer la gorge, le nez, les amygdales, ravager le visage et le transformer en une bouillie dégoulinante et nauséabonde. Il n'était pas rare de voir, chez les hommes, les testicules gonflés et décomposés tomber comme des fruits pourris des branches des arbres. Des articulations privées des muscles et des os, des visages corrompus dans lesquels s'ouvraient d'horribles crevasses. Des semaines d'agonie et une mort infâme dans le mépris de tous.

« Aucun de ces malheureux ne souffre de maladies infectieuses », conclut-il avec soulagement lorsqu'ils eurent fini leur tour. Maddalena avait enlevé le mouchoir imbibé de substances aromatiques. « Venez, allons dans le cloître. » Elle le suivit tandis que Crescenzio, une fois quitté le hall du sanatorium, fouillait du regard la masse des visages anonymes des pauvres pèlerins qui étaient venus s'abriter des intempéries sous les voûtes du portique du monastère. Il n'y avait pas de lits pour eux, ils devaient se contenter de recevoir quelque secours en attendant allongés sur des paillasses et autres couches de fortune.

« Le voilà, ça doit être lui », dit Crescenzio, montrant dans un coin à l'écart un fatras de chiffons qui couvrait une misérable épave humaine. Ils s'approchèrent prudemment, Maddalena restant un pas derrière son frère. « Est-ce vous qui venez de Bavière ? » L'homme acquiesça. Il n'était pas vieux, mais son visage montrait tellement de signes de souffrance qu'il paraissait avoir cent ans. Il était très pâle, presque blanc, avec des yeux clairs éteints comme ceux d'un chien moribond.

« Vous étiez mineur ?

— Oui, monsieur. Pouvez-vous me guérir ? »

Il parlait de manière décousue mais compréhensible. Crescenzio se pencha sur lui, mit un genou à terre et le libéra des chiffons dans lesquels on l'avait enveloppé, comme si ces lambeaux d'étoffes sales avaient pu protéger les autres de son atroce maladie. Sur une grande partie de son corps, il portait les traces de brûlures graves et inhabituelles, des bubons et des tuméfactions que Crescenzio et les autres chirurgiens romains n'avaient jamais vus. Pour cela, l'homme avait été isolé et considéré incurable. On le montrait aux étudiants comme porteur d'une maladie anormale qui transcendait les lois de la nature et derrière laquelle se cachait l'œuvre du Malin.

« Quand est-ce que tout cela a commencé ? demanda le jeune homme en recouvrant avec piété ces ruines de chairs irrécupérables.

— Le jour où j'ai trouvé la pierre, murmura-t-il.

— Quelle pierre ?

— Celle qui peut faire de vous un homme riche, répondit-il faiblement. Elle est de couleur foncée et ressemble à de la banale terre durcie, mais à l'intérieur elle a des grandes veines jaunes qui ressemblent à du soufre. La guilde des teinturiers en donne un bon prix. Si vous en trouvez en quantité suffisante, vous en avez fini avec vos malheurs.

— Mais ? »

L'ombre d'une peur immense passa dans les yeux faibles du moribond. Il était désormais tellement épuisé qu'il n'avait plus de rancune envers les hommes ou le monde. « Cette pierre est maudite, monseigneur. Les stries jaunes s'effritent en de si petits fragments qu'ils pénètrent dans la peau. Il n'y a pas moyen de les enlever et, peu à peu, votre corps commence à pourrir alors que vous êtes encore vivant. »

Maddalena sentit une morsure atroce au cœur. Elle se pencha et le caressa. « Pouvez-vous m'aider, petite dame ? Je suis venu à Rome pour prier sur la tombe de saint Pierre. L'apôtre me sauvera peut-être de mon mal… » Elle hésita, puis adressa à son frère un regard suppliant auquel Crescenzio ne put résister. Il lui répondit.

« Seul Dieu sait quand votre heure viendra. Mais nous vous donnerons une médecine qui vous aidera à attendre pendant que le Seigneur décide.

— Que Dieu vous bénisse, mon garçon ! s'exclama le malheureux, et ses yeux eurent, pour un moment, un éclair de vie.

— Dites-moi une dernière chose, le mineur. Ces pierres qui portent la mort… elles ne la donnent qu'à celui qui les touche, n'est-ce pas ? Vos plaies ne causent pas de contagion. Est-ce que je me trompe ?

— Il n'y a pas de contagion. D'autres mineurs qui étaient avec moi ont refusé de les sortir de la terre. Ce sont les pierres de la mort, disaient-ils. Ils ont renoncé à la richesse, mais ils ont gardé la vie qu'ils avaient avant. Je ne sais pas ce qui est pire, monseigneur. »

Crescenzio chercha les yeux de Maddalena, qui sortit de la sacoche accrochée à sa ceinture une petite fiole de teinture thébaïque. C'était l'opioïde le plus fort qu'elle avait, et elle l'approcha pieusement des lèvres du mineur. Puis Crescenzio l'aida à se relever pour la ramener chez elle.

« Les horribles plaies de ce malheureux correspondent à ce que décrit Rodolphe le Glabre. Mais la maladic nc sc propage pas par contagion, sinon dans ce sanatorium tout le monde serait atteint. Je ne sais plus que penser… Ce pèlerin est affligé du mal qui ressemble le plus à celui que le cardinal Matteo d'Acquasparta craint de voir se répandre en France. J'espérais donc que la visite d'aujourd'hui puisse m'éclairer.

— Pourquoi est-ce que vous excluez la peste ?

— Ce n'est pas aussi dévastateur que l'épidémie qui s'est produite en l'an 1000. Pestilence, variole, typhus et autres formes très graves de contagion sont certainement autant de fléaux de Dieu, mais ils ne dépeuplent pas tout un royaume. Dès que les gens tombent malades, les villes et les villages sont mis en quarantaine. On brûle les corps des morts, leurs maisons, leurs objets. Puis, avec le temps, l'urgence cesse. Si le roi de France craint vraiment une augmentation de la mortalité sans précédent, il doit s'agir d'une maladie très difficile à reconnaître rapidement. Et ce pauvre pèlerin a le seul type de maladie à laquelle il paraît impossible de donner un nom… »

Maddalena croisa ses bras sur sa poitrine. Son fin visage devint dubitatif.

« Encore faut-il que le roi de France ait dit la vérité au cardinal d'Acquasparta, fit-elle.

— Que voulez-vous dire ? »

La jeune fille avait une idée en tête, et plus elle y réfléchissait, plus elle en était convaincue.

« Je ne suis pas aussi experte en médecine que vous, Crescenzio ; mais je connais maître Arnaud. C'est un homme de cœur. Malgré sa grande renommée, il est resté pauvre parce qu'il a toujours soigné les gens par amour de Dieu, comme Jésus-Christ qui guérissait sans en attendre de bénéfice. Vous croyez qu'un tel homme pourrait refuser au roi de France un médicament capable de sauver d'innombrables vies innocentes ? Quelqu'un comme lui pourrait-il vraiment produire un venin capable de déclencher une épidémie ? Cela n'a pas de sens !

— Ce n'est pas la seule incohérence, avoua-t-il. Admettons que le roi ait vraiment des raisons de craindre le déclenchement d'une épidémie capable de dévaster son royaume, et qu'Arnaud possède l'antidote : pourquoi ne pas s'adresser directement au pape ? Pourquoi ne pas l'alerter du risque d'une contamination gravissime, qui pourrait, entre autres, traverser les Alpes et arriver en Italie ? Bon sang, tout conflit politique serait aplani face à une telle calamité. Et pourtant le roi ne l'a pas fait. Il a préféré envoyer à Rome Matteo d'Acquasparta à titre privé. Sans aucune accréditation, ni aucune mission officielle. Pourquoi ?

— Le cardinal nous a dit que le roi cherche un antidote. Mais sœur Gaïta me conseille toujours de porter mes cheveux serrés dans un foulard quand on visite les malades ; c'est le meilleur antidote contre les poux, dit-elle. Il est possible que le roi, lui aussi, parle au sens figuré.

— En effet. Ce qu'Arnaud garde en secret ne peut empêcher une pandémie, mais il peut peut-être combattre un malheur que le roi de France craint comme la peste. Probablement plus que la peste.

— Un secret d'État ?

— Oui, petite sœur, et, si l'on est dans le vrai, il doit être des plus important. Cela expliquerait pourquoi Philippe ne veut pas en parler au pape ouvertement par les voies officielles. Sur les berges de la Seine, on peut croire qu'Arnaud de Villanova est un homme pervers au point d'organiser un massacre, du reste ils le haïssent et l'ont dénoncé pour impiété et sacrilège. Mais à Rome, il n'a fait que du bien à son prochain. Il est peut-être réservé, susceptible, têtu plus que tout autre, mais sur les rives du Tibre, le vieil homme n'est détesté que par les médecins pontificaux qui ravalent leur bile noire parce qu'ils ne sont pas à sa hauteur.

— Et ils ne le seront jamais, ajouta-t-elle avec force. Le roi de France pourrait souffrir d'une maladie héréditaire. Il me semble que le cardinal d'Acquasparta faisait allusion à un prince malade dans la famille royale. Peut-être l'héritier du trône souffre-t-il du même mal.

— Ce serait un problème, n'est-ce pas ?

— Ce serait une catastrophe. Si le prince héritier souffrait d'un mal obscur et invalidant, de ces maux qui rendent inapte à gouverner, alors les grands seigneurs de France demanderaient immédiatement au roi d'abdiquer. L'héritier ne pourrait pas accéder au trône s'il était miné par le même mal, cela reviendrait à renverser la dynastie.

— Oui, si l'on donne ce sens à la maladie qui

épouvante tellement le souverain, alors tout devient clair. Et je n'aime pas ça, pardieu ! Nous devons trouver le moyen d'ôter cette épine empoisonnée du pied du pape.

— Qu'est-ce que vous voulez dire ? »

Crescenzio eut un rictus âpre et son visage se fit plus dur.

« Arnaud connaît la vérité, le roi de France veut qu'il aille à Paris et il soumet le pape à un chantage. Mais si le Catalan quittait Rome, le Saint-Père ne pourrait plus être mis en échec. Arnaud doit aller à Salerne. Dans la meilleure école de médecine d'Europe. Là-bas, avec sa réputation, il sera accueilli à bras ouverts et salué comme il se doit.

— Oui, Crescenzio… mais on ne le verra plus. »

Le ton de Maddalena était plaintif et suppliant, comme une prière intense. Crescenzio, perdu dans ses pensées, ne l'entendit pas.

« Notre frère Francesco doit écrire au roi de Naples Charles II d'Anjou. Il demandera à l'école de médecine de Salerne d'offrir rapidement une chaire au Catalan. Compte tenu de la renommée du vieil homme, la demande peut être considérée comme une simple formalité. Pour ma part, je ferai appel à Matteo Silvatico et à mes autres maîtres. La corporation des médecins salernitains va sauter de joie à l'idée d'offrir une chaire à une telle sommité. Qui sait combien de nouveaux étudiants il va attirer.

— Crescenzio, écoutez-moi… »

Inutile ; il était comme un fleuve en crue. « Nous demanderons aussi à messire Dante de nous aider. Je suis certain qu'il le fera sans hésitation. Il connaît beaucoup de gens, lui. » Crescenzio désirait que son ami pose discrètement quelques questions dans le cercle nourri des banquiers florentins qui tenaient une filiale à Rome afin de fournir des prêts au Saint-Siège et à la foule de cardinaux, de prélats et d'ambassadeurs qui tournaient autour de la cour pontificale. Ceux qui manipulaient de l'argent savaient toujours beaucoup de choses, et pouvaient peut-être mettre à jour quelque information inédite sur la faune turbulente qui peuplait les couloirs du Louvre. S'il y avait une agitation contre le roi de France, elle devait avoir produit des échos. Il en serait de même en cas de grave maladie ou de tare physique cachées dans l'histoire de la maison royale française.

Maddalena renonça à toute protestation. À quoi bon ? Crescenzio semblait même exalté à la perspective qu'ils puissent bientôt se débarrasser de cette sale histoire. Elle comprenait les raisons de son frère, mais elle ne partageait pas son euphorie à l'idée qu'Arnaud quitte Rome. Elle ne pourrait plus le voir ni lui parler. Ce vieil homme grincheux et lunatique, toujours enfermé dans son enceinte fortifiée au sommet des jardins du Vatican, l'attirait avec une force empathique qui allait au-delà de tout motif raisonnable, sans qu'elle puisse comprendre pourquoi. Mais dans la vie, elle le savait bien, il y avait beaucoup de choses pour lesquelles on ne trouvait pas d'explication. Parce que l'invisible avait ses courants secrets qui nous traversaient et interagissaient avec nous. Tout comme les courants de la mer, ils étaient forts, insondables, profonds. Il pouvait toujours se passer quelque chose.

4

Dans les brumes d'une nuit sans lune, un vieil homme traversait une forêt au bord d'un marais. Devant lui s'étendait un marécage putride où s'agitaient des nœuds de serpents. Seul un lambeau de terre avait été épargné par la pourriture et la puanteur ; et sur cette terre, une rose blanche s'était épanouie. Pure, la fleur ouvrait sa corolle vers un rayon de lumière tombant du ciel. Même l'horreur des ténèbres et la violence du vent glacial semblaient vulnérables devant tant de beauté.

Le vieil homme osa mettre les pieds dans cette eau qui fourmillait de vermine attirée par la rose et son odeur céleste. Il lui sembla qu'il ne pourrait plus vivre s'il ne la cueillait pas. Mais quelqu'un d'autre ressentait le même désir. De l'épaisseur impénétrable de la forêt émergea au galop un animal d'un noir profond, la toison à rayures argentées, les flancs agiles dans la course, une corne pointue au centre du front. Dieu, quelle bête incroyable ! La licorne lui disputait la rose blanche, prête à le transpercer avec sa corne plus tranchante qu'une épée.

Arnaud de Villanova se réveilla en sursaut, trempé de sueur. Où était-il ? En quel jour, en quel mois de quelle fichue année ? Le cri lugubre d'une huppe lui rappela qu'il faisait encore nuit. Il se leva et se passa de l'eau sur le visage. Il avait encore rêvé, et ce rêve récurrent le tourmentait. Cette fois, il n'avait bu aucun philtre. Un pouvoir surhumain l'avait emporté hors de lui pendant son sommeil ; son esprit avait reçu une vision. Ce rêve était une prémonition, il en était certain. Mais comment l'interpréter ?

La lande putride représentait le monde : boue et saleté partout, un enfer peuplé d'hommes lâches et malfaisants comme des vipères. La bête magnifique et féroce qui voulait l'attaquer était une licorne, et le vieil homme ne savait que trop bien qui se cachait sous ces faux-semblants : son élève de Paris. La seule personne au monde à qui il avait transmis, au moins partiellement, ses connaissances. Les souvenirs remontaient à la surface de sa mémoire, remplis de colère, de douleur et de nostalgie. « Je vous hais, pensa le vieil homme. Je vous déteste parce que vous m'avez trahi. Et je me déteste aussi, parce que je vous ai fait confiance. Oui, je vous ai bêtement fait confiance, je croyais sans réserve en votre bonne foi, comme le dernier des imbéciles. Je voulais vous confier le secret pour trouver l'or des philosophes, alors que vous ne vouliez que les excréments du diable. *Vade retro*, homme indigne ! J'emporterai dans la tombe ce que je sais, et jamais, plus jamais, je ne commettrai l'erreur de transmettre à quelqu'un d'autre ce que j'ai appris ! »

Il toucha ses poignets, où sa peau portait encore les marques indélébiles des chaînes qu'ils lui avaient mises. Le pilori, le chevalet… impossible d'oublier cette expérience atroce. Il se demandait si son malheur était un instrument de la Providence, et dans quel dessein Dieu l'avait forcé à endurer ces souffrances. Il devait y avoir une raison, quelque part ; parce que rien n'arrivait par hasard. Même le rêve qu'il venait de vivre n'était pas anodin, il devait donc le déchiffrer pour comprendre le mystérieux message qu'il lui avait apporté cette nuit-là. Il était au moins sûr d'une chose, les images parlaient clairement : son élève le cherchait, il avait désespérément besoin de son aide, c'était ce que signifiait la férocité avec laquelle la licorne l'attaquait. Et il imaginait très bien ce qui troublait l'âme du roi de France, ce qui lui coupait le sommeil et l'appétit, empoisonnait son sang…

Pendant les mois où il avait vécu en étroite confiance avec le roi, Arnaud avait pu connaître une grande partie des secrets qui tenaillaient l'âme de l'homme le plus craint sur terre ; mais son insécurité la plus déchirante prenait sa source dans une certaine tare. Une tare inscrite dans son propre sang. Un défaut originel et irrémédiable, auquel il était impossible de porter remède, et que l'on cachait soigneusement jusqu'à ce que quelqu'un le découvrît. Ce moment était venu, et ce quelqu'un s'appelait Bernard Saisset, l'évêque de Pamiers. C'était l'instrument de la Providence qui visait à punir le roi de France de ses fautes. *Deus Sabaoth*, le dieu des armées, avait choisi de se venger par l'intermédiaire de cet homme, car Saisset était assez âgé pour avoir vécu personnellement de graves événements du passé. Suffisamment haut placé dans les hiérarchies du monde pour connaître certains détails scabreux concernant Philippe le Bel, et assez courageux pour les proclamer aux quatre vents.

Dieu punit les fautes des pères chez les enfants, proclamaient les Saintes Écritures, il en était ainsi de génération en génération. Le Seigneur pardonnait, bien sûr ; mais il était nécessaire que l'homme se pliât, s'inclinât devant le trône du Très-Haut pour implorer sa pitié. Et Philippe le Bel n'était pas homme à reconnaître ses torts. Cette licorne, qui, dans le rêve, se jetait sur Arnaud dans une course furieuse et désespérée, était sans aucun doute le roi qui l'appelait à Paris. Il le voulait près de lui parce que le vieil homme savait ; mais surtout, parce qu'il avait les moyens de détourner cette calamité de lui et de ses descendants. Le connaissant, le roi devait se démener comme un beau diable pour y réussir. Mais la rose ? Que signifiait la fleur lumineuse, miracle de beauté dans un marais rempli de serpents ?

Il pensait qu'il trouverait peut-être la réponse dans les écrits de ceux qui l'avaient précédé. Il prit la clé qu'il portait attachée à son cou. Il ne l'enlevait jamais, même pour dormir, car elle fermait le coffre en fer des livres secrets, des textes rares de magie astrale et de sciences occultes que les sages devaient connaître mais garder secrets. Car, comme l'enseignait Aristote, si on divulguait les arcanes de la nature, on enfreignait un sceau céleste, et toutes sortes de malheurs pouvaient se produire. Malheureusement, il ne trouva rien, dans le livre, qui aurait pu l'aider à déchiffrer la signification du rêve. Cela voulait dire qu'il lui faudrait parcourir le chemin difficile de la compréhension, en prenant soin de ne pas faire d'autres erreurs, d'autres faux pas. Il pensa à son ancien maître et son souvenir lui donna du courage. Comme toujours, quand il avait des problèmes.

« *Kibrit ahmar*, disait le savant. Vous êtes du soufre rouge, Arnaud : et sous ma conduite, vous avez atteint la perfection. » Dans le langage des érudits d'Al-Andalus, cette expression propre à la transmutation alchimique indiquait un minerai très rare et hautement réactif. Il désignait également des êtres humains, très peu nombreux sur la terre, qui, par nature, pouvaient accéder au plus haut niveau du parcours initiatique. Au-delà duquel il n'y avait que l'omniscience de Dieu et la sphère des intelligences angéliques. Soufre rouge. C'était la précognition. Un sixième sens voué à l'invisible ; la capacité de percevoir la dimension du temps comme s'il ne s'agissait que d'un long tapis qui s'enroulait et se déroulait à l'infini. Grâce à cette sensibilité, Arnaud avait senti que des dangers pointaient à l'horizon. Il les avait sentis peser sur lui comme l'haleine lourde de la nuit qui précédait les catastrophes, mais il savait aussi qu'à la fin, il aurait surmonté toutes les difficultés. La rose était la réponse. Le vieil homme en était sûr : dans l'énigme de la fleur très pure, il y avait la clé du destin.

Des coups secs retentirent à la porte. Le vieil homme sursauta. Qui venait le déranger ? Il ne voulait personne dans son laboratoire. Et surtout pas des laquais ou des servants, car leur aura vitale pleine d'ignorance et de vulgarité ne devait en aucun cas contaminer l'air éthéré de cette pièce, dont il maintenait la pureté par des pénitences, des prières et des fumigations d'encens. Il tira un rideau pour cacher son travail scientifique à la vue des regards profanes et ouvrit la porte à contrecœur. Il se retrouva face à un homme d'une quarantaine d'années, d'apparence agréable, abondant par son ventre et grossier par son visage, avec une carrure de bœuf paisible et des mouvements paresseux. Il avait des yeux d'un noir intense sous le ruban ininterrompu de ses sourcils qui lui donnait une expression volontaire d'autorité patriarcale. Il fixait le vieil homme avec un sourire sournois derrière lequel l'œil averti d'Arnaud saisit la présence d'une intelligence très fine. Il était habillé comme un laïc, mais Arnaud le reconnut immédiatement. L'expression hostile et renfrognée quitta son visage, car elle était totalement déplacée pour recevoir Francesco Caetani, neveu de Boniface et cardinal-diacre de Santa Maria in Cosmedin. « Illustre monseigneur, vous m'honorez… »

Le cardinal leva le bras droit dans un large geste de bénédiction. Un geste étudié, théâtral, exagérément solennel. Il aimait le faire. C'était encore nouveau pour lui, qui n'avait jamais souffert de ferveur mystique. Un beau matin, il s'était réveillé comme d'habitude dans le lit de son épouse Maria, et le soir, vêtu de soie pourpre, s'était retrouvé comme par enchantement au Sacré Collège. À contrecœur, sa femme avait dû se retirer dans un couvent pour qu'il puisse occuper ce poste ; néanmoins, bien qu'enfermée dans le cloître, la dame lui avait miraculeusement donné deux adorables enfants. Ce geste de bénédiction solennelle, capable de répandre la bienveillance divine sur le monde, le séduisit d'une manière singulière, presque comme s'il renfermait un souffle de magie. Les prêtres de la curie le lui avaient appris à la va-vite ; mais ils n'étaient pas bons dans cet exercice. Ils le faisaient sur un ton mineur, totalement inadapté à sa nouvelle dignité. Il avait préféré copier le style de son oncle, le Saint-Père, qui n'avait pas son pareil pour montrer au monde à quel point l'autorité terrestre et céleste de la sainte Église romaine était vaste, puissante et supérieure.

Arnaud de Villanova secoua la tête, dégoûté par les

coutumes séculières qui affligeaient le clergé. Il lui semblait paradoxal d'être béni d'un geste aussi solennel par un homme en tenue de chevalier, l'épée au flanc, qui plus est. Et encore, il fallait admettre que celui-ci n'était pas des pires : en tant que cardinal-diacre, il n'avait jamais prononcé ses vœux, il restait laïc et entretenait un commerce charnel avec une seule femme, celle qu'il avait autrefois épousée. D'autres se tachaient chaque jour de fautes bien plus odieuses. Il plia la tête et fit le signe de la croix. « Maître, je sais que vous connaissez déjà Crescenzio. Et Maddalena aussi », dit Francesco Caetani. Elle apparut, intimidée, derrière la silhouette épaisse de l'Éminence. Arnaud hocha la tête. Il ne la connaissait que trop bien, la petite. Il s'était désormais habitué à sa présence. Il s'y était attaché. Il lui arrivait souvent de la surprendre derrière la palissade qui clôturait son jardin-forteresse, un privilège inestimable que Boniface lui avait accordé pour pouvoir mener ses expériences en toute tranquillité. La jeune fille se cachait pour l'espionner tandis qu'il s'occupait de ses rares plantes exotiques, pleines de vertus curatives et de poisons. Elle avait à l'égard du vieil homme, et de son vaste savoir, une curiosité maladive. « Certainement, Votre Excellence. J'ai eu l'occasion de parler avec elle. On ne rencontre pas souvent une jeune femme aussi instruite », répondit Arnaud. Francesco Caetani soupira, comme si l'autre venait de noter une faute.

« Certainement… fit-il remarquer, un peu mal à l'aise. Nous avons commis l'erreur de l'envoyer étudier auprès des religieuses à Salerne. Nous croyions qu'on allait lui apprendre la doctrine, et elle s'est mise à recopier des manuscrits. Qui sait ce qu'elle a lu dans ces livres ! Mon frère Crescenzio a même peur que Maddalena ne comprenne le grec…

— Qu'y a-t-il de mal ? demanda Arnaud, qui essuya aussitôt un regard réprobateur.

— Il y a que Maddalena est noble et qu'elle doit se marier, répondit Francesco. Où va-t-on trouver un mari si l'on vient à savoir qu'elle est plus instruite qu'un homme ? De plus, toutes ces choses qu'elle a lues ont créé un grand désordre dans sa tête. Elle fait des choses étranges. C'est pour cela que nous vous demandons de la guérir. »

Arnaud fixa avec attention la jeune femme qui, la tête baissée par modestie, l'épiait malgré tout d'un regard en biais. Francesco Caetani n'avait pas tort, il y avait en elle quelque chose de particulier. Elle irradiait de cette chaleur délicate que seules libèrent les âmes dignes d'être aimées. Elle semblait disparaître dans cet habit coûteux mais un peu trop grand pour elle, surtout à la poitrine. Il était en velours rouge foncé, vif comme un rubis, avec un décolleté brodé d'un feston de sept fleurs blanches qui semblaient rayonner depuis le centre de la poitrine, portées par une branche autour de laquelle s'enroulait une vipère d'or. On aurait dit des roses blanches, assorties à l'impression de candeur intérieure qui émanait de la jeune fille. Des roses blanches…

« Maître Arnaud, reprit Francesco Caetani. Nous avons reçu la visite du cardinal Matteo d'Acquasparta. Il venait de Paris, avec des nouvelles inquiétantes. Là-haut, ils ont des raisons de craindre qu'une terrible épidémie éclate bientôt. » Le cardinal s'interrompit, laissa ses pensées en suspens et commença à cligner des yeux. Il était clair qu'il voulait faire allusion à quelque chose, mais de manière trop vague pour que le vieil homme puisse en saisir le sens. Il lui donna alors la réponse qui lui sembla la plus correcte. Une réponse purement scientifique. « Il n'y aura pas d'épidémie à court terme, très illustre. Les mouvements des astres laissent prévoir l'arrivée d'une mortalité effroyable, c'est vrai. Mais la rotation des orbites est telle qu'elle ne pourra se produire que vers le milieu de ce siècle. » Déçu, Francesco Caetani regarda son frère Crescenzio, qui vint à son secours. « Maître, le roi de France met en vous ses espérances, dit le jeune homme sur un ton conciliant. Sa Majesté sait que vous avez un médicament capable d'éviter l'épidémie. Ou que vous êtes en mesure de le produire. » Le Catalan fronça le front et ses épais sourcils devinrent un seul ruban blanc. « Bien sûr, je peux produire des médicaments contre les fièvres mortelles, confirma-t-il. Mais je ne serai plus là quand cela adviendra. Je vous l'ai dit : la peste arrivera au milieu de ce siècle. Et d'ici là, je serai certainement poussière. »

Le ton était si assuré et au-delà de tout soupçon que les deux frères en furent découragés. Le vieil homme feignait de ne pas comprendre et possédait un solide talent de comédien ; en clair, il n'avait aucune intention de collaborer. Pendant quelques instants, les deux frères restèrent perplexes, s'interrogeant en silence sur ce qu'il leur restait à faire. En revanche, Maddalena remarqua un détail qui leur avait échappé, peut-être parce qu'elle, et elle seule, avait écouté les paroles du vieil homme sans arrière-pensée. « Maître, vos médicaments sont un don de Dieu, murmura-t-elle avec force, même si sa voix tremblait un peu. Vous ne pouvez pas emporter avec vous dans la tombe quelque chose qui peut sauver tant de personnes. Vous devez en parler à quelqu'un ; transmettre le secret de la fabrication… » Arnaud la regarda avec une étrange expression à mi-chemin entre mécontentement et estime. Elle avait du courage, la petite ; et dans ses paroles vibrait la force universelle du bien qui, depuis l'aube du monde, maintenait vivant le genre humain.

« Vous avez raison, ma fille. Je transmettrai à quelqu'un le secret. À vous, peut-être ? La procédure est écrite en caractères koufiques, mais je présume que vous savez lire l'arabe, non ? » Il y avait de la provocation dans cette question, mais elle ne se laissa pas intimider et fixa le vieil homme avec un air de défi.

Francesco Caetani s'alarma de cette sorte de duel qui s'était soudainement engagé. Il craignait que l'impertinence de sa sœur puisse troubler le vieux lunatique et mette fin à tout espoir de réussite de leur démarche. « Excusez-la, maître. Ma sœur s'égare parfois. À la maison, nous nous sommes habitués à ses humeurs, mais elle devrait avoir la prudence de garder la bouche fermée devant les autres. La pauvre a subi un grave accident, quand elle était petite, et depuis lors elle souffre de mélancolie et de visions. » Intrigué, Arnaud gardait la jeune fille sous le feu de ses yeux pénétrants comme ceux d'un faucon, sans clignement des paupières. Il l'étudiait attentivement. « Quelles visions ? » Francesco Caetani frémit d'impatience mais se domina. Maintenant, leur échange se déplaçait inutilement sur Maddalena comme un bateau qui virait loin de sa route, alors qu'il avait espéré conclure l'affaire vite et bien : convaincre Arnaud de livrer ce qu'il détenait, ou de s'en aller au royaume de Naples. Au lieu de ça… Il décida cependant de satisfaire la curiosité du vieil homme pour s'en attirer la sympathie. « Voyez, maître, ma sœur rêve des morts. Ces morts sont des gens qu'elle ne connaît pas, et ils viennent la voir en rêve pour lui raconter leurs histoires. Vous saisissez la gravité du problème, n'est-ce pas ? » Maddalena eut l'impression que le vieil homme ne la jugeait pas sur ses délires, au contraire, il la regardait avec indulgence, comme s'il essayait de savoir si elle détenait un don secret et précieux. Pendant des années, elle avait caché à tous ses étranges rêves, apprenant la vertu du silence à coups d'autoflagellation et de pénitences, de jours passés à genoux sur les pierres qui entraient dans la chair vive, et d'autres mortifications capables de briser la volonté. « *Vitanda*, répétait avec effroi en latin l'abbesse de Saint-Georges, *vitanda*, prenez garde, ma fille, on pourrait vous mettre au bûcher. »

Arnaud de Villanova, cependant, était un homme différent de tous les autres. C'était un puits plus profond, une mer qui baignait des rivages éloignés où aucun fleuve ne conduirait jamais. Il pouvait peut-être comprendre et l'aider. « Quand ont commencé ces rêves ? » demanda le vieil homme.

Les bizarreries de Maddalena remontaient à un accident qui lui avait presque coûté la vie, des années plus tôt, expliqua le cardinal. Son père, Roffredo Caetani, comte de Caserte, était mort subitement. Le château était bondé de gens connus et d'étrangers venus rendre un dernier hommage au grand seigneur. Même le roi de Naples était monté jusqu'à Gaète, pleurant la perte d'un vassal fidèle et d'un ami sincère. Le jour des funérailles, un va-et-vient de visages inconnus encombrait les pièces ; des chevaliers portant l'épée, des prêtres qui marmonnaient des Notre Père, des clercs qui agitaient des encensoirs. Elle n'avait que sept ans, elle errait dans la grande demeure en regardant tous ces étrangers avec son petit visage blême d'orpheline, elle trébucha dans la robe de cérémonie qu'on l'avait obligée à porter pour l'occasion mais qui était trop longue pour sa taille. On la perdit de vue. Un homme l'a attrapée sans ménagements, l'a traînée dans une pièce à l'étage. Il a voulu la violenter, la petite s'est échappée, a sauté sur le rebord de la fenêtre, s'est redressée, a regardé en bas… Cela n'a duré qu'un instant.

En bas, dans la rue, le cortège funèbre attendait que les officiels à cheval, les musiciens, les pleureuses payées pour s'arracher les cheveux et crier de douleur, se mettent en rangs. Exactement à l'aplomb de la fenêtre se tenait l'énorme char mortuaire, couvert de parements noirs redondants. Le corps apprêté du comte la regardait depuis le cercueil que l'on avait laissé ouvert pour que le peuple puisse lui jeter des roses en passant. Il avait les yeux clos des trépassés, et pourtant il semblait l'attendre. La petite fille se précipita. C'était une fleur innocente arrachée à la branche, une hirondelle dans le vent. Elle voulait rejoindre son père dans sa tombe, mourir avec lui, échapper à la violence que sa petite âme chaste et sans défense ne pouvait que deviner. Elle voulait une place dans cette mort. Elle y avait droit, elle la réclamait.

Le cocher s'était évanoui de peur à ce bruit inattendu. On l'avait retrouvée enveloppée dans les soieries des voiles noirs, comme la larve d'un papillon crépusculaire. Elle respirait encore. La chair du défunt avait amorti la chute, monsieur le comte père en était resté légèrement déformé et avait perdu la bienheureuse sérénité que les croque-morts lui avaient composée.

Les lèvres raides et livides s'étaient ouvertes, les dents étaient apparues dans une espèce de rictus méprisant qui semblait chargé d'imprécations. Il paraissait vouloir dire à sa famille : « Que Dieu vous maudisse, chiens galeux, que la vermine et le cancer vous dévorent. Moi, même mort, je protège ma petite mieux que vous ! »

La jeune fille avait une grosse bosse sur le front et semblait inconsciente. Monseigneur l'oncle-pape fit venir les meilleurs médecins du monde pour la soigner. Ils restèrent à son chevet pendant sept jours entiers et essayèrent toutes sortes de cures. Ils lui firent boire de la thériaque, ils appliquèrent des cataplasmes et des emplâtres. Elle restait toujours absente, les yeux vitreux et immobiles, sans lueur de vie.

Le huitième jour, un sage juif s'avança, qui jusqu'alors n'avait pas osé parler, laissant à ses collègues chrétiens l'honneur de servir le pape dans cette douloureuse situation. L'homme se pencha sur le lit, trempa l'ongle de son petit doigt dans une encre étrange dont il possédait le secret. Il traça des signes sur le front de l'enfant, se pencha sur sa bouche et souffla dedans en prononçant un mot étrange. Maddalena se réveilla de son sommeil léthargique, toussa, demanda à boire. Elle avait survécu, mais elle ne semblait plus être la même. Elle n'avait plus voulu quitter la robe qu'elle portait ce jour-là, si bien qu'il avait fallu lui faire coudre deux autres costumes identiques. Elle disait que cette robe était en quelque sorte devenue un tout avec sa personne, une seconde peau : parce que dans cette robe elle était morte, et dans cette robe elle était revenue à la vie. Le Catalan écoutait attentivement, et au fond de lui un soupçon commençait à prendre forme.

« Le Juif a tracé des signes sur son front ? demanda-t-il à Crescenzio.

— Oui, maître, confirma celui-ci. Trois signes, qui ont disparu immédiatement. Comme si la tête de ma sœur les avait engloutis.

— Vous souvenez-vous de la forme ? Étaient-ce des lettres ?

— Je ne sais pas.

— Moi, je m'en souviens, dit-elle, décidée. Je les ai vus en rêve tant de fois. Je vous les montre. »

Elle prit une craie et dessina sur le bois de la table.

א מ ת

« Tout va bien, maître ? » demanda Francesco Caetani. Les yeux du vieil homme qui s'étaient tout à coup fixés sur le néant commençaient à l'inquiéter. « Oui, bien sûr, dit Arnaud en s'extirpant de ses pensées. Expliquez-moi, petite fille. Vous avez dit que le Juif a prononcé un mot en se penchant sur votre bouche. Vous souvenez-vous de ce mot ? » Maddalena hocha la tête. « *Neshamah* », murmura-t-elle sans hésiter. Un instant de silence absolu. Le visage d'Arnaud était un chiffon blanchi par l'incrédulité.

« *Neshamah*… marmonna-t-il péniblement. En êtes-vous sûre ? Vous vous trompez peut-être.

— Non, maître. C'est exactement ce qu'il a dit. Je me souviens d'autres mots. Dix mots. Ils reviennent dans mes rêves avec celui-là, comme autant de branches d'un arbre qui s'élève jusqu'à toucher le soleil. »

Arnaud sembla avaler de travers. Était-ce possible ? *Neshamah*, la plus haute partie de l'âme qui se réveillait chez celui qui était prêt à connaître mystiquement

Dieu, et à comprendre avec quelles briques secrètes fut édifié l'univers.

« Dix mots, murmura-t-il. Pouvez-vous me les dire ?

— Certainement. Le premier est *Keter*, le deuxième *Hokmah*. Et puis *Binah*, *Hesed*…

— Et voilà, maître ! s'exclama le cardinal, tout agité. Vous l'entendez ? Elle crache toutes ces bizarreries, *ablabla*, *afafa*, on n'y comprend rien. On ne peut pas la donner en mariage dans cet état : son mari va avoir peur et il va nous la renvoyer ! »

Le vieil homme se couvrit les yeux de la main. Il devait absolument se contrôler. Ce n'était pas facile de rester froid et maître de ses nerfs après ce qu'il venait de découvrir.

« Ce n'est pas grave, dit-il pour minimiser l'incident. Votre sœur souffre d'une légère hystérie juvénile. Je vais lui préparer un calmant. Tout va s'arranger.

— Nous vous en remercions, maître. S'agissant du médicament que cherche le roi de France…

— Je vous répète que je n'en sais rien, répondit le vieux. Mais je serai honoré de préparer tous les remèdes que Sa Sainteté me demandera. »

Francesco Caetani fut assez satisfait de la réponse, qui, bien que sibylline, lui laissait des raisons d'espérer. Le Catalan ne voulait rien donner à Philippe le Bel, mais il était plein de reconnaissance envers le pape et aurait fait n'importe quoi pour lui. Il suffisait de travailler encore un peu le sale caractère du vieillard pour l'assouplir et lui faire dire quel genre de médicament était nécessaire à la besogne. Boniface lui demanderait de le concocter, et on pourrait l'envoyer ensuite discrètement à Paris. C'était une victoire partielle. Le verre était à moitié plein.

Le cardinal se leva en soutenant de sa main gauche la lourde épée qu'il portait accrochée à son flanc et quitta volontiers le logis du vieux savant, où planait cette vague odeur de soufre qui l'inquiétait. Crescenzio marchait derrière lui, perplexe, Maddalena suivait avec un air humilié. Après avoir fermé la porte, Arnaud dut s'asseoir, en proie à l'émotion. La jeune fille était un prodige, elle était peut-être la réponse vivante aux invocations secrètes qu'il n'avait jamais eu le courage d'adresser au ciel. C'était elle, la magnifique rose blanche qu'il avait vue en rêve. Il en était sûr, désormais. Une fleur du paradis, pure comme l'âme humaine avant le péché originel. Dans le rêve prophétique, la licorne essayait de s'en emparer. Pour l'intelligence affûtée du vieux savant, cela avait un sens bien précis : son élève parisien avait besoin d'elle. Un homme puissant qui avait dans ses mains le destin de millions de personnes ne pouvait se passer de l'aide de cette jeune fille sans défense. Elle seule pouvait l'aider.

De quelle manière ? Il devait absolument le découvrir.

5

Une bête, sans doute. Un être à mi-chemin entre un animal et le diable, une âme sans paix ni espoir de salut, certainement non humaine, même si elle marchait comme n'importe quel bipède et se fondait dans la masse des pèlerins qui passaient le pont Saint-Ange pour franchir les murs du Vatican. Probablement une gitane, païenne ou sarrasine. Elle marchait pieds nus, couverte de haillons en lambeaux qui semblaient la protéger du froid. Dante se retourna encore une fois, elle était toujours là, derrière lui. Elle le regardait dans la foule dense, comme si elle voulait quelque chose. Ses yeux noirs pointés sur lui s'enfonçaient dans sa chair comme des clous, ou pire, une malédiction. Elle était maigre tel un animal malade, mais pas moins dangereuse pour autant. Une louve affamée, avide de Dieu sait quoi. D'âmes humaines, peut-être ? Pourquoi semblait-elle le chercher, lui, et personne d'autre ?

Soudainement, des vers affleurèrent à la surface de sa mémoire, irrépressibles.

Ed una lupa, che di tutte brame
sembiava carca ne la sua magrezza,
e molte genti fé già viver grame...

Une louve qui de toutes les convoitises
Semblait être chargée dans sa maigreur,
Qui beaucoup de gens réduit à la misère…

Lorsqu'il franchit les murs pour se diriger vers le palais, ce fut un immense soulagement. Cela avait été une dure journée, placée sous les augures funestes d'une pluie interminable qui défaisait les nerfs et semblait s'enfoncer dans les os. Mais le point culminant de ce triste jour fut la lettre que l'on remit à Alighieri juste avant le déjeuner.

Messire Dante,

Depuis des semaines, la Seigneurie est sans nouvelles de vous depuis Rome et ce silence nous met en alerte. Ne croyez pas que je vous écrive pour vous réprimander. J'ai moi-même suggéré votre nom au moment où il a fallu choisir l'homme à qui confier cette délicate mission. Je ne le regrette pas. J'espère seulement que le retard de votre communication n'est pas dû à de mauvaises nouvelles pour nous : Florence est très inquiète, il règne dans les rues un sentiment d'incertitude que l'on n'avait pas connu depuis des années.

Il y a quelques jours, des bannis sont revenus d'exil. Ils apportent des nouvelles alarmantes. Certains d'entre eux savent, ou croient savoir, que les Français ont l'intention d'encercler notre ville dans un étau étouffant pour, à terme, s'emparer des institutions et mettre fin à la république. Nous, les Blancs, nous nous battrons jusqu'au bout pour défendre notre liberté. Mais il est urgent de faire la lumière sur certains faits. Vous et vous seul, depuis Rome et grâce à vos relations d'amitié avec les petits-neveux du souverain pontife, avez la possibilité de clarifier la situation.

Ce qui nous inquiète, c'est un fait qui remonte à une génération. Vous étiez trop jeune pour que la chose pût laisser une trace dans votre mémoire, vous deviez avoir une dizaine d'années au plus. En l'an de grâce 1276, le cruel prince Charles d'Anjou, frère du roi de France Louis IX, avait pris les armes dans l'espoir de dominer toute la péninsule italienne. L'histoire de l'Église n'a pas connu d'année aussi difficile : en quelques mois, de janvier à décembre, trois papes furent élus et moururent l'un après l'autre après seulement quelques semaines de règne, apparemment rappelés par Dieu. Les trois souverains pontifes, Innocent V, Adrien V et Jean XXI, déplaisaient au prince d'Anjou car ils n'étaient guère complaisants face à ses plans de conquête. On raconte que dans ces années-là, les hommes de la Seigneurie avaient signé un pacte avec Charles d'Anjou qui prolongeait *sine die* une charge de gouvernement que le prince avait déjà occupée à Florence. Les termes de l'accord étaient si vagues et en même temps si contraignants qu'ils pouvaient fournir à l'Angevin un bon prétexte pour placer Florence sous sa domination.

À la lumière de cette découverte, messire Dante, voici de nouvelles instructions pour vous : essayez d'entrer dans la chancellerie apostolique et de consulter les registres papaux pour retrouver ce traité. Nous craignons que nos aïeux, dans le noble but de sauver Florence d'un terrible siège, aient fini par vendre sa liberté aux Français. Nous craignons maintenant que le prince Charles de Valois, petit-fils de l'Angevin, ait saisi cette alliance secrète pour s'en servir contre nous, le moment venu. Nous ne savons pas quelle est la position du roi de France à ce sujet ; Philippe pourrait même être dans l'ignorance des plans de son frère. Seul le souverain pontife peut connaître la vérité. Je viendrai bientôt à Rome. Et j'espère recevoir de vous des nouvelles réconfortantes. Que Dieu vous protège.

Guccio de Médicis

Dante avait lu et relu cette lettre, au point d'en connaître le contenu par cœur. Il l'avait soigneusement pliée et rangée dans sa bourse et s'apprêtait à accomplir cette nouvelle mission. Sa première réaction, en parcourant ces lignes, avait été un cuisant sentiment de culpabilité : totalement pris par l'aide qu'il apportait à Crescenzio dans son enquête, il avait fini par négliger ses obligations de serviteur de la République florentine. Mais après avoir culpabilisé, il avait ressenti un terrible soupçon. Il n'avait pas perdu son temps en aidant son ami. Car il existait peut-être un lien ténu entre Arnaud de Villanova et ses philtres toxiques et la menace qui pesait sur Florence. N'était-ce pas la puissance du prince de Valois que la Seigneurie craignait ? Et qui plus que le prince Charles pouvait aspirer au trône de France si son frère Philippe venait à tomber ?

Fils cadet de la famille royale, éternel second de son frère le roi, Charles ne désirait qu'une chose, se trouver une couronne, mais il n'avait jamais eu de chance. Âgé de treize ans à peine, le pape Martin IV l'avait élu souvèrain de Castille pour remplacer le chef de ce royaume, destitué et excommunié. Mais l'homme avait gardé le trône bien accroché à son séant. Charles de Valois avait alors épousé Marguerite de Courtenay, héritière du trône impérial byzantin qui était toutefois resté entre les mains des Grecs. On disait que son père Philippe III, sur le point de mourir, avait demandé à l'héritier Philippe de trouver un royaume pour son frère cadet, si malheureux.

Combien de temps s'était-il écoulé depuis lors ? Quinze longues années, pendant lesquelles Philippe n'avait guère exaucé le vœu de son père. Il n'avait pas bougé le petit doigt pour aider son frère. Il le gardait à son service, car il lui était bien utile. Il était naturel, dès lors, que Charles, terriblement déçu, ait pu vouloir prendre sa revanche sur son frère parjure. Charles était le seul autre fils de Philippe né de sa première femme Isabelle d'Aragon. Si quelqu'un avait le droit de monter sur le trône de France en cas de défaillance de Philippe le Bel, c'était bien lui. Les livres d'histoire débordaient de trahisons comme celle-ci, voire plus immondes : frère contre frère. Caïn contre Abel.

Charles avait peut-être passé un accord avec les rebelles. Arnaud de Villanova avait découvert la machination, mais devant la perspective de dénoncer un homme si puissant, il avait préféré s'enfermer dans un silence de tombe. À quoi bon révéler ce qu'il savait ? Philippe aurait-il jamais cru que l'homme prêt à le détruire, à le faire périr lui ainsi que tous ses enfants, était né de l'utérus de sa propre mère ?

« Cette femme en a après vous », dit la sentinelle. Perdu dans ses pensées, Dante fut pris au dépourvu.

« Quelle femme ? » Le soldat tendit le bras et pointa l'index. En le suivant, Dante rencontra de nouveau le regard de la Sarrasine. Elle était toujours là, immobile, pour lui. Quelque chose, peut-être une force invisible, avait arrêté sa poursuite tenace ; mais la décision qu'on lisait dans ses yeux de bête experte dans le dur métier de vivre laissait entendre que ce n'était pas du tout un adieu.

« Mais qui est cette souillon ? Je ne la connais pas, dit Dante sans hésitation.

— Une gitane, répondit l'autre avec placidité. Elle vient ici pour demander l'aumône aux parents de Sa Sainteté.

— Chez Loffredo ?

— Ceux-là ne feraient même pas la charité à Jésus-Christ… Je parle de ce brave garçon un peu étrange qui est médecin. Crescenzio. »

Dante était consterné. « Monsieur Crescenzio Caetani a des relations avec des gens comme ça ? Celle-là ne doit même pas être baptisée. » Le garde ne semblait pas si choqué. Rome regorgeait de gitans, et la misérable avec laquelle les petits-neveux du pape avaient sympathisé n'était pas méchante. Au contraire ; bien qu'il ne connût pas les détails, Crescenzio lui avait dit une fois qu'il avait utilisé son aide pour une affaire épineuse à laquelle il ne trouvait pas de solution.

Dante renonça à répliquer. Décidément, son jeune ami était abonné aux bizarreries ! Mais il comprenait maintenant pourquoi la Tzigane s'obstinait à le suivre : elle l'avait probablement vu en compagnie de Crescenzio et s'était mise à le harceler parce qu'elle espérait qu'il lui aurait fait l'aumône, lui aussi. Ce sage raisonnement lui redonna un peu de tranquillité, mais il se promit d'inviter son ami à éloigner cette présence si inquiétante. Il fallait toujours se méfier de ceux qui n'avaient pas reçu la lumière du Christ, parce qu'ils n'étaient pas libérés du péché originel. Il se dirigea rapidement vers l'atrium du palais apostolique et se retrouva noyé dans un incroyable afflux de personnes.

« Excusez-moi, dit-il en direction des gens massés dans la file d'attente. Comment accède-t-on à la bibliothèque apostolique ?

— Tu peux toujours attendre, lui répondit quelqu'un avec un geste qui signifiait en même temps qu'il était fou et qu'il pouvait aller se faire voir ailleurs.

— J'ai une charge officielle de la Seigneurie, protesta Dante. Je suis l'ambassadeur de Florence, pas n'importe quel enquiquineur. » Un clerc aux manières des plus urbaines lui expliqua que l'accès à la bibliothèque monumentale des souverains pontifes était un privilège très rare : on ne l'accordait que dans des cas exceptionnels, étant donné que les documents, dont la plupart étaient uniques, avaient une valeur inestimable. « J'ai une charge officielle de la Seigneurie... » répéta Dante, d'un ton cette fois implorant.

Le clerc lui suggéra de chercher Ottone de Sermoneta, un notaire qui avait les faveurs de Boniface, lequel le connaissait depuis au moins trente ans. Si le notaire pouvait intercéder en sa faveur, il pourrait accéder à ce sanctuaire de science et de vérité. « Un notaire ? Il vaut peut-être mieux s'adresser à quelqu'un de plus haut placé dans les hiérarchies de l'Église. » Le clerc se moqua de lui: « Ici, c'est la curie romaine, mon bon monsieur. Celui qui gratte les puces au chat du pape passe devant le doyen du Sacré Collège. Vous ne le saviez pas ? » Alighieri décida de suivre ce conseil et renonça à tout commentaire, puis il emprunta au pas de charge l'escalier qui menait aux bureaux de la chancellerie apostolique.

Maître Ottone de Sermoneta était un *registrator*, il appartenait à l'enviable caste des notaires au service du Saint-Siège, chargés de transcrire dans les registres pontificaux les documents envoyés ou reçus par Sa Sainteté. Il avait un petit bureau à l'étage noble du palais. En réalité, la pièce n'était pas petite, mais elle était tellement remplie de toutes sortes de choses qu'en y entrant on avait à peine assez de place pour se retourner. Le bureau était encombré des registres que le notaire compilait et de toutes sortes de plumes, de poudres pour sécher l'encre, de pointes de plomb pour tracer des lignes, de flacons d'encre pleins et d'autres vides, qu'on avait laissés là par négligence.

Le long des murs, les étagères ployaient sous le poids des livres rangés selon un ordre connu de lui seul, mais efficace. Maître Ottone semblait s'orienter dans ce capharnaüm avec la mystérieuse assurance qui guidait le chien vers la truffe. Et comme il habitait loin et ne rentrait pas à la maison pour déjeuner, il avait l'habitude d'emporter avec lui divers aliments dont il faisait provision : un jambon à moitié consommé, deux longes, quatre chapelets de saucisses sèches, des fromages de brebis de différentes tailles, un sac de haricots et un autre de fèves qu'il faisait cuire sur le petit réchaud prévu normalement pour faire fondre le plomb dont sont faits les sceaux du pape.

Sur une console, il y avait aussi un pot en terre cuite dans lequel un beau morceau de morue avait été mis à dessaler depuis trois jours déjà. À en juger par l'odeur, il n'était pas évident de dire si c'était un bureau de la chancellerie apostolique ou l'arrière-boutique d'un épicier. D'un point de vue strictement professionnel, Ottone de Sermoneta était cependant le meilleur des notaires papaux, et pour les questions sensibles, Boniface n'avait confiance qu'en lui. Lorsque le Toscan arriva à sa porte, l'officier était en plein milieu de la pause postprandiale, comme le laissait comprendre son visage ballonné. Il était immobile, les paupières de plomb, sur le point de s'effondrer.

« Bonjour, maître. Puis-je entrer ?

— Je vous en prie, monsieur… ? demanda le notaire avec une voix pleine de sommeil.

— Dante Alighieri, consul de Florence.

— Je suis désolé, pour les affaires diplomatiques, adressez-vous aux légats apostoliques.

— En réalité, j'aurais besoin de votre médiation, maître. Voyez-vous… » Dante s'arrêta, mal à l'aise. « Je voudrais consulter les registres pontificaux. On m'a dit que vous pourriez me faciliter l'accès. Avec un mot de votre part… »

Le visage d'Ottone de Sermoneta, pas encore libéré de la somnolence digestive, devint encore plus sombre. « Consulter les registres ? Pourquoi ? » Le fait qu'il demandât la raison pour laquelle il souhaitait consulter était déjà un pas en avant. C'était un signe d'intérêt, quoique minime ; Dante se détendit.

« Puis-je m'asseoir un instant, maître ?

— Je vous en prie. »

S'asseoir, oui, mais où ? Près du bureau du notaire, il y avait trois tabourets, mais tous étaient ensevelis sous des registres et des papiers ; Alighieri songea d'abord à renoncer, mais ensuite, se sentant ridicule d'avoir demandé cette faveur, il décida de s'appuyer prudemment sur un manuscrit volumineux relié avec les plats de couverture en bois, assez résistant pour ne pas subir l'affront de son poids. Une fois calé, il s'efforça de bien pondérer ses mots pour rester crédible.

« J'effectue une recherche pour le compte de la Seigneurie. Certains prieurs sont persuadés que Florence a profité d'une substantielle exemption fiscale vers l'an 1276…

— Exemption fiscale… marmonna le notaire, l'air songeur. En 1276, qui plus est. Une sale année comme il en existe peu.

— À cause des trois papes qui furent élus et moururent en l'espace de quelques mois ? »

Le ton était allusif, même si la phrase elle-même se voulait aseptisée et irrépréhensible. Maître Ottone remarqua la délicate insinuation du Florentin. « Que voulez-vous y faire, messire Alighieri ? On meurt souvent de papauté, ces derniers temps. Quant à votre demande, je n'ai rien contre l'idée de vous montrer les registres de la Chambre apostolique. Mais pauvre de vous : ce sera un travail de galérien ! »

Cela dit, il fit tinter une sonnette et donna des ordres au valet qui accourait promptement. Une dizaine de minutes plus tard, Dante était submergé par une pléthore de feuilles volantes et de fascicules orphelins. Le tout étant entassé sans ordre, logique ou chronologie. Il ne restait plus qu'à s'atteler à la tâche, et Dante le fit avec la patience de ceux qui devaient expier un tort fait à quelqu'un. Sous la surveillance sourcilleuse du notaire, il resta assis pendant trois heures en équilibre instable sur la pile de livres, tandis que de ses genoux ankylosés les fascicules glissaient comme des feuilles en automne. Jusqu'à ce qu'arrive l'heure de la fermeture.

« Avez-vous trouvé votre exemption ? » demanda le notaire. Le visage attristé d'Alighieri était une réponse explicite. Ottone lui accorda une tape amicale. « Si vous n'avez rien trouvé, messire, vous avez quand même trouvé quelque chose. Je veux dire que si le document n'est pas là… *ergo* il n'existe pas. »

Dante ne pouvait pas se contenter de cela, et il serait déçu d'avoir à donner à Guccio de Médicis cette nouvelle déprimante. Pour l'instant, il devait quitter le palais et revenir à son auberge avant la tombée de la nuit. Il se promit d'en parler à Crescenzio, pour s'assurer qu'il n'y eût pas d'autres registres papaux ailleurs que dans les bureaux de la chancellerie. Après avoir franchi le Tibre par le pont Saint-Ange, il était presque arrivé à son auberge lorsqu'une impulsion irrationnelle et irrépressible le fit se retourner. La gitane était toujours derrière lui, vingt pas plus loin. Elle le fixait. Pris d'un élan de colère et de peur, Dante se dirigea au pas de course vers cette mégère. Il voulait la voir de près, face à face, une fois pour toutes. « Qui êtes-vous ? Que voulez-vous de moi ? » se mit-il à crier lorsqu'il fut devant elle. Zaïra leva son menton vers lui avec un air d'indifférence souveraine. Elle ne craignait même pas les spectres, alors avoir peur de lui ! Elle lui mit un objet bizarre dans la main. Un petit rectangle de papyrus peint.

« *Criscenziu*, dit la femme avec un fort accent sicilien. Dites-lui ceci : "Chien affamé ne craint pas le bâton."

— Mais qu'est-ce que vous marmonnez, espèce de folle ? Qu'est-ce que vous me voulez ? »

La femme tendit l'index et toucha le papier. Il n'avait rien compris de ce qu'elle lui avait dit, mais il avait nettement reconnu le nom de Crescenzio. La gitane voulait qu'il remette à son ami cette sorte de miniature, et elle semblait accorder beaucoup d'importance au message contenu dans les images. Dante regarda l'étrange papier. Il était aussi grand qu'une page d'un livre d'heures. Une face était toute verte. Sur l'autre, on voyait l'image d'un homme et d'une femme nus, enlacés dans une étreinte obscène et passionnée qu'aucun mariage ne peut bénir… « Deux amants, murmura-t-il, les yeux stupéfaits toujours fixés sur le papier. Qu'est-ce que vous essayez de me dire, gitane ? »

Il leva les yeux, mais elle n'était plus là.

6

Dans la lumière blême du petit matin, une jeune femme à la silhouette frêle avançait d'un pas rapide vers le sommet des jardins du Vatican. À ses côtés, beaucoup moins euphorique, marchait un garçon de vingt ans, l'air franchement dubitatif.

« Cette convocation de la part du Catalan me paraît étrange, dit Crescenzio.

— Pas à moi », répondit Maddalena.

Cette nouvelle inattendue l'avait mise dans un état d'excitation intense ; elle n'avait pas pu fermer l'œil après qu'un serviteur de la curie était venu, la nuit précédente, leur annoncer qu'Arnaud voulait les voir le lendemain, aux premières lueurs de l'aube. Son jeune cerveau agile avait travaillé toute la nuit pour explorer un vaste éventail d'hypothèses, de conjectures, de possibilités. Et elle ne se sentait pas du tout fatiguée, au contraire, elle semblait avoir en elle du vif-argent. « Arrêtez de courir, lui reprocha-t-il. J'ai du mal à vous suivre. Pourquoi êtes-vous si pressée ? » Maddalena ne l'écoutait pas, et, en un éclair, elle était déjà arrivée assez haut pour apercevoir au loin la silhouette des montagnes autour de Rome. L'air froid n'avait pas encore éclairé les couleurs éclatantes des champs qui, au mois d'avril, s'illuminaient d'une profusion de crocus violets et de jonquilles dorées. Ils étaient sur la butte la plus haute des jardins papaux, d'où l'on pouvait voir le profil enneigé du mont Soracte. « Regardez là-bas ! s'exclama-t-elle en ouvrant ses bras comme une hirondelle en vol. La montagne est couverte de neige, comme le disait Horace. Vous souvenez-vous ? *Vides ut alta stet nive candidum Soracte, nec iam sustineant onus, silvae laborantes geluque flumina constiterint acuto*... »

Crescenzio acquiesça, tandis qu'elle déclamait les vers par cœur. Tout en étant fier de cette sœur si intelligente, et déjà beaucoup plus instruite que bon nombre d'hommes adultes, il n'était pas vraiment sûr que l'avoir mise à l'école des religieuses eût été une bonne chose.

« Vous éviterez de réciter des élégies latines lorsqu'on vous présentera votre fiancé, l'avertit-il. Beaucoup d'hommes pensent qu'une femme en sait assez si elle sait faire la différence entre la tunique et la chemise de son mari.

— Merci, mon cher frère. Je m'en souviendrai. Mais maintenant, dépêchons-nous. Je suis impatiente : maître Arnaud nous a sûrement convoqués pour nous remettre son précieux antidote ! »

Crescenzio décida d'arrêter son élan en la saisissant par un bras. « Écoutez-moi, jeune fille : je sais à quoi est dû tout cet enthousiasme. Vous vous êtes mis de drôles d'idées dans la tête, n'est-ce pas ? Vous savez très bien que le vieil homme n'a aucun antidote. Vous savez, comme moi, qu'il y a en jeu un grave secret d'État. Et je parie que vous comptez convaincre Arnaud de nous le révéler. Je me trompe ? »

Il ne se trompait pas, et du reste son ton sarcastique rendait la question purement rhétorique. Maddalena comprit qu'il était inutile de nier. Deux jours auparavant, elle avait reçu une lettre. Celui qui écrivait ne déclarait pas son nom, mais il la priait de convaincre Arnaud de Villanova de céder ce que le roi de France désirait tellement. « Le Catalan est en possession de la recette qui peut guérir le mal de mon souverain », spécifiait la lettre. Hormis elle, ses frères et Dante Alighieri, qui n'avait que faire du Catalan, le seul homme au courant de l'affaire était Matteo d'Acquasparta, avec qui ils avaient dîné.

Elle eut confirmation que ses soupçons visaient juste avec les dernières lignes de la lettre. L'auteur anonyme se disait convaincu que c'était elle, Maddalena, plus encore que son frère, qui pourrait toucher le cœur du vieux savant. Bien des années auparavant, Arnaud avait laissé une petite fille en Espagne pour voyager à travers le monde et poursuivre ses études. La pensée de cette petite fille qui avait grandi sans père et, peut-être, un sentiment de culpabilité légitime, pouvaient amener le Catalan à être bien disposé à son égard, beaucoup plus qu'envers son frère.

C'était le cardinal d'Acquasparta qui lui avait écrit, elle en était certaine, et bien sûr, il mettait toute sa confiance en elle. Fallait-il le dire à son frère ? Elle n'était pas sûre que ce fût la bonne chose à faire ; elle hésitait. Elle essaya de sonder le terrain. « Crescenzio, si Arnaud révèle son secret à quelqu'un, alors il n'en sera plus le seul gardien, observa-t-elle avec candeur. Nous devons l'amener à se confier au pape. Si le pape le sait, il pourra aider le roi à résoudre son problème. Ainsi, le Catalan ne sera plus obligé de quitter Rome. Vous ne croyez pas ? »

C'en était trop. Crescenzio était si inquiet qu'il la prit fermement par les épaules.

« Maddalena, vous rendez-vous compte de ce que vous dites ? Si Arnaud connaît un secret capable de renverser Philippe le Bel, alors le pape est vraiment la dernière personne au monde qui doit en avoir connaissance, du point de vue du roi. C'est pour cela qu'il est allé jusqu'à faire arrêter un évêque, pour tenir le pape en échec. Nous devons remercier Dieu si le vieil homme a gardé le silence jusqu'à présent. Quoi qu'il en soit, c'est extrêmement dangereux. Ne vous en mêlez pas, compris ?

— Mais, Crescenzio, je voulais seulement…

— Ma petite, je sais que vous aimez beaucoup Arnaud. Mais c'est un homme plein de zones d'ombre. Certains jurent que c'est un magicien et un sorcier. Je ne le crois pas, mais vous devez admettre qu'il ne nous est d'aucune utilité, parce qu'il est réticent à enseigner la meilleure partie de son art et reste toujours sur son quant-à-soi, fermé comme une huître. Maintenant, à cause de son secret, il est devenu une épine dans le pied du pape. Sa Sainteté ne se rend peut-être pas compte du danger, il se peut que son tempérament combatif soit séduit par l'idée de garder le vieil homme ici pour avoir le roi de France à sa merci. En tout cas, le séjour d'Arnaud au Vatican est un gros risque potentiel. Nous avons tout à gagner à nous en débarrasser. »

Elle se dégagea des mains de son frère d'un geste ulcéré. « Vous êtes mauvais, Crescenzio ! Et jaloux. Parce que le Catalan a de la sympathie pour moi et que vous lui inspirez de la méfiance. Vous le traitez avec distance, comme si c'était un pauvre homme souffrant de démence sénile… » Crescenzio ne répondit pas, mais son sourcil froncé parlait pour lui. Arnaud de Villanova avait un aspect pour le moins inquiétant. Il portait exclusivement des habits en lin brut comme les ascètes disciples de Mahomet. Ses cheveux, et même sa barbe, étaient attachés en tresse, et il marchait en s'appuyant sur un long bâton d'ébène décoré de signes étranges, surmonté d'une tête de chacal qui avait l'air d'une redoutable idole païenne. En regardant le vieux, on ne comprenait pas si c'était un ascète sarrasin ou l'un de ces ministres qui entouraient le grand Khan des Mongols, comme on le voyait dans les miniatures rapportées par les missionnaires de Chine. Il n'avait certainement pas l'air tranquille et affable d'un professeur d'université.

« Allons-y, ordonna-t-il à sa sœur. Et prenez garde, Maddalena. Un seul mot de travers, et je jure que je vous renvoie à Salerne pour étudier au couvent ! » Elle lui tourna le dos, fâchée. Si Arnaud partait, elle n'éprouverait aucun chagrin à l'idée de quitter Rome, où elle n'avait ni amis ni distractions. À Salerne, au moins, il y avait les autres élèves de Saint-Georges qui la taquinaient, en revanche les religieuses la traitaient comme une princesse parce qu'elle était la nièce de Sa Sainteté. Et surtout, il y avait sœur Gaïta.

À Salerne, Maddalena portait l'habit chaste des femmes médecins, avec un turban pour couvrir les cheveux et un rabat de voile sur le visage à la manière des femmes sarrasines. Dans cette tenue discrète, elle suivait sœur Gaïta avec les autres disciples lors de ses sorties régulières vers le port. Là où arrivaient les navires chargés d'épices odorantes et les marchands à l'accent oriental qui leur expliquaient comment traiter les meilleures drogues, les plus rares, les plus difficiles à trouver.

Grâce à ces enseignements, Maddalena pouvait reconnaître chaque espèce d'herbe médicinale cultivée ou sauvage. Elle savait les disposer en bandes concentriques dans le jardin, selon leurs vertus et l'ordre dicté par le climat. Chaque plante était particulière : l'oignon était humide et chaud, l'ail chaud et sec, tandis que les fleurs de jasmin devaient être cueillies au milieu de la nuit, parce que la lueur du jour affaiblissait leur parfum. Sœur Gaïta était une femme aux mœurs sévères, frugale, active. Elle portait sur elle une odeur rassurante de cire d'abeille, d'huile d'olive et de résine de sapin blanc : les ingrédients d'une pommade qu'elle mettait constamment sur la peau gercée de ses mains qui ne connaissaient pas l'oisiveté. Elle ne s'était pas contentée de l'instruire. Elle lui avait inculqué le don de la pudeur, de la tendresse envers ceux qui souffraient ; elle lui avait appris à prendre soin, religieusement, de ses souvenirs les plus chers.

À Rome, en revanche, Maddalena ne connaissait pas de joies. Mis à part le vieil homme, grincheux avec tout le monde, mais qui semblait envahi de tendresse quand il la regardait discrètement. Peut-être parce qu'il la considérait comme une sorte de page blanche, une page encore vide et pure sur laquelle un professeur avait la possibilité d'écrire librement ce qu'il voulait. De la cire vierge à modeler entre ses mains, selon son bon désir. Ou alors l'affection qu'Arnaud avait pour elle était due à quelque chose d'autre.

Maddalena était un peu dérangée, tout comme lui : la preuve en étaient ces rêves étranges qui la hantaient depuis des années, dans lesquels des gens au regard perdu venaient la visiter comme de pauvres âmes errantes à la recherche de quelqu'un à qui demander justice. Il lui était souvent arrivé de découvrir que c'étaient réellement des âmes sans paix, des femmes et des hommes décédés de mort violente, incapables de quitter complètement cette vallée de larmes. Arnaud de Villanova avait peut-être compris qu'elle possédait une sorte de petite fenêtre secrète à travers laquelle elle communiquait avec l'invisible. Maintenant, ses frères essayaient d'envoyer le Catalan à Salerne : soit ! Maddalena était décidée à le suivre. Au diable la perspective du mariage, elle trouverait le moyen de se faire renvoyer là-bas.

Ils s'arrêtèrent. Ils étaient arrivés devant la palissade haute comme trois hommes qu'Arnaud avait fait élever pour protéger son jardin cultivé, le rendre infranchissable et inaccessible. La première fois qu'elle s'était trouvée devant ce formidable rempart, Maddalena avait pensé que c'était une authentique folie de construire une telle barricade pour garder des plantes. À présent, elle savait les raisons qui poussaient le vieux savant à agir de la sorte, et elle l'approuvait. La plupart des espèces rares qui étaient cultivées là possédaient des vertus thérapeutiques remarquables. Mais il suffisait d'un rien, un dosage légèrement trop fort, et elles pouvaient donner la mort.

« Vous avez bien compris, dit Crescenzio sur un ton menaçant, ne dites rien. Laissez-moi parler. »

7

Aleph. Mem. Tav.

Arnaud de Villanova n'avait pas fermé l'œil, cette nuit-là. Ni la précédente, ni celle d'avant encore. Ces trois lettres hébraïques le tourmentaient sans trêve. Un jour nouveau se levait, et la lumière lui apporterait peut-être la faculté de clairvoyance. Il prit un tison dans la cheminée, alluma trois lampes, brûla des grains d'encens, laissa l'air vibrer de cette fumée bleue, l'odeur mystique qui menait l'âme vers les sommets de la spiritualité et captait la bienveillance divine. Il ouvrit la caisse des livres secrets, ceux qui contenaient la sagesse de David et de Salomon.

Il songeait à la jeune fille et à son étrange histoire ; aux trois lettres mystérieuses que le savant juif, appelé pour la guérir, avait écrites sur son front. *Aleph*, *Mem*, *Tav*. Elles formaient un mot : *Émeth*, la Vérité. Comment ignorer le sens mystique de ce mot ? Le divin Aboulafia, Juda ben Barzilaï, Éléazar de Worms, toute la tradition des kabbalistes s'accordait sur le pouvoir de cette séquence de lettres, cœur du rite par lequel on invoquait un être vivant tiré de la glèbe morte et de la boue, que l'on appelait Golem.

Il fallait creuser un trou dans le sol, qui devait être

comblé de terre vierge, jamais labourée par la charrue, et cette terre devait être nivelée pour y tracer ensuite les trois lettres sacrées, *Aleph*, *Mem*, *Tav*, inscrites sur le front de ces obéissants simulacres façonnés en forme humaine pour servir les sages. La Vérité, le *verbum mirificum*, la Parole suprême avec laquelle le Tout-Puissant créa l'univers en suivant des combinaisons infinies. Il suffisait que le rabbin retire la première lettre, l'aleph, pour que le mot devienne *meth*, ce qui signifiait « mort ». La statue perdait tout souffle vital, s'effritait, retournait à l'état d'argile brute dont elle avait été extraite. C'était du moins ce que nous avaient transmis les anciennes écritures ; mais on pouvait se demander si la création du Golem à partir de la terre nue n'était pas en réalité une métaphore, une allégorie qui racontait comment le sage pouvait rendre la vie à un homme sur le point de trépasser en utilisant les forces invisibles de Dieu, ou peut-être celles des ténèbres.

C'était probablement ce qui s'était passé avec la jeune fille. Un savant kabbaliste avait réveillé la nièce du pape d'un état d'avant-mort. En déchirant ce que les kabbalistes appelaient les « Trois Voiles du Négatif », il avait fusionné sa volonté avec l'intellect divin. C'était pour cela que la fillette recevait en rêve la visite des morts : dans le brusque retour sur cette terre, son âme ne s'était pas complètement détachée de l'au-delà, un infime passage était resté ouvert. C'était pour cela qu'elle connaissait le nom des dix Sephiroth, les paroles toutes-puissantes par lesquelles Dieu construisit l'univers à partir de rien. Elle ne pouvait pas en comprendre la signification, bien sûr ; mais elle les prononçait parfaitement, parce que les

Sephiroth logeaient dans son âme. Cette découverte avait été traumatisante pour Arnaud. Il avait devant lui un trésor spirituel, un continent qui débordait de richesses, où l'homme n'avait jamais mis les pieds. Maddalena Caetani était comme de la cire vierge qu'il aurait pu modeler à sa guise, le parfait apprenti, le vase d'élection dans lequel il pourrait déposer toutes ses connaissances. Mais c'était une fille, malédiction !

Le vieux secoua la tête amèrement. Il y avait une raison pour laquelle tout cela arrivait ; rien n'arrivait par hasard. Mais il ne pouvait pas la comprendre. Il avait devant lui exactement ce qu'il avait cherché en vain toute sa vie : un élève à l'esprit pur et digne ; mais cet esprit élu avait été donné à une femme, qui par nature était inférieure à l'homme et ne méritait donc pas d'accomplir le chemin initiatique. Pourquoi Dieu se montrait-il si cruel ? Pourquoi se moquait-il de lui ?

Quelqu'un frappa à la porte. Le Catalan regarda par le judas pour voir si c'étaient bien eux : oui, il ne se trompait pas. Bientôt, le doute qui l'assiégeait trouverait enfin une réponse. « Maître Arnaud, selon Averroès, le fait de brûler un bec dans les rues d'une ville pestiférée peut chasser la maladie de l'air. Qu'en pensez-vous ? » Il y avait une étrange ferveur sceptique dans le ton avec lequel Crescenzio Caetani avait posé cette question. Le jeune homme le provoquait, de toute évidence. Arnaud de Villanova le regarda de travers. « Je connais cette théorie, répondit-il d'un ton neutre. Il en existe beaucoup, à vrai dire. » Le garçon s'éclaircit la gorge, et ce faisant, confirma ses doutes. Oui, la question était purement rhétorique. « Et connaissez-vous un remède sûr contre les maladies invalidantes ? Je pense en particulier à celles qui se transmettent de père en fils. Tout comme on transmet un trône. Ces maux héréditaires sont un drame pour tous, mais pour une dynastie régnante, ils sont une vraie catastrophe. » Arnaud le regardait avec stupeur. Il ne dit rien ; Crescenzio pensa que le vieil homme voulait en entendre davantage avant de parler librement de l'affaire qui les intéressait.

« Maître Arnaud, vos soins ont rendu au monde mon oncle le pape. Il vous en est infiniment reconnaissant. Malheureusement, le roi de France s'entête à vouloir vous revoir à Paris. Pour y parvenir, il a même fait arrêter l'évêque de Pamiers. Je crains que vous ayez compris.

— Bien sûr que j'ai compris. Le roi de France couve en son sein la honteuse intention de faire chanter Sa Sainteté. En passant par ma personne, qui plus est. »

Crescenzio acquiesça, sincèrement désolé.

« Votre perspicacité me ravit, murmura-t-il. Et vous comprendrez dans quelle regrettable situation se trouve maintenant le pape. Sa Sainteté vous est très reconnaissante, elle n'a jamais reçu de meilleurs soins que les vôtres, mais la situation est délicate pour elle. En restant au Vatican, vous finiriez par lui porter préjudice.

— Que devrais-je faire, selon vous ? Parlez ! »

Crescenzio fronça les sourcils. Peu importait ce que voulait le roi de France, Arnaud n'avait pas la moindre intention de le satisfaire. Le vieil homme semblait absolument réfractaire à la voix de la prudence ; dans ces conditions, pensa le jeune homme, autant tenter la seconde approche.

« Vous devriez peut-être vous rendre à Salerne, maître, suggéra-t-il. Le roi de Naples a supplié mon frère Francesco de vous demander cette faveur. Ce ne serait que pour un certain temps, évidemment. » Le visage du vieil homme se colora d'indignation. « Je l'avais tout de suite imaginé, savez-vous ? dit-il amèrement. Quand vous êtes venus chez moi ce jour-là. Quelle idée d'inventer cette risible histoire de drogue pour le roi de France ! La vérité est que votre frère veut m'éloigner de la curie, et je sais d'où vient l'idée. Le cardinal Caetani a été submergé de demandes des médecins papaux. Ils m'en veulent parce que mon traitement a réussi là où ils avaient échoué, et ils ne me le pardonnent pas. Mais que puis-je y faire, s'ils sont une bande d'incapables ? »

Crescenzio respira profondément. Que les médecins du Collège pontifical haïssent le Catalan et cherchent continuellement à le discréditer, c'était une sacro-sainte vérité. Mais il fallait ménager la chèvre et le chou.

« Maître, j'ai la plus grande admiration pour votre compétence dans le domaine médical. Vous admettrez, cependant, qu'il y a quelque chose de plutôt… inhabituel, dans les thérapies que vous appliquez.

— Inhabituel ? Il n'y a rien d'inhabituel dans les soins par lesquels j'ai délivré Sa Sainteté des terribles douleurs qui l'affligeaient. Vous étudiez la médecine, vous devriez le savoir. Le pape avait un rein qui s'était déplacé de sa position naturelle. Je lui ai confectionné une ceinture en cuir et j'y ai placé un gros morceau d'or. Ce bloc d'or, quand la ceinture est bouclée, ramène le rein dans sa position. Cela restaure son bon fonctionnement.

— Certes, mais… » Crescenzio hésitait. « Ce bloc d'or, comme vous l'avez appelé, est en réalité gravé d'étranges symboles et d'inscriptions dans une langue inconnue. C'est un sceau astrologique qui guérit grâce à la puissance du soleil. Pour Jean de Capoue, qui est un Juif converti, ces signes sont des symboles de la kabbale. Certains Juifs andalous utilisent les mêmes. »

Arnaud était rouge de colère. « Jean de Capoue est un ignorant, tonna-t-il. De toute façon, je vois que je ne me suis pas trompé : les médecins papaux ont excité Francesco Caetani contre moi, et maintenant il va pousser le pape à me chasser. Je deviendrai un otage du roi de Naples. » Crescenzio se mordit les lèvres. Il y avait quelque chose de malicieux dans ce geste et dans le sourire masqué qui faisait briller ses yeux.

« Vous serez tout au plus pris en otage par l'école de médecine de Salerne, maître.

— Qu'est-ce que cela signifie ?

— J'ai écrit à Matteo Silvatico. Je lui ai tout expliqué dans les grandes lignes. Sachez que les médecins de Salerne sont si fiers de vous avoir parmi eux que si jamais le roi de Naples devait lever le petit doigt pour vous obliger à faire quelque chose que vous ne voulez pas faire, ils feraient un rempart pour vous protéger. Ils sont même disposés à décréter une totale abstention collective de travail pour protester, ce qui conduirait à la fermeture de l'université. Cela n'arrivera jamais, bien entendu. Lorsque les professeurs de Paris l'ont fait, il y a une génération, la chose a causé tellement de dégâts économiques que les souverains considèrent depuis lors les universitaires comme une caste d'intouchables. Personne n'osera vous importuner, croyez-moi. »

Dès qu'il eut fini, Crescenzio respira profondément et plongea son regard dans les yeux du Catalan. Le vieil homme était sans voix. Il détestait les médecins en service auprès de Sa Sainteté, qui, pour de sordides raisons de jalousie professionnelle, le forçaient de fait à partir. Mais il devait admettre que le jeune homme avait parlé avec son cœur et agi pour le mieux. Tout en protégeant son oncle le pape, il avait aussi réussi à le protéger, lui, en confiant sa sécurité à la formidable corporation de l'école de Salerne. Tout compte fait, il l'admirait. « Vous êtes honnête, mon garçon. C'est pourquoi je veux satisfaire une dernière curiosité. Dites-le-moi clairement, croyez-vous vraiment que je possède des savoirs que le reste du monde ignore ? Croyez-vous vraiment que je puisse guérir les gens avec le pouvoir du diable ? »

Crescenzio reposa sur la table encombrée une fiole qu'il était en train d'observer et dut, pour ce faire, écarter un reste de bézoard usé à force d'être limé et une grosse touffe blanche de laine d'agneau végétal de Tartarie.

« La seule preuve de l'existence du Malin, maître Arnaud, est le grand désir qu'ont les hommes de le voir à l'œuvre. Quant à vous, vous cachez de petits bâtons de soufre entre ces poutres. Pour effrayer les serviteurs, j'entends. Quand vous les allumez, ils imaginent de terribles incantations démoniaques. Ils répugnent à entrer ici ; ainsi vous évitez que l'on vous vole des métaux précieux et que leurs mains sales contaminent vos préparations.

— Stupéfiant ! s'écria Arnaud. Quel merveilleux élève vous auriez fait ! Et quelle déception, pour moi, de devoir constater votre scepticisme obtus à l'égard des puissances invisibles… »

Le vieil homme était sincère. Il avait fait appeler la nièce du pape sous prétexte de l'examiner à nouveau, afin de guérir la maladie des nerfs pour laquelle ses parents la recommandaient à ses soins ; mais en réalité c'était le frère qu'Arnaud voulait examiner. Il espérait que Crescenzio eût une âme comme la sienne. Il l'espérait de tout son être ; s'il en avait été ainsi, il n'aurait pas hésité un instant à parcourir avec lui, qui était un mâle, le chemin de la voie initiatique. Et à l'inverse…

Ils étaient frère et sœur, c'était vrai, nés de la même mère et du même père. Frère et sœur, mais séparés par un abyme. Dès son entrée dans son laboratoire, il avait regardé autour de lui avec curiosité, mais son expression tranchante et dubitative montrait qu'il passait chaque détail au crible de son incrédulité. Il gardait le vieil homme sous le feu d'un regard inquisiteur qui le mettait mal à l'aise comme s'il était devant un maître sévère. La sœur, au contraire, semblait être ravie par une sorte d'extase. Et c'était vrai : quelle joie elle avait éprouvée en entrant dans ce temple de science ! Dès qu'elle y avait mis le pied, elle avait été saisie par une âcre odeur métallique qui lui avait provoqué un léger étourdissement. Elle avait d'abord eu peur que ce fût le résidu d'une présence démoniaque. « Mais non, avait-elle pensé, selon les savants, le démon laisse une odeur de soufre, alors que la sensation piquante que je ressens doit être celle du mercure. Tous ces instruments étranges sur la grande table en chêne doivent être l'équipement d'un alchimiste. » Il y avait là un rudimentaire athanor au ventre rond – qui ressemblait à un œuf philosophique – et au bec pointu par où s'échappaient les vapeurs sublimées. Il y avait un bloc minéral de couleur jaunâtre doré : sans doute de l'orpiment. Couleur or, comme l'indiquait son nom, *auri pigmentum*. Certains pensaient qu'il cachait une substance aurifère, d'autres le faisaient brûler pour en tirer des effluves arsenicaux toxiques.

Elle était très heureuse d'avoir aidé sa maîtresse Gaïta à copier certains manuscrits alchimiques venant de Byzance. L'abbesse de Saint-Georges ne l'aurait pas accepté, si elle en avait été informée. Dans cette branche spécifique de la science, sous la direction d'un si habile professeur, Maddalena avait beaucoup plus appris que son frère. Elle admirait donc de ses yeux avides tous ces creusets, entonnoirs, cornues, filtres, passoires et tout ce qu'il fallait dans l'art noble de travailler les minéraux. Elle se souvenait des sages paroles que Gaïta lui avait enseignées secrètement : « Toute chose dans la création a une âme. La science consiste à éveiller l'âme, et le sage est celui qui peut distinguer la face cachée de chaque chose. »

De tous les sages vivants, Arnaud de Villanova était le plus grand. Le vieil homme lui inspirait un sentiment de malaise, mélange de peur et de vénération ; il souriait avec une étrange étincelle dans les yeux et avait encore toutes ses dents saines à son âge, blanches et brillantes comme celles que l'on voyait dans la bouche d'un bébé. Ses mains étaient maigres et osseuses, avec de longs doigts. Ses ongles étaient noircis, sans doute par les acides avec lesquels il testait les métaux.

L'intérêt qu'éprouvait Maddalena pour le savant était totalement réciproque. Arnaud se demandait comment il ne s'en était pas rendu compte immédiatement. Tout en elle parlait à ses sens cachés, suggérant un message subliminal : même cette robe qu'elle avait choisi de toujours porter, avec cette broderie suggestive sur sa poitrine. Sept roses blanches réunies dans un bouquet autour duquel s'enroulait une vipère d'or.

Une référence aux armoiries de sa mère, une dame de la maison Orsini ; mais comment ne pas comprendre que la rose était une image du mysticisme qui nourrissait le chemin initiatique, et qu'en Orient la vipère symbolisait le lien du sage avec les énergies invisibles du cosmos ? Elle portait justement cette tunique lors du tragique accident qui avait failli la tuer. Sa famille disait que, depuis ce jour, elle refusait de porter d'autres vêtements. C'était le suaire de l'ancienne créature de chair et de sang, et le vêtement baptismal de la nouvelle créature de l'esprit.

« Rien à faire, pensa le vieux. La petite fille est aussi précieuse que la pierre philosophale. Son frère est complètement inapte. » Ce n'était pas son destin… « C'est d'accord, mon garçon, dit-il à la fin, comme une sentence. Annoncez au cardinal votre frère que je suis très honoré d'accepter l'hospitalité du roi de Naples. Écrivez aussi à Matteo Silvatico. Remerciez-le pour moi. » Crescenzio dut se contenir pour ne pas manifester trop visiblement l'intense soulagement que la nouvelle lui procurait. Maddalena ne fut pas aussi discrète. Avec la sainte incapacité de cacher ses émotions qui n'appartenait qu'aux cœurs purs, la jeune fille avait les yeux brillants. Arnaud s'en aperçut, et pour lui le coup fut rude. Elle s'était attachée à lui, la petite. Énormément. Mais pourquoi ? Aussi soudaine que le vol d'une comète dans les profondeurs de l'univers, une idée lui traversa l'esprit.

« Quand êtes-vous née, jeune fille ? demanda-t-il à brûle-pourpoint.

— Neuf jours avant les calendes de mars, répondit-elle en levant la tête. C'est-à-dire le 24 février. Deux heures avant minuit. »

Le Catalan consulta ses tables astrales. « Tout comme moi », marmonna-t-il entre ses dents. Née sous le signe des Poissons, avec un ascendant en Scorpion. Il comprenait maintenant la raison de cette empathie immédiate qu'il avait ressentie à son égard, cette sorte d'affinité émotionnelle qui les unissait : leurs âmes étaient jumelles. Comme deux gouttes d'eau, façonnées à l'identique par l'énergie du cosmos au moment où elles étaient venues au monde. Soudainement, le sourire mourut sur ses lèvres.

« Qu'y a-t-il, maître ? demanda-t-elle. Vous êtes tout pâle…

— Tout va bien. Maintenant, allez-vous-en, je suis occupé », répondit-il de manière abrupte.

Crescenzio prit Maddalena par le bras et salua Arnaud avec gratitude. Son plan avait réussi : le Catalan et son secret deviendraient bientôt le problème de quelqu'un d'autre. Resté seul, Arnaud s'affaissa sur une chaise et respira profondément. Il n'aimait pas ce que les étoiles lui avaient révélé. Que la jeune fille lui ressemble autant l'emplissait de tendresse et flattait profondément sa vanité ; mais cette découverte avait malheureusement un corollaire plein d'inconnues. Ce qu'il avait appris éclairait d'une lumière nouvelle et donnait son plein sens à un rêve mystérieux qui le tourmentait depuis longtemps. La licorne farouche et désespérée, son ancien apprenti, voulait s'emparer de la rose blanche, Maddalena, parce qu'elle ne pouvait pas avoir Arnaud à sa merci, mais elle était l'*alter ego* parfait du vieil homme, une âme tout aussi apte à la connaissance de l'invisible. Quelle vision horrible ! La clé de l'avenir était-elle cachée dans ce rêve ? La jeune fille était-elle donc en danger ? Pauvre petite Maddalena, innocente rose blanche menacée par les griffes de cette bête !

Le vieil homme but une gorgée de vin, mais il était si agité qu'il avala de travers. Il toussa violemment et cracha plusieurs fois. Il devait se calmer, il risquait une attaque s'il continuait à se torturer de la sorte. Après tout, il n'y avait aucune raison de s'inquiéter. Il n'existait aucun lien entre la nièce du pape et le traître maléfique qui était au Louvre ; néanmoins, les étoiles disaient que Maddalena et Fontainebleau étaient destinés à fusionner s'ils venaient à se rencontrer. Arnaud frissonna à cette idée. Peut-être devait-il informer la petite. Essayer, au moins. Il devait bannir tous ses scrupules et ses préjugés, et voir comment elle réagirait à ses enseignements. Si elle savait ce qui l'attendait, Maddalena pourrait faire face à l'avenir les yeux ouverts. Il devait lui faire prendre conscience du danger qui la guettait. C'était le seul moyen de l'aider à se défendre.

8

À l'intérieur des murs du Vatican, au-delà de l'agglomération du palais, le paysage devenait soudain boisé et sauvage, clairsemé de clairières et de prairies. À l'heure la plus douce de la journée, juste avant le déjeuner, les cardinaux se promenaient en attendant que le pape ait terminé les audiences. Ils profitaient d'un don du ciel : un soleil chaud, comme une lueur d'été égarée dans l'obscurité des mois froids. Ils formaient deux groupes compacts mais séparés, semblables à des bouquets de roses écarlates sur l'herbe qui avait les couleurs délavées de l'automne.

Certains entouraient le cardinal protodiacre du Sacré Collège, le très âgé et patriarcal Matteo Rosso Orsini. Grand par la taille, d'une puissante allure, il avait la longue barbe d'un prophète biblique ; il était taillé pour inspirer un peintre voulant représenter Moïse conduisant le peuple de Dieu en Terre promise. Les fidèles de Boniface, dont beaucoup étaient des membres de sa famille, l'avaient surnommé *il Bastione*, « le Bastion », en raison de sa carrure, et parce qu'il était le rempart le plus solide de la papauté. Toutefois, ceux qui se rangeaient du côté du Roi de fer se trompaient volontairement en prononçant le mot, de sorte que l'épithète était devenue *il Bestione*, « la Grosse Bête ».

Ceux-ci, qui composaient le camp adverse, faisaient cercle autour du Français Jean Lemoine, lequel, de son côté, aurait pu au mieux inspirer le portrait d'un Job squelettique et contrarié de son ascèse. On l'appelait *Miserere* à cause de son aspect misérable et maladif, mais aussi parce que Boniface, en le voyant, marmonnait « *Miserere, Domine !* » entre ses dents, en suppliant ainsi Dieu de lui pardonner ses envies de meurtre. Ce dernier groupe n'avait aucun sentiment cordial pour le pape Caetani, et avait perdu ses membres les plus farouches, les cardinaux Pietro et Giacomo Colonna, qui s'étaient ouvertement rebellés contre le pape. Entre les deux camps, il y avait des soupçons réciproques. Les uns et les autres parlaient à voix basse, scrutant ceux de l'autre bord avec des regards parfois venimeux, parfois remplis d'une gentillesse qui suintait d'hypocrisie.

Crescenzio Caetani s'approcha d'eux du pas rapide de ceux qui ont une tâche urgente. Il était de très mauvaise humeur : après s'être montré conciliant à l'idée de quitter Rome pour Salerne, le Catalan avait fait savoir au pape qu'il ne voulait partir qu'au printemps. Il ne jugeait pas opportun de se mettre en route pendant la mauvaise saison à cause des pluies torrentielles, de la boue et du givre. Sans parler du tonnerre, de la foudre et de la grêle… Bref, l'antienne était claire : il partirait quand les poules auraient des dents. Le vieux ne rejetait pas explicitement la demande qui venait d'un homme important comme Francesco Caetani, le neveu de Sa Sainteté, mais il reportait concrètement son voyage aux calendes grecques. En somme, il ne voulait pas quitter Rome.

S'il voulait garder un espoir de clore son enquête, Crescenzio devait tenter d'autres voies. C'était pour cette raison que ce matin-là, il cherchait justement Lemoine. Ce dernier était le chef de la faction profrançaise du Sacré Collège et, en tant que tel, celui qui, de toute la curie, avait les rapports les plus étroits avec le roi Philippe le Bel. Crescenzio était le neveu de Boniface, ce qui, aux yeux de Lemoine, ne plaidait certainement pas en sa faveur. Mais le cardinal avait beaucoup entendu parler de lui, il l'estimait pour son caractère loyal, sa droiture et son intelligence, et parce qu'il donnait du fil à retordre à son oncle avec cette idée saugrenue d'ignorer les ordres pour se consacrer à l'étude de la médecine.

« Pardonnez-moi, très révérend père. J'aurais besoin de vous parler en privé. » Il reçut en retour un regard critique où pointait toutefois une lueur de sympathie, puis le cardinal l'invita à le suivre vers un banc en pierre un peu à l'écart le long de l'allée. « Je sais que le roi de France vous estime beaucoup, dit Crescenzio, c'est pourquoi j'ai décidé de m'adresser à vous précisément dans l'espoir que vous puissiez m'aider. Vous savez peut-être que mon oncle m'a chargé d'assister le cardinal Matteo d'Acquasparta, venu à Rome pour une mission plutôt délicate.

— Matteo m'a parlé du dîner chez votre frère, répondit Lemoine avec la froide courtoisie d'un diplomate de carrière. Selon le cardinal, derrière l'arrestation de l'évêque de Pamiers, il y aurait en réalité la tentative de votre roi de pousser le pape à renvoyer à Paris Arnaud de Villanova. On peut le comprendre, si le Catalan a quitté la France en emportant quelque chose de très important. Il s'agirait d'un antidote. Un remède contre la propagation d'une terrible maladie épidémique. Mais pour moi, cela n'est guère convaincant. »

La longue pause que Crescenzio avait glissée dans son discours devait inviter le cardinal à donner quelque signe d'acquiescement ou de doute. Il fut déçu. Lemoine avait le visage d'un sphinx. « Certaines maladies sont invalidantes, reprit le jeune homme. Prenons par exemple la lèpre, que tout le monde connaît. Elle défigure le visage et corrompt les membres. Le pauvre roi Baudoin de Jérusalem dut vivre avec cette malédiction et il régna jusqu'à sa mort. Mais cela ne peut être le cas pour les rois capétiens. Ils possèdent le pouvoir charismatique particulier de guérir les malades de la scrofule par le toucher des écrouelles. Ils ne seraient plus considérés comme des souverains s'ils ne pouvaient exercer cette prérogative. Qu'adviendrait-il si Philippe le Bel avait contracté une de ces maladies ? Son fils aîné est trop jeune pour régner, et l'on serait obligé par la force des choses de choisir un autre roi. Un des frères de Philippe, par exemple : mais lequel ? Charles de Valois ou Louis d'Évreux ? Et pourquoi ne pas penser aux cousins ? Ils sont également les descendants de Saint Louis, non ? À bien y regarder, ils ont dans leurs veines du sang français par leur père et leur mère, alors que Philippe est né d'une reine espagnole. Certains pourraient même dire qu'il s'agit d'un sang-mêlé, Éminence… »

Il marqua de nouveau une pause. Lemoine ne répondit rien mais fixa Crescenzio avec une expression de paisible patience. C'était probablement un très bon joueur et il ne voulait rien montrer ; le jeune homme comprit qu'il devait prendre plus de risques.

« J'ai pensé que le mot "antidote" pourrait n'être qu'un terme général. Je ne peux pas l'affirmer avec certitude, naturellement, mais je vous avoue que ce soupçon se fait chaque jour plus pressant en moi.

— Quel soupçon ?

— Que Philippe s'exprime par allégories, Votre Éminence. Nous le faisons tous, quand nous ne pouvons pas appeler une chose par son nom parce que ce serait embarrassant, ou parce que cela pourrait causer des problèmes. Nous utilisons alors des synonymes ou des tournures de phrase qui conduisent l'esprit au vrai sens du discours. Par exemple, on dit "aller à la selle" pour ne pas mentionner expressément les excréments, qui nous donnent un sentiment de dégoût par le seul fait d'en entendre parler. Si j'ai raison, le roi a utilisé le terme "antidote" comme une métaphore. Ce qu'il veut éviter, en réalité, ce n'est pas une épidémie, mais une catastrophe tout aussi grave, car elle peut provoquer un nombre aussi important de morts et dévaster le royaume. Une guerre civile, par exemple. Quelque chose qui l'effraie tellement qu'il ne veut même pas en prononcer le vrai nom.

— Continuez, dit Lemoine, cette fois avec un signe d'approbation.

— En clair, mon oncle le pape ne veut pas faire pression sur Arnaud pour le forcer à retourner à Paris. Cela ne servirait à rien, du reste : le vieil homme ne veut pas entendre raison et, honnêtement, il se moque de savoir que Philippe est en difficulté. Mon frère Francesco se démène pour qu'Arnaud soit accueilli à Salerne, sous le contrôle du roi de Naples. Charles d'Anjou est l'oncle de votre souverain, il saura sûrement convaincre le vieil homme d'oublier ses rancœurs. Et peut-être, avec le temps, le Catalan acceptera-t-il de satisfaire la demande de votre roi. »

Lemoine lui lança un regard admiratif. « Vous auriez

pu être un grand diplomate, mon fils. Vous avez le don de faire croire que vous vous mettez en quatre pour sauver le monde, alors qu'en réalité vous venez juste de bouger votre petit doigt, et seulement pour sauvegarder vos intérêts. » Ces mots pouvaient passer pour une offense, ou au moins pour une moquerie, mais le ton était si bienveillant que Crescenzio en resta interdit.

« Je ne vois pas ce que je pourrais faire d'autre, dans ma position, dit-il pour se justifier.

— Vous pourriez résoudre le problème, par exemple, ironisa le cardinal, c'est-à-dire aider le roi de France à sortir de la situation tragique dans laquelle il se trouve.

— Moi ? Et comment ?

— Donnez à mon souverain ce dont il a besoin, mon garçon, l'exhorta-t-il. La question qui le tenaille est aussi ancienne que lui-même ; je suis assez vieux pour deviner parfaitement de quoi il s'agit, mais mes lèvres sont scellées par le serment du silence. Vous êtes un garçon dégourdi. Si vous croyez avoir compris ce qui afflige réellement Philippe, vous devez poursuivre le chemin dans lequel vous vous êtes engagé avec autant de profit. Quand le roi de France n'aura plus rien à craindre, il n'aura plus de raison de garder en prison l'évêque de Pamiers. C'est logique, non ?

— Très éminent père, il n'est pas facile de deviner ce qui préoccupe à ce point votre souverain. Quand il déclare la guerre, il lève une armée de dix mille chevaliers qui effraie jusqu'au sultan du Caire. Il est le premier monarque du monde chrétien. De quoi peut-il avoir peur ?

— De ne plus être le premier monarque du monde chrétien, répondit benoîtement Lemoine, et cela, jeune homme, dépend d'une prophétie. »

Crescenzio le regarda, perplexe.

« Allons, Votre Éminence. Vous savez mieux que moi que les prophètes s'expriment par des fantaisies, des images fumeuses. Leurs prédictions portent sur tout et n'importe quoi. Si l'on devait écouter chaque visionnaire…

— La prophétie qui terrorise Philippe le Bel est en réalité attribuée à son grand-père, objecta le cardinal. Selon certaines sources, Saint Louis aurait dit que la dynastie prendrait fin avec son fils, Philippe III.

— C'est pour cela que le roi de France craint maintenant qu'une conspiration puisse l'éliminer, lui et son fils, l'héritier du trône ?

— Du moins politiquement, répondit Lemoine. La conspiration est une hydre maléfique aux cent têtes. Si on en coupe une, d'autres apparaissent. Le père de notre souverain fut lui aussi visé par une conspiration. Il me semble qu'elle était dirigée par un certain Pierre de La Brosse.

— Qui était-ce ?

— Je n'en ai aucune idée. »

Le cardinal était un peu déplaisant avec sa façon de s'exprimer par énigmes, mais Crescenzio savait qu'un bon diplomate devait nécessairement avoir la langue fourchue. S'il savait, il ne voulait pas parler, mais peut-être pouvait-il tout de même se montrer utile.

« Dites-moi, je vous en prie, de qui puis-je obtenir les informations essentielles qui me manquent ? De personne ici à Rome, j'imagine.

— Bien sûr que non, répondit Lemoine. À ma connaissance, il n'existe que deux personnes susceptibles de connaître la vérité. L'une est Marie de Brabant, la veuve de Philippe III. L'autre est le père Egidio Colonna, le célèbre théologien augustinien qui enseigne à la

Sorbonne ; il fut autrefois le précepteur du roi Philippe le Bel. Malheureusement je n'ai de contact avec aucun des deux. Peut-être en avez-vous, vous ?

— Que voulez-vous dire ? » demanda Crescenzio.

Lemoine fit briller ses dents dans un sourire vaguement pervers. « On dit que vous connaissez très bien une personne de la famille Colonna, mon garçon. Cette personne a sûrement des liens de parenté avec le père Egidio. Si elle lui écrit pour demander son aide, il voudra peut-être répondre. Il faut cependant que la lettre parte d'ici, de la curie. Même si cette personne est restée à Rome malgré l'exil qui a frappé sa famille, elle n'a sûrement pas la possibilité de communiquer avec l'extérieur. »

Crescenzio lui lança un regard de travers.

« Éminence, je ne comprends pas de quoi vous parlez.

— Vraiment ? On dit que vous avez une relation sentimentale avec la fille d'Ottone Colonna. Je crois qu'elle s'appelle Immacolata, n'est-ce pas ?

— Ce ne sont que des rumeurs, murmura-t-il, très méfiant, en regardant par terre.

— Bien sûr, mon fils. Des rumeurs que le Vatican dément. Les rumeurs contiennent généralement plus de vérité que le verdict d'un oracle. Il se peut que cette fille n'existe pas, ou alors qu'elle existe, mais que vous n'ayez rien à voir avec elle… Quel dommage ! L'aide d'Egidio Colonna aurait été déterminante », observa le cardinal, tandis que ses yeux pénétraient Crescenzio comme pour sonder sa conscience.

Crescenzio rougit et se mordit les lèvres. Il ne parlait plus : il était terriblement partagé. En vieux loup de mer de la diplomatie vaticane, le cardinal Lemoine connaissait le moment opportun pour porter l'estocade.

Il savait également que lorsqu'une tour était sur le point de tomber, il suffisait d'une chiquenaude, comme celles que les enfants donnaient quand ils jouaient aux billes, pour qu'elle s'effondre.

« Restons-en là, mon fils : si cette personne existe, et si elle veut écrire au père Egidio, vous me ferez parvenir la lettre. Je veillerai à ce qu'elle arrive à Paris sans que personne le sache, par mon courrier diplomatique secret. Il en sera de même pour la réponse. Mais si la jeune femme n'est qu'un mirage créé par l'imagination perverse des clercs de la curie, alors… »

Crescenzio acquiesça.

« Bonne journée, très révérend père.

— Bonne journée à vous aussi, mon fils. Et merci.

— Merci de quoi ? De m'intéresser aux ennuis de votre souverain ?

— Non, répondit paisiblement Lemoine, pour les soucis que vous procurez à votre oncle en courant derrière la fille de son ennemi. »

Ne la profonda e chiara sussistenza de l'alto lume
parvermi tre giri di tre colori e d'una contenenza ;
e l'un da l'altro come iri da iri parea reflesso,
e 'l terzo parea foco che quinci e quindi igualmente si spiri.

Dans la profonde et claire subsistance
Du haut foyer, trois cercles m'apparurent,
De trois couleurs et d'une contenance ;
Comme iris en iris me semblait l'un
Miré en l'autre ; et le tiers semblait feu
Respirant des deux parts égale ardence.

« C'est très beau, messire Dante. La sainte Trinité aurait, selon vous, la forme d'un cercle ?

— De trois cercles, pour être précis. De grandeur et de couleur différentes.

— Et Dieu, alors ?

— Un point sans dimension ni matérialité. Simple et indivisible, d'où irradie toute création.

— Mais quand vous imaginez que vous montez au dernier ciel, que vous regardez dans la sainte Trinité et que vous y voyez votre propre image réfléchie, cela ne vous semble pas un peu hérétique ?

— Je vois l'homme, en réalité. L'image du Fils comme Dieu incarné. Ce ne sont que des notes éparses pour l'instant. Un jour, je les rassemblerai dans un ensemble plus achevé ; il ne serait pas mauvais que je perfectionne mes connaissances théologiques en allant à la Sorbonne. »

Guccio de Médicis sourit et rendit à Dante la feuille sur laquelle il avait noté ces vers. Il avait beau être un marchand à l'habilité éprouvée, qui consacrait son temps libre à la politique et non à la théologie, il persistait à voir dans le poème qu'Alighieri entendait écrire un geste audacieux, voire provocateur. Du reste, lorsqu'on se rencontrait sous les nefs de Sainte-Marie Majeure pour discuter de choses graves, il était prudent de s'entretenir quelques minutes sur des questions doctrinales pour ne pas trop attirer l'attention.

Les Médicis étaient une famille aisée qui avait fait fortune dans le commerce. Ils avaient, depuis un certain temps, obtenu le privilège d'être recensés parmi les *mercatores Romanam Curiam sequentes*, c'est-à-dire les marchands qui suivaient le pape dans ses déplacements et lui fournissaient les denrées nécessaires. Non pas que Boniface se déplaçât beaucoup ces derniers temps ; à part pour les vacances d'été qu'il passait dans la fraîcheur d'Anagni, il résidait surtout à Rome. Une ville qui avait été son ennemie au temps de la guerre avec la famille Colonna, mais qui, depuis, était redevenue loyale.

Messire Guccio profitait de cette nouvelle coutume sédentaire de la curie pour faire la navette entre l'Italie et Lyon, où l'on pouvait acheter des vêtements d'une certaine valeur à un prix concurrentiel. Mais Guccio de Médicis était aussi maître dans l'art de gouverner depuis les coulisses ; ce pour quoi la Seigneurie l'employait de préférence chaque fois qu'un problème particulièrement épineux se présentait.

C'était justement pour accomplir une mission secrète pour la Seigneurie qu'il était descendu à Rome. Officiellement, ce n'était qu'une de ses innombrables pérégrinations commerciales ; en réalité, le but principal était d'entendre ce que Dante Alighieri avait à dire après des semaines de fréquentation assidue des parents de Sa Sainteté. Il n'y avait pas de meilleur endroit pour glaner des informations de première main. Ils trouvèrent un coin discret, déserté par les pèlerins, parce qu'un pauvre mendiant dérangé y était étendu et avait inondé le sol d'urine ; à en juger par la puanteur, ce n'était pas son unique incontinence.

Une fois arrivés à l'ombre d'un pilier, le vieil homme fronça ses sourcils grisonnants.

« Ce que vous me dites, sieur Dante, nous apporte un peu de soulagement, dit-il. Ce document que nous vous avons demandé de chercher dans la chancellerie apostolique est introuvable. Cela signifie qu'il n'a peut-être jamais été écrit, et que les craintes de la Seigneurie sont infondées. N'est-ce pas ?

— C'est cela, confirma Alighieri. Le notaire papal à qui j'ai parlé m'a révélé une chose rassurante. Même si le document existait quelque part, si nos aïeux avaient vraiment vendu à Charles d'Anjou la liberté de Florence, en tout cas ce pacte ne serait pas valable. Ce que le pape ratifie est ponctuellement retranscrit dans ses registres. Et ce qui n'est pas ratifié n'a pas valeur de loi.

— Il y a toujours la loi de l'épée, messire Dante. Valois pourrait décider de prendre de force ce que le droit ne lui permet pas d'obtenir. Nous savons que le prince a laissé ses troupes en Toscane et qu'il se dirige vers le sud. On dit qu'il viendra ici à Rome, où il est attendu par Sa Sainteté.

— Le pape lui accordera-t-il vraiment la couronne de Sicile ?

— Peut-être. On verra bien si les Aragonais qui règnent maintenant en Sicile sont disposés à la céder pour obéir au pape ! Cela risque de provoquer un conflit qui s'étendrait à toute la péninsule italienne. Philippe pourrait descendre de France avec l'armée pour prêter main-forte à son frère.

— J'en doute, messire Guccio. Philippe a d'autres chats à fouetter. En ce moment, des affaires privées lui donnent bien du souci.

— Des affaires privées ?

— Nous n'avons pas encore un tableau complet des faits, messire Guccio, mais nous savons que le pape accueille au Vatican un certain Arnaud de Villanova, un vieux médecin catalan qui, il y a trois ans, travaillait pour Philippe le Bel. Il semblerait que le vieil homme se soit enfui de Paris après avoir été accusé d'impiété et de sacrilège, mais Boniface l'a innocenté. Le Catalan est un homme ambigu ; les hommes de la curie le craignent et l'accusent de pratiquer secrètement l'alchimie. On dit qu'à Paris, il avait un laboratoire secret dans lequel il travaillait pour le souverain. Maintenant, Philippe veut qu'il revienne à ses côtés. Il le veut au point d'avoir incarcéré l'évêque de Pamiers pour faire chanter le pape.

— Bon sang ! Ce que vous me dites laisse présager un scénario bien sombre pour Sa Sainteté. Le roi de France menace Boniface, personne ne l'ignore ; jusqu'à présent, sa main de fer est couverte d'un gant de velours. Quoi qu'il en soit, il reste à l'écoute de ceux qui reprochent au pape Caetani d'avoir trompé Célestin V. Croyez-vous qu'il puisse utiliser le vieil alchimiste pour monter une conspiration contre le pape ? »

Dante secoua la tête. « Je pense que, pour le moment, nous ne pouvons exclure aucune hypothèse. Nous savons que le cardinal Matteo d'Acquasparta est arrivé de Paris et qu'il a été reçu par Francesco Caetani, le neveu de Sa Sainteté. J'étais présent ce soir-là. »

Le visage de Guccio de Médicis prit la couleur du mépris.

« Matteo d'Acquasparta est un lâche, dit-il avec un rictus. Le pape l'avait chargé de venir à Florence pour faire la paix entre les factions qui divisent notre ville. Mais ce gredin ne voulait pas d'ennuis. Il a pris la poudre d'escampette à la première occasion. Et maintenant, Florence est en proie aux dissensions comme jamais.

— Les troupes françaises qui campent le long des frontières représentent un danger constant, messire

Guccio. Mais les différends entre le pape et le roi de France ont des effets positifs pour nous. Si Boniface et Philippe sont en conflit, au moins ne courons-nous pas le risque de les voir s'allier contre nous. Ce serait le pire danger. »

Guccio de Médicis semblait perplexe.

« Il y a un fait qui n'est pas clair, dans votre récit. Vous avez dit que ce médecin catalan était à Paris il y a trois ans. Qu'il travaillait pour Philippe le Bel. Mais, s'il a été incarcéré pour impiété, alors il a dû tomber dans les griffes de l'Inquisition. Je me demande pourquoi le roi ne l'a pas aidé. Si ce Catalan était si précieux, il pouvait donner l'ordre de le libérer, non ? Dans sa position, il n'aurait certainement pas essuyé un refus.

— Vous avez raison, messire Guccio. Le roi n'a pas levé le petit doigt pour faire sortir Arnaud de prison. Philippe est un homme indéchiffrable. C'est ce que l'on dit de lui. Un homme obsédé par d'étranges manies. J'étais à la Sainte Chapelle lors de mon dernier voyage à Paris. Et que vois-je ? Au centre de l'entrée, une magnifique statue de Saint Louis en habit royal portant un manteau bleu clairsemé de lys d'or. Il ressemblait à Philippe le Bel comme son reflet dans un miroir.

— Et alors ? Pas étonnant qu'il lui ressemble. C'est son grand-père. »

Guccio de Médicis ricana.

« Messire Guccio, ce n'est pas drôle, c'est grotesque. J'ai vu Louis IX de mes propres yeux, quand mon père m'a emmené à Paris, encore enfant. Je peux vous dire qu'il a peut-être été saint, mais à coup sûr, il n'était pas beau.

— Vous voulez dire que Philippe a fait mettre son visage sur la statue de son grand-père ?

— S'il n'y avait que le visage, messire Guccio ! Pour les habitants de Paris, raconta Dante, c'était tellement embarrassant qu'ils évitaient de regarder cette statue quand ils entraient dans l'église. Ils se signaient en toute hâte, en regardant par terre, puis ils passaient vite. Ne pas saluer l'effigie du roi saint, celui qui avait apporté à Paris la couronne d'épines de Notre Seigneur Jésus-Christ, aurait été un sacrilège, mais personne n'avait envie de faire le signe de la croix devant l'effigie de Philippe le Bel. S'il avait ressuscité, Louis IX aurait été stupéfait de se voir représenté de cette façon : grand, avenant, les cheveux blonds épais comme l'or et les yeux couleur saphir. Lui qui était petit, courbé et même chétif, avait tout à coup gagné l'apparence d'un dieu grec. »

« Philippe est obsédé par la figure de son grand-père, poursuivit Dante. Il paraît qu'il a fait sortir de ses gonds même l'abbé de Saint-Denis. Dans cette église sont enterrés les monarques de France, et même l'actuel souverain le sera, en temps voulu. Il peut choisir sa place, mais il ne sait pas laquelle. Il a fait déplacer plusieurs fois les tombeaux de ses ancêtres, et tout cela parce qu'il prétend que sa tombe doit être aussi proche que possible des restes de Louis IX.

— Étrange, vraiment, remarqua Guccio. Je me demande si les manies du souverain ont un rapport avec son ardent empressement à retrouver Arnaud de Villanova. »

Guccio de Médicis leva les yeux vers le toit, comme poursuivant un souvenir.

« Il est possible que l'attachement du roi de France pour ce vieillard ait quelque chose à voir avec l'amour filial, ajouta-t-il.

— Quoi ? »

Guccio de Médicis ne pensait pas avoir dit quelque chose de choquant, mais l'expression du visage de Dante montrait que la phrase l'avait pris complètement au dépourvu. « Vous m'avez dit que cet Arnaud est catalan. La mère de Philippe le Bel l'était également. Ne le saviez-vous pas ? »

9

« Avec les pouvoirs de Mercure, grave sur une pierre de marbre l'image d'une main tenant une balance ; fais-le à l'heure propice à Mercure, lorsque la planète sera en ascension. Avec ce sceau, imprime un morceau de cire ou toute autre matière appropriée, et donne le sceau à l'infirme : il sera bientôt libéré de toute sorte de fièvre. »

Arnaud de Villanova feuilletait convulsivement les pages du livre secret que son ancien maître lui avait remis, le jour où s'était achevé son long parcours initiatique. Il se souvenait parfaitement qu'il y avait au moins une autre excellente méthode pour lutter contre cette maladie qui ne laissait aucune chance.

« Avec les pouvoirs du soleil, tu graveras les marques suivantes sur la pierre appelée sedona. Tu le feras quand le soleil est croissant, dans le premier aspect du Lion. Celui qui aura porté cette amulette ne souffrira pas des maladies provoquées par la combustion de la lune. »

Est-ce que cela pourrait vraiment marcher ? « Je connais la "Table d'Émeraude", pensait Arnaud, les hommes ont toujours su comment combattre toutes sortes de maladies en puisant à l'énergie infinie de la Création, en choisissant parmi les corps célestes celui qui est capable de déclencher, dans chaque partie du corps, de puissants courants de régénérescence. » Mais c'était justement parce qu'il maîtrisait ces connaissances que le vieil homme n'oubliait pas la force de ces amulettes cosmiques contre les épidémies de nature spontanée, celles provoquées par une sinistre configuration des planètes ou par la combustion de la lune. « Il n'existe aucun remède contre le fléau de la peste lorsque celui-ci est répandu volontairement par les âmes séduites par le démon, en utilisant le sang infecté d'autres hommes. Même leur haleine est irrémédiablement empoisonnée. »

Alors qu'il raisonnait de la sorte et que ses yeux couraient le long des lignes serrées en caractères koufiques, Arnaud voyait que son doigt tremblait. Ses mains avaient toujours été bien fermes, et il ne pouvait pas accuser l'âge avancé si elles étaient devenues tremblantes. C'était l'anxiété, bon sang ! L'anxiété démesurée qui l'avait assailli après avoir lu la lettre arrivée le matin même. Une lettre écrite par quelqu'un qu'il connaissait très bien, un homme d'excellente réputation et au-dessus de tout soupçon. Mais il écrivait des choses tellement paradoxales que le vieil homme en avait perdu son inoxydable clairvoyance. Il décida de la relire une fois de plus, en essayant de garder la tête froide.

Maître éminent, très cher ami,

Je ne sais pas si vous recevrez jamais ma lettre : on dit que vous vivez isolé à l'intérieur des murs du Vatican, et que personne, à part le souverain pontife, n'est admis en votre présence. Cependant, je prie Dieu de guider ma main pendant que je vous écris ; je prie pour que vous receviez ma prière pleine d'espoir, et que vous acceptiez de me répondre.

Vous vous souvenez sans doute dans quelles odieuses circonstances nous nous sommes rencontrés il y a deux ans : vous aviez été jeté en prison par les gardes du Châtelet. On vous adressait des accusations d'impiété et de sacrilège, auxquelles, maître Arnaud, je n'ai jamais cru. Sa Majesté vous avait envoyé un juriste du Collège royal, peut-être le meilleur ; malgré cela, vous saviez que j'étais à Paris et vous vous êtes adressé à moi. Ce choix vous a certainement été dicté par l'amitié qui nous lie depuis l'époque où nous enseignions tous les deux à Montpellier : moi, un modeste professeur de droit, et vous, déjà, le meilleur médecin de l'université.

La confiance que vous m'avez témoignée en cette période difficile m'amène à croire que vous avez, maître Arnaud, une grande estime pour moi. C'est en vertu de cette conviction que j'ai décidé d'oublier toutes mes réticences et de vous ouvrir mon cœur par écrit afin de vous révéler ce qui le torture. Vous savez que je n'ai jamais rien demandé en échange de ce que j'ai fait pour vous. Vous savez également que vous me devez la vie, parce que c'est moi qui vous ai conseillé de ne même pas essayer de vous défendre, parce que la seule façon de sortir vivant de ce simulacre de procès que l'on voulait vous faire, c'était d'en refuser le principe même. Je vous ai conseillé d'en appeler au pape : l'accusation que l'on vous adressait, diffusion d'impiété et blasphème, était du domaine de la foi. Qui mieux que le pape pouvait trancher des questions touchant à la sphère religieuse ?

Heureusement, vous m'avez écouté.

Si vous vivez actuellement en sécurité au Vatican, maître Arnaud, si vous jouissez de l'estime du pape, vous le devez à mes conseils. J'espère donc que vous ne ferez pas montre d'ingratitude au point de me refuser votre aide. D'autant plus que je ne demande rien pour moi-même : j'implore votre collaboration pour sauver la France et des millions de vies innocentes.

Mon auguste seigneur, le roi Philippe, m'a chargé de reprendre les minutes de votre procès, que j'ai ordre de clore par un acquittement complet. Je n'aurai aucun mal à répondre à cette requête, puisque vous êtes innocent ; mais vous devez savoir que le roi me charge de vous disculper, car il est convaincu que vous, maître Arnaud, accepterez de retourner à Paris, une fois que vous serez assuré de ne plus avoir de poursuites judiciaires. Le roi veut que vous reveniez en France, et comme vous le savez, c'est un homme qui ne sait pas ce que « renoncer » signifie.

Même si vous le détestez parce qu'il vous a laissé moisir en prison au lieu d'ordonner votre libération immédiate, avant de refuser votre aide, réfléchissez à ceci : Sa Majesté sait que vous avez travaillé à la production d'un puissant antidote capable d'éviter une terrible épidémie. L'évêque de Pamiers et d'autres agitateurs ont monté une conspiration contre le roi, et crient aux quatre vents que la France sera frappée par la mort comme jamais auparavant dans son histoire : un fléau envoyé par Dieu pour punir l'arrogance de Philippe le Bel envers le vicaire du Christ.

Les mieux informés croient que ces ennemis du roi, du peuple et de Dieu, ces enfants de Satan, ont en réalité l'intention de répandre une maladie atroce dans tout le royaume afin de pouvoir dire que leur prévision était juste et de pousser ainsi le peuple à renverser le trône. Vous pouvez conjurer la catastrophe, maître Arnaud. Vous avez l'antidote.

Sachez qu'un homme très en vue à la cour, à qui a été confiée la santé de notre souverain, affirme que vous n'aiderez jamais Sa Majesté dans cette urgence, qu'au contraire, vous la laisserez se noyer dans les difficultés. Il dit qu'il est certain de ce qu'il avance pour une raison précise : cette maladie serait en réalité votre créature ; vous-même l'auriez livrée aux mains des rebelles. L'extrême gravité des faits est maintenant tout entière sous vos yeux. Maître Arnaud, mon ami, faites-moi parvenir l'antidote par un canal de confiance. Faites-le pour moi, si vous n'avez pas pitié du peuple français. Et faites-le aussi pour défendre votre honneur. Que Dieu vous éclaire !

Guillaume de Nogaret

Le Catalan jeta le papier sur la table, puis il se laissa tomber sur la chaise, accablé par le poids de ce qu'il avait lu. Les neveux du pape ne lui avaient pas raconté des balivernes pour masquer leur intention de le faire sortir de Rome. C'était tragiquement vrai : une poignée de criminels entendaient sérieusement dévaster le royaume de France en répandant une maladie incurable, en apparence spontanée, que l'on aurait fait passer pour l'effet de la colère de Dieu. Et un homme dont le nom n'était pas révélé, mais qui ne pouvait être qu'Henri de Mondeville, le chirurgien royal, insinuait que derrière cet horrible complot ourdi par Satan lui-même, il y avait sa signature.

Dieu tout-puissant ! Quel sens avait tout cela ?

3

LE PRIX DU SANG

Il n'y a pas de refuge contre la colère de Dieu, sauf en Dieu lui-même.

Rodolphe le Glabre,
Histoires, IV, 10

1

Yeux fermés, rides relâchées.

Le visage du mort avait la sérénité inexpressive de ceux qui n'avaient plus de comptes à régler avec la vie ; mais, le connaissant, il était difficile de penser qu'il avait vraiment trouvé la paix. Debout dans la galerie du palais royal, resplendissant dans ses précieux vêtements cousus d'or, Philippe fixait ce visage enlevé au monde par l'étreinte de la Dame Noire. Lui non plus ne connaissait pas la paix.

Depuis vingt ans, la pensée de cet homme le tourmentait et il se faisait un sang d'encre. Tout autour, l'aurore teintait de pourpre les toits de Paris. La Seine scintillait dans la lueur qui annonçait l'aube comme un long serpent magique recouvert d'écailles d'or. Elle était belle, sa ville, juste avant l'éveil ; quelques minutes plus tard, les rues se rempliraient des bruits grouillants habituels. Les cochers qui allaient au marché, un aubergiste qui jetait dehors à coups de pied un ivrogne endormi sous la table, le claquement rythmique du linge sur les pierres, au bord de la rivière, et les blanchisseuses, qui alternaient les chants et les cris dans des querelles de filles.

Pour l'instant, Paris dormait, et le seul bruit dans

l'air était la douce sonnerie des couvents qui appelait à la première messe du jour. C'était un éphémère moment de tranquillité suspendu entre l'obscurité, où régnaient les malfaiteurs qui infestaient les faubourgs et les rues populaires, et les heures du jour, envahies par le bruit, quand politiciens et affairistes de toute sorte infestaient les beaux quartiers, bien retranchés derrière leur puissante aura de respectabilité. À ce moment-là, la ville était magnifique.

Alphonse de la Cerda s'avança dans le dos du roi, sans faire de bruit ; il connaissait assez l'âme de son cousin pour savoir qu'il couvait de mauvaises pensées s'il restait insensible à l'hypnose de Paris dans la splendeur du jour naissant. « Qu'y a-t-il ? » demanda Alphonse. Question incongrue, en réalité. Il voyait bien que Philippe tenait dans sa main un masque mortuaire. Ces masques, déjà utilisés par les Romains, que l'on obtenait en appliquant sur le visage d'un défunt une fine plaque d'argile qui conservait ainsi les traits de celui dont on voulait garder le souvenir.

Il aurait plutôt dû demander à qui appartenait ce visage inconnu, mais l'inquiétude qu'il sentait chez Philippe lui déconseillait de poser des questions trop directes. Il pensait que le mort était la première victime de cette maladie qui, depuis des semaines, hantait le roi. La maladie contre laquelle le Catalan préparait un puissant remède, comme il l'avait déduit des quelques explications du souverain. Philippe se retourna et lui lança un regard bref et sombre. Il avait besoin de se confier à quelqu'un, et personne n'était plus apte à l'écouter qu'Alphonse, son proche parent, mais avant tout son ami de toujours.

« Le reconnaissez-vous ? demanda le roi.

— Non. Je crois que je ne l'ai jamais vu.

— Ce n'est pas étonnant, Alphonse. Cet homme a passé les quinze dernières années dans un monastère où il était obligé de toujours porter une capuche sur la tête, même la nuit.

— Pourquoi ?

— Personne ne devait voir son visage, Alphonse.

— Qu'avait-il de si terrible ?

— Il représentait un danger très grave pour la stabilité de notre dynastie, répondit Philippe, tandis que sa voix prenait le ton d'une sentence capitale.

— Pourquoi avez-vous voulu faire son masque mortuaire ? La mort a scellé ce visage dans le secret bien mieux que cette capuche. »

Philippe ne répondit pas, il se contenta de mettre le masque mortuaire à la hauteur de sa propre tête, afin qu'Alphonse le voie.

« Il vous ressemble, sire. C'est épouvantable. Et cela me rappelle quelque chose.

— Cela vous rappelle quoi, Alphonse ?

— Que votre père, le roi Philippe III, n'était pas le fils aîné de Louis IX. Il avait eu un autre fils, appelé Louis, qui devait hériter du trône. Le saint roi l'a éduqué personnellement et il l'aimait plus que tous ses autres enfants. Lorsqu'il partit en Terre sainte, il lui confia le gouvernement de la France. Mais Louis mourut soudainement, dit-on, d'une grave infection au ventre. Son sépulcre se trouve dans l'abbaye de Royaumont. Est-ce que le corps qui repose là est vraiment le sien ? Seul Dieu tout-puissant le sait. »

Philippe posa le masque sur le plan de pierre du

rebord de la fenêtre ; il y avait une sorte de soulagement dans le geste lent de sa main.

« Les fautes des pères retombent sur leurs enfants, murmura le roi. La France risque maintenant de souffrir atrocement par la faute de mon père, si je ne réussis pas à l'effacer.

— La question est-elle liée au Catalan, sire ? »

Le roi hocha lentement la tête.

« Arnaud de Villanova pourrait me sauver immédiatement, s'il le voulait. Mais il ne le veut pas. L'idée de me savoir dans le tourment doit le réjouir.

— Je suis effondré, Majesté. Et le Catalan est un homme infâme s'il n'accepte pas de faire son devoir pour éviter le désastre. Je n'ose imaginer la catastrophe qui s'abattrait sur le royaume, Majesté, si ce corps était celui de votre oncle, le fils aîné dépossédé du trône. Cela voudrait dire que votre père n'était pas le souverain légitime de France. Et par conséquent, vous non plus. Ai-je deviné, sire ? »

Philippe répondit d'un signe vague qui n'était ni d'approbation ni de négation, puis il lui fit signe de s'approcher. Les deux hommes regardaient les traits de ce visage figés pour l'éternité dans le masque mortuaire.

« Quel était son nom ? demanda Alphonse.

— Gauvain de Longwy, répondit le souverain sombrement.

— Longwy ? Cela me semble familier, sire. Je connais sûrement quelqu'un qui porte ce nom, même si je ne saurais dire exactement qui. »

Les yeux bleu intense du roi prirent une couleur cobalt qui rappelait l'océan quand la tempête était imminente.

« Jacques de Molay est le fils de Jean, seigneur de

Longwy, affirma-t-il avec un soupçon de haine dans la voix.

— Alors ce Gauvain de Longwy était le frère du chef des Templiers, en déduisit Alphonse. Le grand maître le sait-il ? Connaît-il ces détails scabreux de votre famille ?

— Il me semble difficile qu'il puisse les ignorer, répondit le roi. La question est plutôt de savoir s'il voudra les révéler ou s'il décidera de se taire. »

Le Castillan acquiesça. Il savait que tout haut dignitaire du Temple devait recevoir l'approbation du roi de France avant que sa nomination dans les hiérarchies de l'ordre soit ratifiée. Même s'il n'existait pas de lois écrites qui l'imposaient, et qu'il eût été tout à fait illégal de l'exiger.

Le chef suprême ne faisait pas exception, et cette pratique qui violait ouvertement la souveraineté des Templiers était tolérée même par les papes. Depuis que le dernier bastion chrétien était tombé en Terre sainte, la plus grande partie du patrimoine des Templiers se trouvait à l'intérieur des frontières de la France, et l'ordre avait son quartier général aux portes de Paris. Le Temple était une cité autonome entourée de murs infranchissables, adossée à la capitale de la France. On y respectait des critères de cohabitation paisible et les chefs du Temple maintenaient de bons rapports avec le monarque régnant. On ne pouvait pas toujours collaborer, mais il était de toute façon vital que chacun évite d'empiéter sur le domaine de l'autre.

« Lorsqu'il fut élu grand maître, Jacques de Molay n'avait pas votre approbation, n'est-ce pas, sire ? »

Philippe fronça le front.

« Je voulais frère Hugues de Pairaud, répondit-il,

mais les Templiers de Chypre soutenaient de Molay et firent appel aux privilèges de l'ordre. Le pape capitula et confirma son élection.

— Quoi qu'il en soit, Majesté, de Molay a toujours gardé le secret en ce qui concerne son frère. Personne n'en sait rien. Moi-même, qui connais plusieurs secrets d'État, je viens d'en entendre parler pour la première fois. »

Le roi mit la main à l'épée qu'il portait à la ceinture. Un geste instinctif contre une menace fantôme. « Je me suis toujours entendu avec lui, Alphonse, dit-il, j'ai supporté de voir les Templiers gagner en arrogance en même temps que la discipline déclinait lamentablement dans leurs rangs, année après année. Ils étaient autrefois des guerriers qui affrontaient le martyre pour défendre la foi ; maintenant ce ne sont plus que des banquiers cupides et lâches. J'ai dû subir des humiliations inadmissibles. Et ce qui est pire, j'ai dû faire semblant de ne pas savoir ce qui se passait dans leurs maisons. » L'expression fermée du souverain inquiéta Alphonse. Il aurait voulu lui poser beaucoup de questions, mais il savait que ce serait peine perdue. Les Templiers étaient célèbres pour la ténacité avec laquelle ils conservaient leurs secrets ; Philippe, qui était le fils cadet, et qui serait devenu l'un d'eux si Dieu n'avait pas rappelé à lui son frère aîné, l'était tout autant. À l'âge de huit ans, lorsque s'ouvrait devant lui une carrière fulgurante dans l'ordre du Temple, il avait entrepris le noviciat pendant quelques semaines. Il savait de quoi il parlait.

« Vous craignez que le grand maître puisse trahir votre secret, sire. Mais pourquoi le ferait-il ? Pourquoi parlerait-il maintenant, après tant d'années de silence ? Quel sens cela aurait-il ?

— Le sens de la revanche, murmura le roi. De Molay pourrait décider de se venger parce que je me suis opposé à son élection.

— Il aurait pu le faire pendant que Gauvain était en vie.

— Cela aurait entraîné le risque de représailles contre son frère, précisa le roi. Longwy était prisonnier, mais les conditions de sa captivité n'étaient pas dures. Son existence était la même que celle des autres moines. À part le port de la capuche.

— Je comprends, sire. Maintenant que son frère est mort, de Molay n'a plus rien à perdre. Il pourrait décider d'assouvir enfin sa vengeance.

— Ce serait d'une grande habileté : en ce moment, sa dénonciation passerait pour un acte de pure et simple fidélité au pape. »

Le visage d'Alphonse de la Cerda était en alerte.

« Les relations avec Boniface sont-elles détériorées à ce point ?

— Elles en sont au point de rupture, Alphonse. Être le vicaire de saint Pierre ne suffit plus à cet homme. Son orgueil le pousse à se prendre pour Dieu sur terre. Il piétine la souveraineté des chefs d'État, pour le seul plaisir de les voir ramper à ses pieds comme des vers.

— La sale affaire de monseigneur Saisset a été exploitée, ajouta Alphonse. Le pape défend bec et ongles l'évêque rebelle qui conteste votre légitimité. Vous craignez, maintenant, que le chef des Templiers veuille se joindre à cette sédition ? »

Le visage du roi se remplit de colère. « Boniface et le chef des Templiers incarnent les pires dangers pour la France, répondit-il, et, malheureusement, leur entente n'est que trop parfaite. »

Il fallait trouver une solution pour conjurer la catastrophe qui se profilait à l'horizon. Philippe le savait très bien, et cette pensée agitait ses nuits insomniaques. Il ferait tout ce qu'il pourrait pour faire taire ceux qui, en parlant, mettraient en péril sa couronne et jetteraient la France dans le chaos. Tout ce qu'il faudrait. Sans s'encombrer de scrupules inutiles.

2

Un souffle glacé tourbillonnait dans la pièce, incessant. Parfois, il semblait provenir du vent qui hurlait si fort dans la nuit dehors que les interstices plombés des vitres crissaient ; mais par moments, la bise glacée qui faisait se dresser les poils des bras au moindre effleurement semblait sortir de la cheminée, où les braises s'éteignaient à cette heure tardive. Devant ces tisons, le visage tiédi par les restes de chaleur et le cœur gelé par le doute, la reine Jeanne était assise, tendant les mains vers la faible lueur rougeâtre.

Il n'y avait personne dans sa chambre. Contrairement à l'usage, elle n'avait pas permis aux dames de sa suite de dormir avec elle, dans l'espoir fervent que son mari puisse la rejoindre, cette nuit-là. Du reste, le soupçon qui s'était glissé en elle, qui lui ôtait le sommeil et la paix, ne pouvait être confié à quelqu'un ; ou bien si, il y avait certes une âme pieuse et dévouée qui l'aimait vraiment dans ce nid de vipères qu'était la cour de France. Elle prit une cape et la jeta sur ses épaules engourdies de froid par la longue veillée. Elle prit une bougie et sortit dans le couloir.

Des coups discrets à la porte. Les dames de compagnie de Sa Majesté ne les entendirent même pas, plongées dans la léthargie que donnait le sommeil aux jeunes personnes. Gilla de Lievroifontaines se dressa sur les coudes. C'était une femme de soixante-dix ans qui, comme tous les gens d'un certain âge, ne dormait pas vraiment, mais passait d'un sommeil léger à l'autre. La lumière de la lune exaltait la blancheur de son visage, lui donnant un charme immatériel. Elle était petite, maigre et courbée par les années, avec les cheveux enserrés dans un bonnet de nuit, elle ressemblait à un elfe rusé et gentil. « Dame Gilla, chuchota la reine à voix basse, venez dans ma chambre, s'il vous plaît. J'ai besoin de vous. » Assises devant un feu vigoureux, que la nourrice de Sa Majesté avait maintenant ravivé, les deux femmes gardaient les yeux fixés sur la flamme, absorbées dans leurs pensées.

« Oui, ma fille, dit la vieille dame, j'ai eu deux maris. Le premier avait trente ans de plus que moi, je suis devenue veuve après quelques mois de mariage seulement. L'autre était jeune, du même âge que moi. Jeune et vaillant. » La reine hésita un instant, prise de pudeur ; elle devait faire un effort, cependant, si elle voulait avoir une réponse à sa question. « Dame Gilla, combien de temps faut-il à un homme pour… » Elle s'arrêta un instant, hésita. « … Pour faire certaines choses avec une femme ? » La nourrice, perplexe, essayait de comprendre ce que sa chère fille voulait dire.

« De quoi voulez-vous parler ? demanda-t-elle.

— Depuis le moment où l'homme vous embrasse et commence à vous déshabiller, ou bien…

— Ou bien ? » Dame Gilla gloussa. « Voyons… dit-elle, mon premier mari, pauvre homme, ne m'a pas appris grand-chose dans le domaine de l'amour. Il était lent et, étant donné son âge, c'était déjà un miracle s'il arrivait à conclure. Quant à l'autre… » Elle s'arrêta un instant, les joues rougies par le plaisir des souvenirs. « Il était jeune, impétueux. Parfois, lorsqu'il était aveuglé par la passion, il me jetait contre un mur, soulevait mes jupons et ses mains se faufilaient partout. Après, c'était une véritable lutte. Un torrent en crue, si vous voyez ce que je veux dire.

— Mais combien de temps, dame Gilla ? »

La nourrice lui adressa un regard inquisiteur. Pourquoi cette anxiété à propos du temps ? Comment pouvait-elle le quantifier, après tant d'années ? La question étant visiblement de la plus grande importance pour Jeanne, elle essaya de se souvenir. « Ces moments si intenses sont en réalité interminables. Disons… le temps nécessaire pour réciter trois ou quatre Notre Père. » Sa réponse fit tomber sur le visage de la reine un voile de tristesse. Elle lui souleva le menton et vit qu'elle avait les yeux humides. « Jeanne, mais que s'est-il passé ? » La reine déglutit et réprima son envie de pleurer. « Aujourd'hui, mon mari est allé au couvent des Augustins, murmura-t-elle. Mahaut l'attendait là, dans une chambre. Ils se sont enfermés, seuls. Ils y sont restés pendant un quart d'heure. » Gilla de Lievroifontaines hocha la tête, dépitée. « Vous pensez qu'ils sont allés là pour consommer une étreinte furtive, dit-elle avec une pointe de sarcasme. Mais ma fille ! Croyez-vous qu'un couvent soit l'endroit approprié ? » La reine se leva d'un bond. Elle se mit à marcher dans la chambre sans se soucier du froid.

« Mon mari est un homme cérémonieux, dans certains domaines, dit-elle d'une voix vibrante, l'amour prend son temps. Mais je ne peux certainement pas savoir comment il se comporte quand la passion et le désir l'assaillent, comme un chien qui vous prend à la gorge.

— Jeanne, soyez raisonnable. Votre mari est un homme perclus de scrupules religieux, il n'irait jamais forniquer dans un lieu sacré. Le seul fait d'y penser lui paraîtrait blasphématoire. S'il rencontre vraiment la comtesse d'Artois pour faire ces choses-là, alors cela doit se passer ailleurs, dans un endroit plus confortable et plus discret. Mais, je vais être honnête, je ne crois pas qu'ils soient amants. Cette rencontre clandestine dont vous me parlez a tout d'une affaire politique. »

Les yeux de Jeanne flambèrent.

« Une affaire politique ? Dans quel but ?

— Je ne sais pas, ma fille. Peut-être votre mari cherche-t-il l'aide de Mahaut pour faire taire certaines médisances que l'évêque de Pamiers a mises en circulation. Saisset est en prison, mais les bruits courent, et l'arme de la diffamation peut se révéler encore plus tranchante qu'une épée. »

Frappée par ce que la vieille nourrice suggérait, la reine revint s'asseoir à ses côtés. « À quoi faites-vous allusion, dame Gilla ? » Celle-ci hésita, ne sachant si elle devait parler ou pas. Elle décida qu'elle n'avait pas les épaules assez larges pour prendre le risque de dire ouvertement certaines choses ; mais elle pouvait toujours donner un bon conseil à la reine.

« Écoutez-moi bien, Jeanne. Dans cette horrible histoire de monseigneur Saisset qui est en train de diviser le pays, il y a des implications secrètes qui n'ont rien à voir avec l'autonomie des fiefs. Ce sont des affaires privées qu'il ne faut pas sous-estimer. Vous savez que votre mari n'a jamais eu d'estime pour son père. On l'appelait Philippe III le Hardi, mais pour le narguer : la seule hardiesse dont il était capable, c'était sa manière de monter à cheval. L'affection que votre mari porte à la mémoire de son grand-père Louis IX est bien différente. Il fait tout pour montrer au monde qu'il lui ressemble même physiquement. Il doit bien y avoir une raison.

— Qu'essayez-vous de me dire ? »

Embarrassée, la vieille dame tenta de bien choisir ses mots pour lancer à la reine un message éloquent, tout en restant dans les limites qu'elle devait scrupuleusement respecter.

« Souvenez-vous de la Bible, Jeanne : les fautes des pères retombent sur les enfants. Je crains que votre mari doive payer un péché commis par son père. Ce fut une faute très grave, et quand le roi défunt s'en est souillé, il a répandu sur toute la France la crainte que Dieu dévasterait le royaume pour le punir. De puissants barons demandèrent au roi de quitter le trône avant que sa folie les ruinât tous. Philippe le Hardi réussit à calmer les rumeurs, mais en échange il dut payer un terrible prix du sang.

— Un prix du sang ? Soyez plus claire.

— Je vous aime comme ma fille, Jeanne, mais je ne peux pas parler. Croyez-vous que ma position à la cour soit solide au point de sauver ma vie si le roi découvrait que j'ai prononcé des paroles offensantes contre son père ?

— Philippe III fut déshonoré au point de devoir presque abdiquer ?

— Oui, ma fille. La honte l'engloutit de façon irrémédiable. Mais la question était si intime et privée que vous n'en trouverez certainement pas la moindre allusion dans les pages des annales de France. Vous n'avez qu'un moyen de connaître la vérité : vous devez parler à la reine Marie de Brabant. Si odieuse soit-elle, elle est la veuve de Philippe III. Si quelqu'un sait tout sur l'intimité de cet homme, ce ne peut être qu'elle. »

3

Marie de Brabant s'était retirée de la vie publique. En réalité elle avait été, de manière indirecte et polie, assignée à résidence sur ordre de son beau-fils Philippe le Bel.

La salle du château où elle vivait désormais était meublée dans le style de sa terre natale. Selon le goût qui régnait à Paris, il était aride, nordique, dépourvu de tout raffinement. Un environnement glacial et désagréable comme la personne qui y vivait. Il avait fallu beaucoup de courage à Jeanne pour se résoudre à effectuer cette démarche qui lui répugnait, mais elle comptait obtenir des résultats ; et si elle y arrivait, son sacrifice serait payé de retour.

Si le tourment inavouable de son mari se cachait réellement dans les plis du passé, si vraiment Philippe le Bel détestait monseigneur Saisset pour ses insinuations scandaleuses sur sa naissance illégitime, tout n'était peut-être pas perdu. Marie de Brabant, veuve de Philippe III, lui avait donné deux fils : Louis, prince d'Évreux, et la princesse Marguerite de France, mariée au souverain anglais. Bien sûr, elle n'admettrait jamais qu'elle avait dû se débrouiller pour prouver au monde qu'elle n'était pas stérile.

Jeanne n'attendait pas une confession de sa part,

mais plutôt son contraire : qu'elle défendît envers et contre tous la virilité de son mari, même si c'était seulement pour éloigner les soupçons d'adultère. Cela aurait été suffisant. Avec cet espoir au cœur, Jeanne avait décidé de boire l'amer calice en allant la voir.

Assise à son métier, la veuve de Philippe III brodait une tapisserie du récit larmoyant de Tristan et Yseult. Elle lui adressa un regard fugace bien que les serviteurs n'aient pas manqué de lui annoncer respectueusement la visite d'une personne si importante. Jeanne occupait maintenant la place sur le trône qui, autrefois, avait été le sien, mais il n'y avait jamais eu d'affinité entre elles. « Quel bon vent, Jeanne ? lui dit-elle sans même lever les yeux du métier. Qu'est-ce qui vous amène dans cette casemate perdue dans la campagne ? »

Jeanne de Navarre respira profondément ; un geste naturel pour ceux qui se préparaient à l'affrontement. « Il y a une chose que je dois savoir, Marie. Et vous pouvez m'aider. J'espère que vous serez loyale envers la France en me disant la vérité. » L'attitude de la reine était étrange. Inhabituelle, péremptoire mais inquiète. Marie de Brabant s'en rendait compte, mais elle attendit que l'autre parle la première. « Certaines personnes insinuent que la colère de mon mari contre l'évêque de Pamiers n'a aucune origine politique, dit-elle. Il y aurait autre chose. Monseigneur Saisset a une langue venimeuse, il porte de graves accusations personnelles contre le roi. » Marie de Brabant ricana, amusée. « J'ai entendu parler de son intempérance verbale, avoua-t-elle. Disons qu'il a voulu mettre les pieds dans le plat. » Le ton de la femme était caustique et allusif. « Et c'est vrai ? l'apostropha Jeanne. Est-ce que la reine Isabelle d'Aragon a dû se tourner vers un autre homme pour concevoir ? » Marie de Brabant fit une mine étonnée, mais avec un air théâtral ; sa surprise était visiblement exagérée. « Comment puis-je savoir ces choses-là ? » Jeanne de Navarre la cloua du regard. « Vous êtes la seule qui puisse répondre à certaines questions. Le roi Philippe III était-il… en clair, souffrait-il d'impuissance ? »

Il était éprouvant de devoir prononcer ces mots. Mais les avertissements de la nourrice, son regard tendu et ses paroles ambiguës l'avaient menée à cette conjecture qui aurait expliqué bien des choses. D'abord, l'obsession de son mari à vouloir prouver qu'il était le petit-fils de Saint Louis. Pour que cette descendance soit réelle, Philippe devait nécessairement être le fruit des reins de son fils, Philippe le Hardi.

La vieille reine restait silencieuse pendant que ses doigts déroulaient un écheveau de fil. Elle médita soigneusement la réponse, puis elle pointa ses yeux sur Jeanne. « Non », répondit-elle sèchement. Trop sèchement, peut-être. « Au contraire, mon mari était tellement exubérant au lit qu'il se payait même le luxe de relations illicites. Comme le vôtre, d'ailleurs. Tel père, tel fils ! »

Jeanne écarta une mèche de cheveux qui s'était échappée du voile. Malgré le froid, son front était trempé. Elle ressentait dans ces mots une sourde rancœur, de l'amertume, et une honte crue qu'elle attribua à la volonté de la blesser. « Nous ne parlons pas de mon mari », objecta-t-elle, mal assurée. Marie de Brabant sourit avec un soupçon de perfidie. « Je compatis, Jeanne. Moi aussi j'ai versé des larmes de femme trompée, mais je ne me suis jamais sentie inférieure à celles qui se glissaient dans le lit de mon mari. Diable, ce n'est pas le cas avec votre belle rivale ! »

Jeanne sentit son sang se glacer, mais elle ne pouvait certainement pas baisser la garde. Marie n'avait aucune intention de dévoiler des détails sur les qualités viriles de son mari, elle semblait vouloir faire dériver la conversation sur un autre sujet, sur lequel elle laissait entendre qu'elle avait beaucoup à raconter. *La curiosité est un défaut féminin*, comme on dit. Pour son malheur, Jeanne tomba dans le piège.

« Merci pour votre franchise, madame, dit-elle d'un ton qui claqua comme un fouet. Puisque vous en êtes là, je vous demande d'être plus explicite. Êtes-vous en train de suggérer que la comtesse d'Artois est la maîtresse de mon mari ? » Jeanne avait fait un effort pour garder la tête froide et faire face à la douloureuse question en préservant sa dignité royale. Malgré cet effort louable, ses lèvres de fière Espagnole tremblaient sous la tension.

La veuve de Philippe III le remarqua, s'en réjouit et lui adressa un sourire distant plein de cruauté. Jeanne voulait lui arracher un mot, un geste, quoi que ce fût pour confirmer ses craintes, c'était évident. Elle devait être désespérée pour s'humilier de la sorte. « Jeanne, quel genre de question me posez-vous ! Pensez-vous que je sois assez maladroite pour vous répondre ? » La reine était en colère.

Elle aurait voulu faire demi-tour et sortir, car la conversation avait glissé très loin du sujet qui l'intéressait ; mais, malheureusement, le leurre avait été lancé, et le poisson avait mordu à l'appât. « Marie, je fais appel à votre conscience, dit-elle, pressante. Mon mari a été sacré roi. Il ne peut pas faire ce qu'il veut, ce n'est pas un homme comme les autres. S'il commet l'adultère, la colère de Dieu s'abattra sur tout son peuple, pas seulement sur lui. Vous êtes sa belle-mère, vous avez le devoir de l'appeler à une conduite irréprochable. »

Marie de Brabant tendit un fil en soie et le coupa avec ses dents encore fortes et acérées, malgré son grand âge ; puis elle lui lança un regard méprisant.

« Vous savez que je n'ai jamais été très proche de mon beau-fils, dit-elle d'un ton suffisant. Je ne peux pas l'interroger sur des questions si intimes. Pourquoi ne demandez-vous pas plutôt à Mahaut ?

— Elle ne me dirait jamais la vérité, murmura la souveraine. Vous savez tout, et vous devez intervenir pour éviter qu'une catastrophe s'abatte sur le pays. Mahaut est votre nièce, il y a toujours eu de la confiance entre vous. À l'époque, vous avez insisté auprès de votre mari pour que ce soit elle qui épouse Philippe. Allez-vous le nier ?

— Pourquoi devrais-je le nier ? Mahaut était parfaite pour devenir reine. Elle a le sang de la meilleure noblesse, sa famille descend de Charlemagne. Et elle était parfaite pour le jeune héritier du trône. Ils s'aimaient. Ils se sont toujours aimés. Et puis vous êtes arrivée. La petite reine de Navarre, sortie d'un petit village perdu dans les Pyrénées, échappée avec sa mère à Paris pour éviter d'être tuée par une révolte. Vous vous êtes imposée, vous avez profité de la vieille reine Marguerite de Provence qui n'avait d'yeux que pour vous. *Juanita, cariño, mi corazón*... fredonna la reine en singeant les simagrées de sa belle-mère. Elle s'est imposée à mon mari, qui n'avait pas le moindre caractère et qui a fini par baisser son froc devant sa mère. Vous avez eu le dessus, à la fin. Vous avez gagné. C'est ainsi que le pauvre Philippe, qui rêvait de la blonde Française éthérée et fatale, s'est retrouvé avec dans son lit l'Espagnole aux cheveux roux, et couverte de taches de rousseur ! »

Jeanne se rebella, offusquée. « Les choses ne se sont pas passées ainsi. » Il y avait du courage et de la superbe dans sa voix, mais son regard fuyant trahissait son malaise. Elle devait admettre, malheureusement, que la belle-mère du roi de France n'avait pas tout à fait tort. Jeanne se souvenait bien du jour où elle avait appris les fiançailles. Ce jour était gravé dans sa mémoire comme la marque au fer rouge que l'on appose sur la peau des pécheresses.

Son cousin le prince Philippe, le prince de ses rêves, fort comme un roc, beau comme un dieu, s'était formellement engagé à épouser Mahaut, fille du très riche comte d'Artois. Qui n'en aurait pas voulu ? Belle, intelligente, sophistiquée. Sans parler de la dot qu'elle apportait à la Couronne, éternellement anémique. Un patrimoine considérable, puisque le comte était prêt à payer une fortune pour devenir un jour le beau-père de Sa Majesté le roi de France. Jeanne avait eu l'impression qu'une lance lui transperçait la poitrine. Pendant trois jours, elle n'avait ni mangé, ni bu une goutte d'eau. Elle était restée allongée sur le lit, à pleurer toutes les larmes de son corps. Ils étaient tous là, à essayer de la consoler, tentant de comprendre la raison de tant de tristesse. Seule Marguerite de Provence avait compris, et elle avait compris tout de suite parce qu'elle la connaissait bien. Elle s'était attachée à elle. Jeanne l'appelait grand-mère, même si c'était en réalité sa grand-tante. Elle aimait bien se glisser dans le lit de la vieille veuve pour entendre le récit du départ de Saint Louis pour sa dernière croisade. Marguerite avait tout de suite compris, mais elle ne savait quoi dire, quoi faire pour l'aider. Une idée lui vint alors : n'était-ce pas l'argent, la clé de tout ?

Elle était allée voir son fils le roi Philippe III, qui ne comprenait rien aux finances et encore moins aux femmes. Elle lui avait fait remarquer que Mahaut n'était pas la seule candidate alléchante pour l'héritier du trône de France. La petite Jeanne aux grands yeux noirs avait l'avantage d'être déjà reine et d'apporter à son mari un autre royaume, même petit. En outre, l'argent offert par le comte d'Artois à sa fille Mahaut représentait une belle somme, mais on pouvait en obtenir plus ; Jeanne, en plus d'être reine de Navarre, était également comtesse de Champagne et de Brie. La région la plus riche d'Europe, qui offrait des rentes astronomiques grâce aux produits de ses foires qui attiraient une foule de marchands de tous les pays. Là-bas, on moissonnait deux fois par an, c'était autre chose que la dot de Mahaut. Jeanne était le meilleur parti à tout point de vue. Et le meilleur parti l'avait emporté.

Au même moment, le prince Philippe se promenait dans les jardins royaux avec Mahaut. Main dans la main – c'était légitime pour les couples fiancés –, ils savouraient les arômes des fruits mûrs, partageaient leurs rêves, imaginaient les moyens de rendre la France plus grande et plus forte que jamais. On les interrompit pour leur annoncer la nouvelle. Le prince sur le moment ne comprit pas ; la chose était incongrue et n'avait pas de sens. Le chambellan s'attendait à cette réaction. Il lui répéta la nouvelle en lui offrant un verre de vin, car il pensait que le jeune Philippe avait besoin d'une boisson forte. Le jeune homme resta silencieux, hébété. Il tenait le verre, un chef-d'œuvre fragile des verreries vénitiennes, et buvait lentement. Aucune protestation. Pas un mot. Mais quand il ouvrit la main, le chambellan vit que le prince avait réduit le verre en miettes en le serrant avec une force désespérée. Plusieurs éclats s'étaient fichés dans sa chair et sa main était couverte de sang. Les cicatrices étaient toujours là, après tant d'années, pour lui rappeler la défaite solennelle qui avait scellé son destin.

Marie de Brabant savait qu'à ce moment-là Jeanne revivait l'agonie du souvenir. Elle lui sourit, mais elle donnait l'impression de vouloir la balafrer du regard.

« Vous êtes une méchante femme, Marie, dit la reine, blessée. En réalité, vous avez toujours détesté votre beau-fils. Certains disent que vous avez même essayé de le tuer pour mettre votre fils Louis sur le trône. »

Marie de Brabant se leva brusquement.

« C'est vous qui l'avez tué, Jeanne ! dit-elle d'un ton agressif. Vous avez dévasté sa vie en vous mettant entre lui et la femme qu'il aimait. Qu'attendez-vous, maintenant ? Pensiez-vous que les choses auraient changé avec le mariage ? Pensiez-vous pouvoir l'amadouer sous les draps ?

— Nous avons eu des enfants, se défendit la reine, les yeux brillants. Mon mari m'a prouvé régulièrement qu'il ne dédaignait pas mon lit !

— Je vois ça, dit Marie avec un sarcasme vénéneux. Vous me demandez, en fait, de confirmer que Mahaut est sa maîtresse. Mais au fond, vous avez de la chance, Jeanne. Les souverains ont beaucoup de concubines, l'une vient et l'autre s'en va. Votre mari, en revanche, se contente d'une seule… »

C'en était trop, même pour un caractère en acier comme celui de Jeanne. Elle tourna le dos et partit sans dire au revoir, en claquant la porte avec force.

4

La porte s'ouvrit en silence. Discret comme à son habitude, Alphonse de la Cerda poussa respectueusement le vantail monumental en bois précieux de la chambre du roi. Philippe se tenait devant la fenêtre, contemplant la ville qui s'étalait à ses pieds. Le crépuscule donnait aux toits en ardoise une teinte dorée et faisait briller la Seine comme une rivière de feu.

« Sire », salua le Castillan. Le roi lui jeta un regard en coin, mais ce fut suffisant pour qu'il comprenne qu'il n'apportait rien de bon. « Des nouvelles d'Italie ? » Le Castillan lui tendit une lettre qui venait d'arriver par la correspondance diplomatique. C'était une lettre secrète ; ni le nom de l'expéditeur ni celui du destinataire n'étaient indiqués. Elle ne contenait, par ailleurs, aucune formule ou épithète particulières permettant de révéler l'identité des deux interlocuteurs. Philippe comprit, malgré tout, que l'auteur était le cardinal Lemoine, à qui il avait précédemment demandé d'agir dans le plus strict secret, et de faire tout ce qui était en son pouvoir pour que le Catalan puisse prendre, volontairement ou non, la route de la France. Le très fidèle Lemoine avait autrefois servi Philippe III. Il savait donc ce qui troublait le cœur de son fils, et ce que le roi de France attendait d'Arnaud. Le roi pouvait transmettre ses ordres à ce vétéran de la diplomatie française en quelques mots concis, il n'avait pas à s'embarrasser de nommer ouvertement les vicissitudes sordides du passé.

La lettre disait ceci :

L'affaire qui vous intéresse a été mise, je pense, entre de bonnes mains. Celui qui s'en occupe est le neveu du maître de maison, et même s'il est très jeune, il m'a donné l'impression d'être un garçon prudent et alerte. Il connaît, de plus, la médecine. En apprenant ce détail, j'ai pensé que c'était la bonne personne. Il serait capable, en effet, de comprendre si le vieil homme veut réellement collaborer et vous donner le bon remède, ou s'il trame une imposture. J'ai cité, en parlant avec lui, les noms de Pierre de La Brosse et de Marie de Brabant ; le garçon est trop jeune pour comprendre mes allusions, mais quelque chose dans son tempérament me dit qu'il va trouver la clé du problème.

Bien sûr, mes lèvres sont scellées par le secret, tout comme mon cœur est scellé dans la loyauté à votre personne. J'ai pensé qu'il convenait d'adresser le jeune homme au père Egidio Colonna, un homme digne de la plus grande considération qui ne manquera pas de dire ce qui doit être dit. En employant les mots justes pour guider le jeune dans la poursuite de son objectif, tout en protégeant votre honneur.

Votre très soumis J L

Philippe s'avança vers la cheminée et confia la lettre aux flammes, qui prirent immédiatement soin de faire disparaître son contenu scabreux.

« Y a-t-il autre chose ?

— Oui, Majesté. Votre femme a rendu visite à la reine Marie de Brabant. »

Ce nom n'était pas de ceux qui pouvaient mettre Philippe de bonne humeur.

« Et alors ? demanda-t-il, agacé.

— Votre femme a cru que Marie pourrait dissiper ses doutes sur certaines choses, Majesté. Ou plutôt, lui confirmer ce qu'elle cherchait. Au sujet de la comtesse Mahaut d'Artois. »

Le roi inspira profondément.

« J'imagine parfaitement ce qu'elle voulait savoir, dit-il amèrement. Marie est la tante de Mahaut, elles ont toujours été très proches. Jeanne est allée la voir pour qu'elle lui dise si la comtesse est ma maîtresse. Ai-je tort ?

— Non, Majesté. Vous ne vous trompez pas. Les deux femmes en sont venues à se disputer, paraît-il. Je ne pense pas me tromper : je crains que votre belle-mère ait laissé entendre à la reine qu'elle ne se trompait pas, que cette nuit vous étiez bien avec la comtesse. »

Philippe se retourna et le transperça de la lumière froide de ses yeux. « Et vous, que croyez-vous, Alphonse ? » Le Castillan haussa les épaules. « Ce ne serait pas un drame, dit-il. Après tout, vous avez toujours été amoureux de Mahaut. Tout le monde le sait. Vous vouliez l'épouser, mais on vous a séparés. Vous avez rempli vos devoirs dynastiques, si vous voulez prendre maintenant quelques libertés, quelques satisfactions privées, vous ne risquez pas l'excommunication… » Le souverain fronça les sourcils. « Les rois de France ont reçu le sacre, Alphonse. Nous sommes oints comme David, nous portons le signe du Messie d'Israël. Dieu punira notre peuple si nous commettons un péché mortel. Mon ancêtre Philippe Ier a commis l'adultère et le Seigneur lui a enlevé le don de guérir les malades avec ses mains. » Le Castillan ricana doucement. « Allons, Majesté, les rois de France sont bien sûr consacrés. Mais les évêques, les cardinaux et même les papes ont des enfants illégitimes ; ne sont-ils pas consacrés ? » Le souverain n'appréciait pas l'ironie de son cousin, du moins sur certains sujets. « Tout le monde ne prend pas son devoir au sérieux, Alphonse. J'ai une mission, et c'est Dieu en personne qui me l'a confiée. Depuis des années, je porte un poids énorme, c'est un fardeau qui écraserait n'importe qui. Mais je suis obligé de le porter, je n'ai pas le choix. Par conséquent, il est naturel que j'aie besoin de me libérer. Pour avoir un peu de place pour vivre, et… certaines libertés. » Ce ne furent pas tant les mots que le ton avec lequel le roi avait parlé qui conduisirent les pensées du Castillan vers une terrible présomption. Plus que redoutable, mortelle. « Mon Dieu, sire ! Ne me dites pas que vous êtes encore allé dans les bas-fonds de Paris… Que vous êtes descendu dans les souterrains de Notre-Dame ! » Le roi ne dit pas un mot. Et qui ne dit mot consent. « Majesté, vous rendez-vous compte des risques que vous courez ? Les voyous seraient capables de vous étriper. Sans parler de ce qui se passerait si les gardes de la ronde vous arrêtaient. » Il reçut en retour un demi-sourire où se mêlaient l'ironie et le blâme. « Je ne cours pas les risques dont vous parlez, Alphonse. J'ai un protecteur invulnérable, vous le savez. Celui qui sait se battre et sauver sa peau dans les situations les plus désespérées », ajouta le roi dans une allusion explicite. Le Castillan leva les yeux au ciel. « Si vous parlez de Lanius, sire, alors j'abandonne. Vous êtes perdu, je ne peux rien faire pour vous. *Le roy est mort, vive le roy !* » déclama-t-il avec emphase, en imitant les rituels funéraires de la dynastie française. La seule réponse fut une grimace blasée. « J'aime l'odeur des rues de Paris, murmura le roi. C'est l'odeur de mon peuple. Cela m'apaise de sortir de mon rôle et de me fondre parmi les gens ordinaires. Pendant quelques heures, j'oublie ma damnation. Je peux laisser dériver mes pensées, rêver d'avoir une vie différente. Et un mariage heureux », dit-il amèrement. Un silence oppressant s'installa entre eux. Le Castillan le brisa, poussé par la curiosité.

« Majesté, puis-je vous demander quelque chose ?

— Vous savez que vous pouvez le faire, Alphonse.

— Lorsqu'on vous a dit que vous ne pouviez plus épouser Mahaut, vous étiez majeur. Vous auriez pu vous opposer à votre père, ce n'était pas un homme à poigne, il aurait fini par vous écouter. Vous auriez pu résister. Vous ne l'avez pas fait, vous avez pris Jeanne de Navarre. Tais-toi et obéis. Pourquoi ? »

Philippe ne souffla pas mot mais regarda au loin, au-delà du fleuve, là où le coucher de soleil faisait rougeoyer les arbres centenaires du bois de Vincennes. Cette question, il se l'était lui-même posée et il n'avait pas su répondre. Depuis des années, il ne savait pas répondre.

La boucle d'oreille à la perle. Tout venait peut-être de là. Oui, les sempiternelles tempêtes conjugales avaient pour origine ce petit bijou espiègle qui, à un certain moment, avait eu la fâcheuse idée de se défaire.

5

Jeanne de Navarre revint à la tour de Nesle du pas lourd d'un général qui revenait vaincu du champ de bataille. Elle ordonna que personne ne la dérange, sous aucun motif. Elle ferma la porte à clé, se jeta sur le lit et s'abandonna à des pleurs désespérés, sur ce lit dans lequel elle avait dormi seule pendant trop de nuits. Dans sa poitrine soufflait une tempête d'émotions qu'elle ne pouvait contrôler. Elle était heureuse d'avoir supporté cette épreuve, d'avoir suivi les conseils de sa nourrice et affronté Marie de Brabant. Quelle hypocrisie dans ses yeux, et quelle colère lui faisait briller le regard lorsqu'elle parlait de son défunt mari !

Maintenant, il lui fallait découvrir qui était l'amour clandestin de Philippe III. Une personne qui était certainement au fait de ce qui la préoccupait tellement, l'impuissance présumée du souverain décédé, qui, si elle était prouvée, risquait de plonger dans la boue et de discréditer définitivement toute la lignée des rois de France. Sauf que l'entreprise avait profondément blessé son amour-propre, et aggravé une insécurité déjà diffuse. Sa belle-mère avait joui en lui jetant à la figure la relation de son mari avec Mahaut d'Artois. Elle l'avait fait sans une once de retenue, avec l'assurance d'exposer une banalité, une évidence qui était désormais sur toutes les lèvres. Elle était allée jusqu'à l'accuser d'avoir brisé la vie de Philippe, elle, cette étrangère qui avait osé arracher l'héritier du trône des bras de sa promise qui l'aimait tendrement. Quelle douleur elle avait ressentie à ce moment… Une douleur d'autant plus amère qu'elle était provoquée par une part de vérité.

« *Mea culpa*, murmura Jeanne en larmes. *Mea culpa.* » Elle demandait pardon à Dieu pour sa faiblesse. Cette vipère de Marie n'avait pas tout à fait tort, elle avait fait preuve de cynisme et de ruse dans les tractations des projets de mariage de l'héritier du trône de France. Elle n'avait pas pu s'en empêcher, cela avait été plus fort qu'elle. Au moment du danger, elle avait agi selon sa nature, mobilisant toutes ses ressources, licites ou illicites, se battant, bec et ongles, pour la victoire.

Qu'aurait-elle pu faire d'autre ? Laisser Philippe épouser Mahaut, perdre le seul homme qu'elle aurait aimé de toute sa vie ? Sur ce point, au moins, Jeanne n'avait pas de doute, elle n'en avait jamais eu. Beaucoup d'hommes s'étaient offerts pour consoler la solitude de ses longues nuits d'épouse négligée, tandis que le jour, le roi de France la traitait avec la froide amabilité qu'il réservait généralement à ses ennemis dignes de respect. Beaucoup d'hommes, beaux et courageux. Elle n'avait cédé à personne. Non qu'elle eût des velléités de sainteté. Elle ne pouvait pas imaginer faire l'amour avec quelqu'un d'autre que lui. Tout simplement.

Elle avait accepté son calvaire avec une endurance stoïque. Reconnaissante envers son mari qui ne lui donnait ni sa passion ni sa tendresse, mais qui au moins était irréprochable et n'avait pas de maîtresse. Depuis quelque temps, cependant, elle avait remarqué en lui un mal-être étranger à son tempérament flegmatique, à sa proverbiale maîtrise de soi. Elle lisait, surtout, quelque chose de différent dans son regard qui avait la couleur des profondeurs marines.

Peu à peu, le soupçon atroce avait grandi en elle. Que le roi, jusque-là chaste, eût décidé de se laisser aller aux frissons d'une passion trop longtemps refoulée. Jeanne, déchirée par la jalousie, se demanda s'il était plus sage de se taire, de ravaler ses larmes et de ne rien dire. Ou alors de donner libre cours à sa fureur. Qui sait ? Il aurait peut-être été plus gentil avec elle.

Mahaut était plus belle qu'elle, ou plus exactement, elle portait sa beauté comme un trophée, tandis que Jeanne, qui savait bien qu'elle n'était pas laide, avait toujours été humble, sans fioritures. Le problème était peut-être ailleurs. Et c'était plus grave. Mahaut savait comment se comporter au lit. Elle était calme et douce ; patiente, capable de respecter ses silences sans fin, contente de ne pas lâcher les brides et de faire l'amour lentement, comme deux adolescents effrayés.

Jeanne, pour sa part, se reprochait un excès de passion qui dérangeait peut-être le caractère serein de son mari. Elle avait essayé de modérer ce défaut, mais que pouvait-elle faire ? Dès qu'il commençait à la toucher, l'embrasser, dès qu'elle sentait sa chair la pénétrer et la posséder, elle explosait dans ses bras d'une jouissance immodérée et impudique dont elle avait honte. Elle avait tenté de se contrôler au moment le plus fort du plaisir, en espérant qu'il ne le remarquerait pas, pour lui donner le temps de finir sa course. Elle n'y était pas arrivée, car la chair avait ses propres lois. Contrairement à l'âme, elle ne savait pas mentir. Elle savait que beaucoup de femmes feignaient de recevoir de leurs amants un plaisir plus intense qu'il n'était en réalité. Elle devait faire face au problème inverse, beaucoup plus difficile à gérer. Peut-être était-ce pour cela qu'il ne la rejoignait pas si souvent dans sa chambre. En tant qu'homme de foi, il était convaincu qu'en faisant l'amour avec une femme comme elle, il effleurait les abords de l'enfer. Jeanne était une créature sensuelle, trop charnelle, peut-être, pour un homme si calme et plein de scrupules religieux.

Autrefois, le pays tout entier avait loué la conduite morale du prince Philippe, qui, le jour de son mariage, avait annoncé qu'il souhaitait faire comme son saint grand-père Louis IX, lequel, suivant l'exemple de Tobie dans la Bible, avait attendu trois nuits avant de consommer le mariage. En réalité, Philippe avait attendu trois ans. Leur premier enfant ne naquit que longtemps après le mariage, alors que tout le monde croyait qu'elle était stérile. Stérile, elle ne l'était pas, mais vierge, oui ! Pour faire naître cette créature, il en avait fallu du monde : un père et une mère, mais aussi bien d'autres personnes. Des précepteurs, des confesseurs, des monseigneurs et des abbés s'étaient égosillés dans des prêches et des sermons, toujours zélés pour recommander au jeune souverain d'accomplir ses devoirs conjugaux. Marguerite de Provence, trouvant son petit-fils insensible, avait pensé faire venir de Barcelone Pierre Ier d'Aragon, car Philippe avait une grande affection pour le frère de sa mère.

Don Pedro n'était pas vraiment la personne idéale pour donner des leçons sur le mariage, car il avait plus de maîtresses que de cheveux sur la tête. En fait, il avait réprimandé le garçon comme il en avait le devoir, mais quand il vit Mahaut passer devant lui, sachant ce qui s'était passé entre elle et son neveu, il asséna une tape sur l'épaule du jeune roi, lui conseillant de la garder à la cour. « Une femme comme celle-là, dit-il, c'est toujours bon de l'avoir sous la main, pour employer un euphémisme. »

Cette tentative ayant échoué, la reine Marguerite fit venir le roi de Naples, Charles II d'Anjou, l'oncle de Philippe dans la lignée paternelle. Lui non plus n'était pas avare d'aventures et de péchés, mais au moins il avait le bon goût de les garder secrets. Le roi Charles, ayant pris le garçon à part, lui avait dit des mots sages dans un drôle de français à la cadence napolitaine. Mahaut était un bijou, mais il avait toujours le devoir sacré de donner des héritiers à la France. En somme, Jeanne avait du charme et un certain feu dans le regard, et le roi Charles, qui connaissait la vie et les femmes, fit comprendre à son neveu que ce ne serait pas une pénitence de se glisser dans son lit. Il fit remarquer au jeune roi que la nuit tous les chats étaient gris, et dans l'obscurité de l'alcôve Philippe pouvait imaginer être avec qui il voulait.

Le conseil était peu orthodoxe, mais il avait débloqué la situation. Marguerite de Provence était convaincue que Philippe se tenait loin de sa femme pour se donner le temps de mieux la connaître, avant de nouer avec elle les liens indissolubles de la chair. Philippe était un cérébral introverti, qui ne faisait pas un pas avant d'en avoir calculé toutes les conséquences possibles. Susceptible, vindicatif, il devait d'abord digérer la colère qu'il éprouvait contre Jeanne pour ce qu'elle lui avait fait subir, et il ne voulait pas s'en approcher avant de lui avoir pardonné.

Jeanne avait accepté cette mise à l'épreuve avec amour et dévotion, toujours proche de ce garçon de dix-sept ans qui portait avec une admirable majesté le poids de sa dignité et, sur sa tête, la très lourde couronne de Saint Louis sertie de mille devoirs. Elle était toujours à ses côtés, comme une amie. Avait-elle réussi à pénétrer dans son cœur ? Ou imaginait-il faire l'amour à une autre chaque fois ? Cette pensée la tourmentait désormais. Elle cria de colère et frappa violemment son matelas avec ses poings, mais une vive douleur l'arrêta soudainement : elle s'était blessée. Elle fouilla dans les couvertures jusqu'à ce qu'elle trouvât une tache de sang et une légère lueur métallique. Elle ramassa l'objet, une de ses boucles d'oreilles en or avec, en pendentif, deux perles rares en forme de poire. Elle s'était couchée en oubliant de les enlever la nuit précédente ; lorsqu'elle s'était rendue chez Marie de Brabant, elle avait une telle vague d'émotions dans la poitrine qu'elle ne s'était pas rendu compte qu'elle ne portait qu'une seule boucle.

C'était étrange, que cela lui arrivât à ce moment précis. Elle avait un souvenir lié à cet objet qui la faisait trembler de joie et de honte. C'était au début du mois de juillet. Le drame de la rupture des fiançailles entre le prince Philippe et Mahaut était consommé depuis quelques jours. Il s'était terré dans l'abbaye de Longchamp, près de Paris, où reposaient les restes de sa grand-tante Isabelle de France. Il avait fait savoir qu'il n'avait pas l'intention de retourner au Louvre. Marguerite de Provence tenait bon, mais Philippe III était prêt à céder et se demandait s'il n'était pas préférable de revenir sur sa décision et d'annuler le contrat de mariage avec l'héritière du trône de Navarre.

Jeanne était brisée, tous lui reprochaient ce fâcheux incident diplomatique avec des regards féroces et de froids silences. Quand le regret prit le dessus sur sa fierté, la jeune fille pria Marguerite de l'emmener voir le prince pour lui demander pardon. Ainsi, elle l'avait affronté à visage découvert. En larmes, suppliante et sincère, elle lui avait exposé sans retenue son amour immortel et l'impossibilité de continuer à vivre, le sachant marié à une autre. Il était resté immobile et impassible, aussi froid que ses yeux de glace qui la fixaient en silence et ne lui laissaient aucune échappatoire.

En fin de compte, elle avait baissé la tête, vaincue.

« Je vais demander à votre père d'annuler l'engagement qui nous lie, murmura-t-elle d'une voix faible.

— Vous n'obtiendrez rien », fut sa réponse sèche et vindicative.

Jeanne n'accepta pas cette phrase. Elle releva brusquement la tête et le regarda droit dans les yeux, lui qui était si grand. « Eh bien, si, Philippe. Je ne suis pas l'héritière du trône, comme vous. Je suis déjà reine de Navarre. Monarque par la grâce de Dieu tout comme votre père. En tant que seul seigneur de mon royaume, je peux faire et défaire tout ce qui le concerne. »

Quelle force avaient ces mots, et quelle incomparable dignité... Le prince en fut frappé, et abandonna un instant son expression sinistre et pleine de colère. Il remarqua un détail. « Attention. Une de vos boucles d'oreilles s'est défaite, vous risquez de la perdre. » Par simple courtoisie, il s'était penché sur elle et, avec ses doigts, il avait essayé de fixer ce fil d'or pointu comme une aiguille dans le lobe de l'oreille, sans lui causer de gêne. Elle ne put pas résister. Il était si près d'elle qu'elle pouvait respirer son odeur enivrante de jeune homme. Elle avait promis de le laisser libre et de ne pas être parjure. Ce moment était leur adieu. En un éclair, elle jeta ses bras autour de son cou, l'attira vers elle, s'empara de sa bouche et, avec sa langue douce et chaude, elle chercha la sienne, violant la pudeur de ses lèvres fermées. Elle le garda longuement prisonnier de cette étreinte enflammée et désespérée.

Puis elle s'enfuit on ne sut où étouffer sa honte dans les larmes, le laissant interdit, abasourdi par le choc, avec le sérieux problème de trouver où se cacher pour se débarrasser de la réaction de son corps au sang chaud face à cet assaut sensuel. Maintenant que Jeanne tenait la boucle d'oreille dans sa main, elle en était sûre : ses incessants drames domestiques avaient pour origine ce petit bijou insolent, qui avait eu un jour la malheureuse idée de se défaire.

4

LA COURONNE D'ÉPINES

Yahvé fit pleuvoir sur Sodome et sur Gomorrhe du soufre et du feu…

Genèse, 19.24

1

Dans le monumental triclinium du Latran, la salle la plus solennelle de la résidence impériale offerte par Constantin au pape Sylvestre, Boniface trônait sur la chaire pontificale. Il était en sueur et visiblement agacé. Un clerc diligent se tenait à ses côtés et l'éventait avec un *flabellum* en plumes d'autruche pour dissiper la chaleur accablante causée par la foule entassée pour assister à l'audience papale. À sa gauche, un autre religieux aux manières onctueuses essuyait, de temps en temps, son front sacré avec un mouchoir en coton.

Quand le pape recevait en audience privée pour affaires de famille, il n'était pas obligé d'observer le cérémonial rigide de la cour pontificale, qu'il pouvait réciter par cœur vu sa longue expérience de la curie avant même de s'asseoir sur le trône apostolique. Il avait d'abord été clerc, puis notaire apostolique et même légat. En tant que cardinal, tout le monde le désignait comme le « seigneur de la curie » pour son excellente maîtrise du droit canon comme des affaires civiles. Finalement, ils l'avaient élu pape. Et maintenant, il faisait ce qu'il voulait.

Ce jour-là il avait mis, en effet, une belle tunique en laine grenat avec une rangée de boutons en argent ;

un vieux costume un peu usé mais dans lequel il était à l'aise. Il aurait aimé porter les simples sandales des frères mendiants, les pieds nus, parce que ses chaussures lui faisaient mal ; mais cela aurait été peu conforme à la dignité apostolique. Il le savait et le comprenait ; pourtant, tous les matins, quand le majordome apostolique enfilait ses chausses, qui lui arrivaient à l'aine et étaient attachées à la ceinture par une vingtaine de fines ficelles en cuir, il soupirait et protestait, affirmant qu'il se serait senti mieux avec sa culotte en lin et une paire de caleçons courts pour femme, ceux qui s'attachaient avec un petit ruban au-dessus du genou. Le majordome, le cardinal Teoderico Ranieri d'Orvieto, riait chaque fois à cette boutade et répondait en plaisantant : « Mais comment, le vicaire de saint Pierre en bas de femme ! À quoi nous en sommes réduits… À des choses insensées, comme au temps de la papesse Jeanne ! »

Ce jour-là, au contraire, ses familiers semblaient tendus et n'avaient aucune envie de plaisanter. Le souverain pontife recevait l'ambassade, qui avait franchi les Alpes, et le temps était plutôt à l'orage. Engoncés dans des habits somptueux, ils attendaient debout, réunis en un groupe compact ; regard fier et tête haute, comme des personnes qui nourrissaient leur âme de fierté. Charles de Valois, frère germain du roi Philippe, se tenait devant les autres. C'était un bel homme ; grand, avec des yeux bleus discrets, les cheveux tirant sur le roux et une robuste stature. Il avait une expression visiblement désolée, même s'il essayait de ne pas trop le montrer. Boniface éprouvait de la sympathie pour lui, pour son caractère ouvert et souple et parce qu'il était dévoué à l'Église. C'était justement pour cette raison que son frère, le roi de France, l'envoyait à Rome lorsqu'une affaire déplaisante devait être discutée avec Sa Sainteté. En clair, sans métaphore, quand il fallait se battre avec lui.

Le rôle de Charles de Valois était toujours le même : celui du coussin que les lutteurs qui s'entraînaient frappaient de coups de poing. Malgré la loyauté qu'il devait à son frère, il en avait assez de ce rôle et espérait que le pape récompenserait son abnégation en lui accordant dès que possible la couronne d'un royaume qui serait tout à lui.

Ce matin-là, tout le monde savait qu'il fallait traiter la regrettable affaire de l'évêque Bernard Saisset qui moisissait en prison depuis des mois, même si Philippe niait l'évidence et affirmait, par les canaux diplomatiques, que le cardinal était en réalité hôte de Matifort, l'évêque de Paris.

Crescenzio se glissa d'un pas furtif derrière la cohue des clercs qui affluaient vers le coffre contenant les cadeaux apportés de Paris. Il avait décidé d'affronter courageusement l'arène qu'il détestait le plus, les couloirs de la curie, car il espérait y rencontrer Charles de Valois et obtenir des informations sur la mission que le pape lui avait confiée. Né de la même mère que Philippe, le prince devait savoir ce qui tourmentait le souverain au point de le rendre agressif et déraisonnable. De Valois savait certainement quel secret gardait Arnaud de Villanova. Il était bien sûr improbable qu'il parle librement, mais Crescenzio savait que même les mensonges suivaient une certaine logique : si l'on savait les déchiffrer, ils révélaient des détails que la vérité laissait parfois dans l'ombre.

Il avait l'intention de demander à de Valois un entretien privé, et il avait emmené Maddalena avec lui pour montrer que sa visite matinale au pape avait un caractère privé et familial. Bien entendu, curieuse comme toutes les femmes, elle lui donnait du fil à retordre. Elle s'était arrêtée pour regarder le coffre de cadeaux : l'un d'entre eux en particulier semblait si excentrique qu'il suscita en elle une curiosité irrésistible. C'était une paire de gants entièrement tissés de fils d'or, qui semblait avoir été retirée à l'instant des mains de l'archange Michel. Les gants étaient d'une longueur démesurée.

« Les avez-vous vus ? susurra-t-elle à son frère. Croyez-vous que Philippe les a fait faire pour lui-même ?

— Qui sait, petite sœur ? répondit-il ironiquement.

— Il doit avoir de drôles de mains. Aussi énormes que celles d'un ogre. Quand il donne la gifle de l'adoubement à un chevalier, il risque de lui arracher la tête !

— Elles doivent être proportionnelles au corps, ajouta-t-il pour se moquer un peu. On dit qu'il fait la taille d'un homme et demi, au point que l'on peut le voir distinctement au milieu d'une foule.

— Ça doit être un géant comme Goliath, en plus méchant », renchérit la jeune fille.

Crescenzio souriait discrètement. « Il est gras, avec un cou trapu et massif comme celui d'un taureau. Il est si lourd que lorsqu'il pénètre dans une pièce, le plancher tremble. »

Maddalena croisa les mains sur sa poitrine, légèrement dubitative.

« Vous vous moquez de moi ?

— C'est la vérité pure. Philippe est un ours brutal et furieux avec un cerveau de poulet, selon les indiscrétions les plus crédibles. »

Un clerc de la curie, qui avait entendu ces échanges et qui en savait long sur les querelles entre le pape et le roi de France, se glissa dans la conversation.

« Sa Sainteté ne doit pas se laisser intimider par ce rustre qui donne de la voix, dit-il sur un ton pompeux. Après tout, c'est juste un idiot qui se fait mener par le bout du nez par ses larbins. Les ministres, les parlementaires, les pairs de France : ce sont eux les vrais ennemis du pape ; pas Philippe. Ils sont là, prêts à prononcer la bonne phrase, la décision étant déjà prise. Lui se complaît dans un perpétuel silence. Ce silence, ce n'est pas de la profondeur d'esprit, mais de la peur. Il sait que s'il parle, il court le risque de dire une sottise qui pourrait le ridiculiser tragiquement.

— Alors, vous pensez que ces gants monstrueux sont une idée de ses conseillers ? demanda Crescenzio.

— Je pourrais le jurer, messire Caetani. Il y a, derrière ces gants, un peu de menace et un peu de dérision ; votre oncle, du reste, le sait. Le gant, c'est ce que l'on jette au visage avec mépris, c'est le symbole extrême d'un défi au dernier sang. Pour le moment, le roi les fait tisser avec de l'or pur et les envoie à Rome par l'intermédiaire du prince de Valois, qui se mettra à genoux. Mais si par hasard Boniface devait franchir la limite, Philippe les lui jetterait sur le museau. Et ce ne seraient plus des gants d'or, mais des gants de fer ! »

Il y avait quelque chose de sinistre dans les paroles du clerc, et Crescenzio fut soulagé lorsqu'il le vit partir. À la curie, tout comme au Louvre probablement, certains soufflaient sur les braises pour enflammer le conflit entre le pape et le roi de France, et ils le faisaient certainement par intérêt personnel.

« Restez ici, ne bougez pas, recommanda Crescenzio à sa sœur, je vais essayer de parler au prince. J'espère qu'il m'accordera quelques minutes. » Elle resta au milieu des prélats attroupés autour du coffre, fascinée par les objets précieux et le bourdonnement de leur bavardage animé et de leurs mille indiscrétions ; Crescenzio joua des coudes dans la foule excitée pour se rapprocher un peu du trône papal. Voilà, il était arrivé assez près du prince Charles. C'était un homme magnifique, sûr de lui, visiblement venu réclamer au pape une place de puissant dans le monde. Il portait un habit qui descendait jusque sous le mollet et qui devait être en soie, à en juger par l'éclat du tissu. Mais il semblait impossible de dire quelle matière avait été utilisée pour obtenir cette teinte d'un bleu si brillant, aussi lumineux qu'un ciel d'été. Combien valait cette tunique, dont le bord et l'épaulette resplendissaient d'une double rangée de lys brodés d'or ? « Votre Sainteté, dit le prince, mon seigneur et frère Philippe, roi par la grâce de Dieu, a de nombreuses preuves que monseigneur Saisset complotait contre lui. Qu'il a poussé les vassaux du Languedoc à se révolter. Les pairs de France ont décidé que l'évêque devait être gardé en détention pour le bien du royaume. Même un prélat peut semer le fléau de la révolte, après tout. » Le pape crispa ses mains sur les accoudoirs, heurté par ces paroles.

« Les pairs de France ! s'exclama-t-il. Votre frère est mal conseillé, par tous les saints ! On dirait qu'il veut être en guerre avec le monde entier. Pourquoi n'a-t-il pas demandé l'avis de Rome avant de le faire arrêter ? La vérité, c'est que Philippe le Bel n'a aucun respect pour la sainte chaire de Pierre, aucun. Il se fait appeler "héraut du Christ" ou "lutteur de la foi". Et pendant ce temps, il complote dans l'ombre, contre nous !

— Votre Sainteté, il y a eu des désaccords entre la France et le Saint-Siège. Mais personne ne tisse de complot contre vous, croyez-moi. »

Le regard de Boniface devint sombre. « Prince, vous savez certainement que les cardinaux Pietro et Giacomo Colonna se sont révoltés contre notre sainte autorité. Ils insinuent même que nous ne serions pas le souverain pontife légitime, car la démission de notre prédécesseur, Célestin V, dont nous vénérons la mémoire, n'aurait aucune valeur. Hérésie ! Maintenant, il semble que les deux traîtres cherchent de l'aide pour mener une guerre contre nous. Certains disent qu'ils sont allés à Paris. Votre frère les a reçus, il a écouté leurs accusations blasphématoires contre nous. Ils nous traitent d'usurpateur, ils disent que nous sommes illégitime, donc indigne de nous asseoir sur la chaire de saint Pierre ! »

Charles de Valois déglutit et osa lever les yeux. « Saint-Père, mon frère le roi leur a donné audience, c'est vrai. Cependant, Pietro et Giacomo Colonna ont quitté la capitale. Je ne sais pas où ils sont en ce moment ; mais ils ne sont sûrement pas les hôtes du roi Philippe. » Le regard sincère et désolé du prince calma un peu le souverain pontife ; Charles de Valois était très ennuyé par cette déplorable histoire, et si quelqu'un devait souffrir des conséquences des différends entre la France et Rome, c'était bien lui. Pendant que Boniface et Philippe s'affrontaient dans d'inextricables accrochages diplomatiques, son ambition de devenir roi de Sicile n'avait pas fait un pas en avant.

Boniface essaya de se calmer, puis il lui fit signe de s'approcher. Il voulait lui parler en privé, en toute confiance. Comme si ses mots pouvaient rester secrets dans cette salle pleine d'oreilles prêtes à capter le moindre murmure. De Valois s'approcha et s'agenouilla devant le trône, il posa ses bras sur les accoudoirs, comme s'il allait se confesser. Le pape se courba pour lui parler au creux de l'oreille, afin que personne ne puisse entendre ses mots. « Seigneur prince, nous croyons savoir quelle est l'origine de la mauvaise humeur de votre frère. Il semblerait qu'il ne rende pas hommage à sa femme comme il le devrait. Qu'il ait déserté le lit nuptial. Est-ce vrai ? »

De Valois était de toute évidence embarrassé.

« Saint-Père, je ne puis tout de même pas contrôler quand et comment monseigneur mon frère et son épouse…

— Répondez, prince : oui ou non ? Nous n'aimons pas les tergiversations. La cour du Louvre, comme toutes les cours, est un nid de serpents. Vos dignitaires savent parfaitement combien de fois par mois le roi entre dans le lit de sa femme. Ou… combien de fois par an, disons-le ! La question est de savoir si votre frère souffre du même mal que votre père, le regretté roi Philippe III. »

Charles de Valois tomba des nues. « Quel mal, Votre Sainteté ? » Boniface le regarda, circonspect. Est-ce que, par hasard, le prince se moquait de lui ? Peut-être pas. À bien y réfléchir, il était possible qu'il ne jouât pas l'ingénu : il était trop jeune pour se souvenir de l'incident. « Un scandale célèbre a éclaboussé votre dynastie alors que vous n'étiez qu'un enfant, de Valois. Il concernait votre père et votre belle-mère Marie de Brabant, sa seconde épouse. Vous n'en savez rien, réellement ? »

Le prince était perdu au milieu de ces allusions malheureuses.

« Si vous le dites, Votre Sainteté, alors c'est vrai. Mais je ne m'en souviens vraiment pas.

— Ah non ? Et si je vous donnais un nom, prince ? Si je disais Pierre de La Brosse… Vous avez sûrement entendu parler de lui… »

Charles de Valois respira profondément. Il savait très peu de choses sur cette sordide affaire impliquant le secrétaire et la seconde épouse de son père ; surtout, il n'était pas prêt à aborder certains sujets. En revanche, il avait compris dans quel sens dramatique allaient les allusions du pape. Il aurait voulu être à des milliers de kilomètres de là.

« Je… je ne pense pas que cela puisse vraiment…

— Rentrez à Paris, de Valois. Et dites à votre frère que le souverain pontife romain, chef de l'Église universelle que le Christ a fondée avec son sang précieux, lui ordonne de méditer sur ces malheureux évènements du passé. Pour le moment, ils resteront confinés dans le cœur du pape, comme si le roi les lui avait confiés dans le secret de la confession. Pour le moment », conclut-il sur un ton menaçant.

Anéanti, n'ayant plus de ressources, Charles de Valois s'inclina et quitta la salle du triclinium avec ses hommes. Il marchait à grandes enjambées rageuses le long des galeries de la résidence papale, la mine si sombre que personne n'osait lui poser de question. Sa mission avait été un échec complet, avec la circonstance aggravante de ne même pas être en mesure de répéter à son frère ce que le pape lui avait dit, sous peine de voir mourir tout espoir de rétablir le dialogue diplomatique entre la France et le Saint-Siège. Quelle déroute…

Il était venu en Italie avec les meilleures intentions, mais maintenant, il devait admettre, à contrecœur, que son frère avait peut-être raison : le conflit avec Boniface était inévitable. L'arrogance de Benedetto Caetani était la source de tous les maux, par la nature de son âme, par son incapacité à accepter les limites du mandat que Jésus-Christ avait donné à saint Pierre. C'était un politicien, pas un pasteur d'âmes. Un homme assoiffé de pouvoir au-delà de toute raison. Il fallait trouver un autre moyen de résoudre le problème. Charles de Valois ruminait toutes ces choses dans son cœur lorsqu'une voix lui parvint. « Monseigneur le prince ! S'il vous plaît ! » Qui était ce garçon habillé si étrangement qui les poursuivait ?

« Je l'ai déjà vu, dit un chevalier de la suite française. Il était à Naples il y a deux ans, au palais de Castelnuovo.

— Prince, je vous remercie, dit-il, essoufflé par la course. Je m'appelle Crescenzio Caetani, je suis le neveu de Sa Sainteté. Je dois vous parler en privé. »

De Valois le regarda de haut en bas ; lui aussi avait l'impression de le connaître. « Vous êtes un ami de Robert d'Anjou, n'est-ce pas ? » Crescenzio hocha la tête. « Son Altesse le prince de Naples m'honore de son amitié. » Pour ce qu'en savait de Valois, Robert était même son cousin ; les deux jeunes gens, avec d'autres fanfarons du même acabit, aimaient faire de joyeuses sorties nocturnes dans les rues de Naples. Des vertes et des pas mûres. « Venez, messire Caetani.

Allons vers le porche. Il y a moins de monde là-bas. »
Ils marchèrent côte à côte au milieu de statues, de colonnes et d'autres reliques romaines qui meublaient le déambulatoire. Crescenzio lui exposa ce qu'il avait à dire.

« Monseigneur le prince, j'ai reçu de mon oncle la mission de suivre, de manière informelle, l'affaire Bernard Saisset. Sa Sainteté ne veut pas suivre les voies habituelles ; c'est toujours plus difficile. Et plein de pièges.

— Je suis parfaitement d'accord, mon fils. »

Crescenzio était satisfait de ces mots, et plus encore du regard complice qui les accompagnait. De Valois était sans doute un homme de bonne volonté ; que ce fût par esprit patriotique ou par simple intérêt personnel, il souhaitait réellement protéger les relations entre la France et le Saint-Siège.

« Le cardinal Matteo d'Acquasparta a été l'hôte de mon frère Francesco Caetani. Il s'est confié à nous et, dans ses paroles, il nous a semblé saisir une vérité que nous sommes incapables de déchiffrer. C'est comme le filigrane du papier : on le voit à contre-jour, mais la plupart du temps, il est impossible d'en saisir le dessin.

— Je comprends le parallèle, messire Caetani. Poursuivez.

— Mon frère Francesco et moi, nous avons eu le même sentiment : monseigneur Saisset n'a pas été arrêté pour avoir poussé les vassaux du Sud à la révolte contre leur roi. Ou du moins, pas seulement pour ça. Derrière les déboires de l'évêque qui s'est retrouvé en prison, il y aurait Arnaud de Villanova. Le savant célèbre et controversé qu'on appelle le Catalan. »

Charles de Valois retint ses pas, hésitant ; puis il se

remit à marcher comme si de rien n'était. « En résumé, monseigneur, votre frère garderait Saisset en captivité pour s'en servir comme monnaie d'échange : si Boniface renvoie le Catalan à Paris, en retour, l'évêque de Pamiers sera libéré. »

De Valois se mordit les lèvres, perplexe.

« Vos paroles pourraient être considérées comme une insulte, messire Caetani, murmura-t-il. Néanmoins, le retour d'Arnaud à Paris pourrait apaiser l'âme de mon frère de manière providentielle, c'est vrai. Le point de vue du cardinal n'est pas sans intérêt.

— Je comprends, dit Crescenzio, mais pour espérer convaincre le Catalan, j'ai besoin d'une information fondamentale. Je sais que le vieil homme en veut terriblement à votre frère le roi. Je suppose que c'est parce que Sa Majesté n'est pas intervenue pour le faire libérer quand il a été arrêté. L'indifférence du souverain m'a également frappé, pour être sincère. Pourquoi n'a-t-il rien fait ? On peut se le demander. »

Le prince fronça les sourcils, comme pour le blâmer.

« Le Catalan n'a pas honoré la parole donnée au roi sur une question très importante.

— Je croyais qu'il avait été dénoncé pour sacrilège, objecta Crescenzio. On parle aussi d'un de ses livres qui serait truffé d'idées hérétiques. Était-ce vraiment si blasphématoire ? »

De Valois secoua la tête. « Je ne sais rien de ce livre, messire Caetani. En revanche, je peux vous dire qu'Arnaud devait donner à la Sorbonne une *lectio magistralis* de médecine. Le roi mon frère y tenait beaucoup, il avait même donné une somme considérable au vieil homme. Cette dissertation n'a jamais été prononcée. Et son contenu n'a pas été rendu public. »

Crescenzio avait du mal à comprendre. « Mais comment, monseigneur ? La Sorbonne est un collège d'enseignement de la théologie, le plus illustre et le plus réputé d'Europe. Cela n'a aucun sens de tenir une *lectio magistralis* de médecine dans ses classes. Arnaud aurait dû s'en tenir aux arts libéraux. »

De Valois le regarda quelques instants sans répondre. Puis son regard se remplit de sous-entendus.

« Vous avez l'air d'être un jeune homme intelligent, Crescenzio Caetani. Songez-y. Il devait s'agir d'un sujet médical ayant une forte relation avec la religion, ne pensez-vous pas ?

— Très bien, monsieur le prince. Je vais y réfléchir. Une dernière chose, si vous permettez. Le pape vous a glissé un nom à l'oreille, j'étais assez proche du trône apostolique pour l'entendre. Il a nommé Pierre de La Brosse. Pouvez-vous me dire de qui il s'agit ?

— Du chirurgien de mon grand-père Louis IX. Puis il est devenu le grand chambellan de mon père », répondit-il en fronçant les sourcils.

Crescenzio enregistra immédiatement le détail. Un chirurgien, pensa-t-il. Un homme nécessairement informé sur les questions médicales.

« Où est-il, maintenant ? demanda-t-il au prince.

— Sous plusieurs pieds de terre profanée », répondit de Valois.

Puis il s'en alla d'un pas ferme, le plantant là. Seul avec ses doutes.

2

Il n'y a pas de honte à tant souffrir pour une telle femme :
Terrible, en la voyant, elle ressemble aux dieux immortels.

Dante croyait se souvenir que c'était par ces mots que les Troyens saluèrent l'arrivée aux Portes Scées d'Hélène, la belle, qui coûta tellement de deuils aux Achéens et à leurs ennemis. Ces vers lui étaient revenus en mémoire lorsque, passant le long de la route aux côtés de Crescenzio qui l'accompagnait jusqu'à l'auberge des Florentins, ils avaient rencontré un couple de gentilshommes qui marchait suivi d'une rangée de domestiques en armes, comme il se devait pour des personnes de leur rang. La jeune fille faisait penser à l'étoile du matin, claire de visage, des yeux et des cheveux, peut-être un peu fluette, mais d'une maigreur qui lui donnait la vague langueur des bonnes fées. Lui, au contraire, semblait courroucé, et fronçait les sourcils comme s'il couvait une douleur inconcevable. Dès que ses yeux croisèrent le regard de Crescenzio, il mit d'un geste vif la main à l'épée. Dante avait compris que la jeune fille ne pouvait être qu'Immacolata, fille d'Ottone Colonna, revenant de la messe sous l'escorte de Gregorio Conti, son oncle et tuteur légal et son ancien fiancé, avant que sa passion pour le neveu de Boniface change la donne. C'était elle, la merveilleuse sentence qui risquait toujours de faire tomber Crescenzio en disgrâce aux yeux du pape. La comparaison avec Hélène de Troie, source de tant de problèmes, avait du sens.

Quelques jours auparavant, Alighieri s'était senti en devoir de faire la leçon à son ami, plus jeune que lui de quelques années. Il lui avait rappelé, de façon paternelle, ses devoirs vis-à-vis de sa famille, qui n'était certes pas ravie de le savoir enamouré d'une jeune femme portant le nom des Colonna. Maintenant, il le regrettait, car après l'avoir vue de ses propres yeux, il comprenait que c'était peine perdue. Crescenzio lutta pour se contenir, car la voir en compagnie de l'homme qui la désirait et l'avait sous son toit lui faisait tourner le sang.

« Vous avez toute ma compréhension, lui dit Dante en posant une main fraternelle sur son épaule. Je n'ai jamais vu plus belle jeune femme. Mais elle reste la nièce de deux hommes qui ont déclaré la guerre à Sa Sainteté. Et n'oublions pas qu'elle est aussi la nièce d'Egidio Colonna ; ce qui est un fait intéressant, n'est-ce pas ? » Crescenzio secoua légèrement la tête. L'échange dérivait vers un sujet glissant.

« Malheureusement, le conseil que m'a donné Lemoine n'est pas praticable, ironisa-t-il, regrettant d'avoir signalé le détail à son ami. Le secret qui tourmente le roi de France se cache dans son passé, et il ne sera pas facile à découvrir en restant à Rome. Mais nous y arriverons, et sans avoir besoin de déranger le moine augustinien. Qui nous garantit que nous aurons une réponse de sa part si nous essayons de le contacter ?

— Le prince de Valois était très réticent, si j'ai bien compris.

— Il a même été sibyllin, messire Dante. Mais je m'y attendais. Qu'aurait-il pu faire d'autre, le pauvre homme ? Même en supposant qu'il sache quelque chose à ce sujet, il ne devait pas mettre sur la place publique un fait scabreux concernant son frère.

— Pardonnez-moi d'insister, mais je suis convaincu que le cardinal Lemoine vous a donné un excellent conseil, répondit Alighieri. S'il est allé jusqu'à vous donner ce nom… »

Crescenzio commençait à être agacé. « Je n'ai aucun moyen d'approcher Egidio Colonna », mentit-il. Dante n'en était pas du tout convaincu, mais il n'aimait pas contredire son ami.

« Dommage ! Les faits concernant Pierre de La Brosse ont dû avoir un impact considérable, à l'époque : vous m'avez dit que de Valois était devenu écarlate quand le pape a prononcé ce nom. De qui s'agit-il ?

— Il semble qu'il ait été le chirurgien de Saint Louis, avant de devenir grand chambellan de son père. Pour finir, comme disait de Valois, “sous plusieurs pieds de terre non consacrée”.

— Est-ce que cela signifie qu'il a été condamné à mort ? A-t-il trahi le roi ? Peut-être est-il le précurseur de ceux qui veulent maintenant déchoir Philippe.

— Le cardinal Lemoine a également mentionné Marie de Brabant. Elle aussi doit être impliquée dans cette affaire. »

« La seconde épouse de Philippe III et son chambellan… » se dit Dante. « Peut-être y a-t-il une affaire d'alcôve. Mais pourquoi le souverain actuel devrait-il s'en inquiéter ? Il est né de la première épouse de Philippe III, la reine Isabelle d'Aragon. » Il y eut un éclair dans les yeux de Crescenzio.

« Il y a tout de même une coïncidence singulière : Pierre de La Brosse était le chirurgien de la maison royale de France et ils l'ont éliminé. Arnaud de Villanova l'a également été pendant un certain temps et a été accusé de sacrilège. Il aurait brûlé sur le bûcher si le pape n'avait pas imposé son autorité.

— La Brosse savait donc ce que le Catalan sait aujourd'hui : la reine Isabelle et le chambellan de son mari avaient une liaison. À sa mort, Marie de Brabant a pris sa place aux côtés de Philippe le Hardi. Et elle a tout découvert.

— Imaginez le drame ! L'héritier du trône de France n'était pas en réalité le fils du roi. La vérité pouvait submerger la dynastie, car les barons auraient opté immédiatement pour le choix d'un nouveau souverain. Il fallait remédier à la situation, et La Brosse a donc été condamné à mort. »

Les paroles de son ami avaient rappelé à Dante sa conversation avec Guccio de Médicis et un certain détail, non sans importance, que son compatriote avait souligné.

« Isabelle d'Aragon était la fille de Jacques Ier le Conquérant. Arnaud de Villanova était l'archiatre du roi Jacques. Le vieux médecin a pris soin de la future reine de France, sans aucun doute.

— Bien sûr. La santé de la famille royale a été confiée au Catalan. Il devait donc être au courant de questions très privées concernant la reine Isabelle. Des questions qui inquiètent maintenant son fils, Philippe le Bel.

— Nous avons été des imbéciles ! s'exclama Alighieri. Nous nous sommes demandé pourquoi Arnaud avait quitté Paris, mais nous n'avons pas pensé à quelque chose de plus important encore : pourquoi y était-il allé ?

— En effet. Le Catalan ne jouit plus d'une estime unanime auprès des savants. Beaucoup le méprisent et l'accusent même de sorcellerie. Philippe pourrait avoir à ses côtés tous les médecins qu'il veut. Pourquoi en choisir un à la réputation si discutée ? C'est simple : le Catalan avait pris soin de sa mère dans sa jeunesse, comme de son grand-père et de ses proches.

— Quelque chose de très embarrassant était en jeu, murmura Alighieri. Le roi d'Aragon l'a vite compris, et il s'est prêté au jeu. La mère de Philippe le Bel faisait partie de sa famille, et même l'honneur de la dynastie aragonaise pouvait en être compromis.

— C'est juste, messire Dante : le linge sale se lave en famille. Isabelle d'Aragon et Pierre de La Brosse : il y a forcément un fil invisible qui relie ces deux personnages. »

Arrivé devant son auberge, Dante fut abordé par un inconnu en tenue religieuse.

« Durante Alighieri, de Florence ?

— Pour vous servir. À qui ai-je l'honneur ? »

Le personnage avait un aspect pour le moins pittoresque. Grand, maigre, un visage acéré de pénitent et, surtout, une tête à la forme singulière qui culminait en une sorte de courge pointue émergeant d'une couronne de cheveux crépus. Laid comme le diable, et malin comme lui, pensa Alighieri, à en juger par son regard pénétrant. Ses yeux étaient extrêmement vifs et semblaient vibrer d'une énergie infinie. Il s'appelait Pierre et il était prieur dans un petit couvent près de la ville française de Paray. Il était parti à contrecœur pour se rendre en pèlerinage à Rome et implorer la miséricorde divine sur lui-même et ses frères, en priant à genoux sur les tombeaux des apôtres.

Dante ruminait des impressions contradictoires : il n'était pas convaincu. Le prieur n'avait rien de la spontanéité terrienne qui distinguait généralement les petits religieux de province ; il s'exprimait d'ailleurs dans un jargon italien qui ne correspondait à aucun dialecte régional, mais les résumait tous. Ce n'était certes pas la première fois que Paray venait à Rome, et de fait, étant donné la maîtrise avec laquelle il jonglait avec tant de langues vernaculaires, avec tant de cadences et d'accents, on pouvait croire qu'il avait inventé cette langue lui-même. En faisant une sorte de moyenne de toutes les langues des régions de la péninsule. Il avait parcouru l'Italie en long et en large. Son nom ne figurait probablement pas dans les registres comptables ni dans les livres de paie de la chancellerie de France. C'était bien connu : Philippe le Bel confiait certaines missions délicates à des personnes totalement étrangères à la hiérarchie de la cour ; ainsi, si la mission se terminait mal, personne ne pouvait accuser la couronne de France. Les ambassadeurs zélés auraient assuré, à qui de droit, que le responsable était un solitaire exalté agissant pour son compte et se vantant d'avoir une mission imaginaire au nom du roi. En l'absence de preuves écrites, comment les contredire ?

Alighieri fut totalement convaincu lorsque le prieur lui expliqua pourquoi il le cherchait. Il le fit en lui mettant sous le nez une feuille où étaient écrits des vers qu'il connaissait bien.

L'autre béatitude qui contente
Semblait comme un lys s'enrouler à l'M
Lentement suivit l'empreinte.
Ô douce étoile combien de gemmes
M'ont montré que la justice
Est l'effet du ciel que tu éclaires.

« Vous en êtes l'auteur, n'est-ce pas ?

— Oui, répondit Dante, un peu perdu. Mais où avez-vous trouvé ces vers ?

— À Paris, répondit le Français avec un sourire mielleux.

— Paris ? Cela me semble impossible ! Comment sont-ils arrivés là-haut ? Je me demande qui peut les comprendre…

— Ils sont nombreux, car la communauté florentine qui réside dans la capitale de la France est fournie. Ce que vous écrivez, messire Alighieri, est très apprécié de vos concitoyens. J'ai eu ces vers par les seigneurs Guidi, les banquiers de Sa Majesté. Est-il vrai que vous écrivez un poème où vous imaginez visiter les régions de l'au-delà ?

— Oui, en effet. Mais…

— Et est-il vrai que ces vers appartiennent à la partie du paradis ?

— Bien sûr, mon père. C'est le ciel de Jupiter, où se trouvent les âmes des justes. Toutefois, sachez qu'il n'y a pas de poème. Ce sont des bribes, des idées qui me paraissent bonnes et que je soumets au jugement de personnes que j'estime.

— Vous avez bien raison. Vous voyez, les seigneurs Guidi ont montré les vers au roi et Sa Majesté a été favorablement impressionnée. Une de vos expressions a plus particulièrement touché son cœur. Là où vous dites que la béatitude est semblable à un lys. Cela veut dire qu'un esprit bienheureux fait de lumière céleste prend la forme d'un lys. Est-ce que je me trompe ?

— Vous ne vous trompez pas, répondit le Florentin, et après, l'esprit élu dessine un M, qui représente la monarchie. Dans ces vers, je voulais dire que les monarques éclairés par la grâce divine font le bonheur des peuples que Dieu leur a confiés. »

Le visage du prieur brillait sous le soleil pâle de l'hiver.

« Quelle chose magnifique, messire Alighieri. Ce que vous dites est vrai, et encore plus vrai s'il s'applique aux souverains de la France, qui sont sacrés avec le saint chrême des évêques. Cela fait d'eux des hommes qui ont une double valeur, *geminae personae* comme disent les théologiens : ce sont des laïcs et des religieux. Le lys est l'emblème de la monarchie française, on le sait même de l'autre côté du monde. En utilisant ce symbole, vous faites allusion sans l'ombre d'un doute à la sainte dignité de mon souverain et de sa race.

— Mon père, en réalité je ne me référais pas aux rois de France en particulier, ou du moins pas à eux seulement. Je parle de la monarchie dans son sens universel.

— C'est là que le bât blesse, messire Alighieri, dit le Français en modérant la luminosité de son sourire. Vos vers ont le défaut d'être trop génériques. Sa Majesté apprécierait une référence plus explicite à sa gloire et à celle de ses aïeux, surtout si vous avez l'intention de divulguer ce poème. »

Dante le regarda. « C'est le roi en personne qui vous a dit cela, mon père ? » Le ton provocant de la question et le regard suspicieux firent comprendre à Paray qu'il était allé un peu trop loin, et qu'il était sur le point de trahir sa vraie mission. Le Florentin n'était pas sot : il valait mieux lui en dire davantage plutôt que d'essayer de le mener par le bout du nez.

« Comme je vous le disais, messire Alighieri, je suis venu à Rome en pèlerinage. Sa Majesté l'a su et elle m'a demandé d'effectuer pour son compte quelques recherches historiques sur la dynastie royale de France. Le Vatican possède la plus vaste collection de livres du monde chrétien. Lorsque je suis arrivé, j'ai su, par hasard, que vous aussi étiez en ville, c'est ainsi que j'ai pensé vous donner ce conseil pour vos vers. Rien de plus.

— Quelle coïncidence ! » commenta Dante avec un sourire plus faux qu'un jeton.

Il regardait le prieur en essayant de saisir les vraies intentions derrière le rideau de ce visage impénétrable. La monstruosité de cette courge en ogive était impressionnante ; presque hypnotique, à ne pas pouvoir en détacher les yeux. Il était sans doute né aux forceps, mais cette mésaventure, au lieu de l'amoindrir physiquement, lui avait affûté les facultés mentales. Alighieri non plus ne manquait pas d'idées brillantes. L'une d'elles, qui resplendissait comme un soleil d'été, lui vint en tête en un éclair. Il fit montre d'une cordialité adaptée à la circonstance. « Mon père, j'aurais pu exalter la grandeur morale de la maison royale de France de manière moins ambiguë. Ce qui m'a rendu prudent, en vérité, est une certaine… ombre qui plane sur son prestige. »

Paray fronça les sourcils.

« Quelle ombre ?

— Il y a quelque temps, le prince de Valois a été reçu en audience par le pape. Cela n'a pas été un entretien orageux, mais ce n'était pas non plus une idylle. Sa Sainteté a rappelé au prince un scandale célèbre qui jeta l'opprobre sur l'honneur du roi Philippe III. Remarquez, je déteste remuer les eaux troubles. Du reste, ce ne serait pas utile, car vous êtes français et donc certainement bien informé. Je vous cite seulement un nom : Pierre de La Brosse », dit-il en baissant le ton de sa voix, lui suggérant une complicité de conspirateurs.

Le visage du prieur révéla qu'Alighieri avait atteint son but ; à en juger par sa mine sombre et son embarras, il devait s'agir d'une affaire très épineuse. « Messire Alighieri, il se peut que le roi Philippe III ait eu tort de condamner son chambellan à mort. Qui sait ? Il faudrait voir de plus près les preuves rassemblées contre lui ; mais mettez-vous à sa place : essayer de séduire la reine ! En tout cas, mon seigneur vénéré, le roi Philippe, dès qu'il est monté sur le trône, a immédiatement rappelé les petits-enfants de La Brosse de l'exil. Il leur a rendu les avoirs saisis, il les a couverts d'honneurs. »

« Comme c'est intéressant », pensa Alighieri ; mais il dit : « Cela honore le sens de la justice de votre roi, mais cela démontre également sa conviction que son père s'était trompé. Il le savait et il a réparé le tort. Mon père, pensez-vous que l'erreur était bénigne et que je devrais exalter la sainteté de la maison royale de France alors que la tache du délit de Philippe III est pratiquement du domaine public ? »

Pierre de Paray avait fixé sur Dante ses yeux noirs. Le malaise que lui procurait la situation était tangible et insupportable. En homme plein de ressources, il passa aussitôt à la contre-attaque. « Et si je vous fournissais les preuves, messire Dante ? Si je vous montrais que Philippe III avait des raisons de douter de Pierre de La Brosse ? » Dante jubilait en son cœur, mais il essayait de contenir sa joie afin de ne pas perdre la partie à la dernière main. Il prit une expression sérieuse mais ouverte à toute possibilité.

« Il faudrait des faits, mon père. Face à certaines preuves…

— Vous les aurez », promit l'homme solennellement.

Puis il tourna les talons et s'en alla tout droit, Dieu sait où, avec l'air de quelqu'un qui avait reçu une mission et qui se serait fait tuer plutôt que de ne pas exécuter les ordres reçus.

3

Dans la grande galerie de l'étage noble du palais apostolique, plus d'une centaine de notaires, d'écrivains, d'abréviateurs et de *minutanti* en service à la chancellerie apostolique rédigeaient leur abondante correspondance. Ils étaient serrés au milieu de leur paperasse dans les petites pièces aux murs enduits de blanc.

Pietro Valeriano Duraguerra de Priverno se promenait en long et en large, alerte et inflexible. Il surveillait le fonctionnement de cette gigantesque machine administrative. Il les faisait travailler durement, avec leurs infatigables plumes d'oie bien taillées, leur encre de brou de noix, la poudre à sécher, le papier de chiffon acheté à Florence ou à Fabriano, de la meilleure qualité car les registres des papes devaient durer éternellement. Il n'était pas facile de contrôler tous ces gens, de s'assurer que tout filait droit et qu'il n'y avait pas d'erreurs. Depuis l'accession du pape Boniface au trône apostolique, la chancellerie avait reçu un digne gardien capable d'accomplir cette tâche ingrate.

Bien entendu, la curie romaine n'était pas exempte de taches, elle n'était pas non plus une ville de saints, la Jérusalem céleste qu'avait prophétisée, des siècles auparavant, saint Augustin. C'était un endroit qui appartenait au monde et, en tant que tel, il contenait de tout, y compris d'excellents représentants des sept péchés capitaux. Mais elle allait perdurer comme le Christ l'avait prédit : *Et portae inferi non praevalebunt.* Elle resterait debout tant que l'on aurait une poignée d'hommes de bien disposés à suivre la loi de Dieu.

Crescenzio l'aborda discrètement.

« Bonjour, messire très illustre. J'ai besoin de votre aide.

— Pour la recherche que Sa Sainteté vous a confiée, j'imagine.

— Bien sûr. La recherche était au point mort, en vérité. Messire Dante a eu un coup de chance qui nous a fait faire un bond en avant prodigieux. »

Derrière lui, Alighieri durcit les traits avec une expression quelque peu rancunière. Coup de chance ? Tu parles ! C'était une des meilleures idées de sa vie.

« Messire Dante a rencontré le prieur de Paray, poursuivit Crescenzio. Il a utilisé un prétexte pour lui faire dire des choses que nous n'aurions peut-être jamais sues autrement. Elles concernent Pierre de La Brosse.

— Je me souviens de ce nom. Sa Sainteté l'a mentionné lors de l'entretien avec le prince de Valois. Je ne sais pas qui est ce La Brosse, mais le prince est devenu pâle comme un mort lorsqu'il a entendu ce nom.

— Il n'y a rien d'étrange, très illustre, si l'on tient compte de ce que nous avons appris. J'ai prié maître Ottone de Sermoneta de faire une recherche, et de nombreux privilèges et indulgences accordés à ce La Brosse ont émergé des archives papales. C'était un noble de Turenne, un grand ami du roi Louis le Saint. Grâce à la confiance que le souverain lui accordait, il fut nommé guide et mentor du jeune Philippe III. Les choses sont allées de mieux en mieux pour La Brosse qui devint grand chambellan, donc secrétaire personnel de Philippe III. En l'an de grâce 1278, l'idylle prit fin : La Brosse fut condamné à la pendaison. »

Duraguerra était abasourdi.

« La pendaison ? Un noble de ce rang a le droit d'être décapité.

— Pas si l'on vous accuse d'avoir trahi votre roi. C'est ce qui est arrivé à La Brosse.

— Est-ce qu'il a conspiré contre Philippe III ? »

La question du cardinal avait du sens, mais Crescenzio secoua la tête, un peu déçu.

« Non, c'était une affaire personnelle. Il semble qu'il y ait eu une intrigue dans le palais royal. La Brosse était tombé amoureux de la reine Marie de Brabant, la seconde épouse du roi. Et il avait essayé de la séduire.

— Ah ! s'écria Duraguerra. Il s'agit donc de cornes. Très mauvaise affaire, des plus odieuses, si le problème touche une maison régnante.

— Très illustre, il nous a semblé que de Valois ressentait une honte intense lorsque le pape a cité le nom de cet homme. Nos conjectures expliqueraient pleinement le malaise du prince. Pardi ! L'honneur de son défunt père était traîné dans la boue. Mais toute l'affaire s'éclairait, à ce stade. Philippe le Bel et sa colère, la peur que son terrible secret soit découvert : la femme du roi son père lui était infidèle. Toutefois…

— Cela ne tient pas debout, coupa Duraguerra. Le roi de France a peut-être honte pour son père, mais il ne peut pas avoir honte pour lui-même. Il est né d'Isabelle d'Aragon, la première épouse de Philippe III. Qu'est-ce que la deuxième épouse, Marie de Brabant, a à voir là-dedans ? »

Crescenzio écarta les bras et les laissa retomber dans un geste de frustration. « C'est le problème, très illustre. J'ai bien peur que Paray nous ait menti. Ou qu'il n'ait dit qu'une partie de la vérité. Même sans le vouloir, il se peut qu'il nous ait mis sur la bonne voie. Pouvez-vous nous aider ? » Duraguerra contracta les muscles du visage et son regard s'assombrit. « Dès le premier instant, je n'ai pas aimé cet homme, avoua-t-il. Lorsqu'il est entré dans la bibliothèque, je lui ai demandé si nous nous connaissions. Il a exclu cette possibilité. Pourtant, je l'ai déjà vu ici. J'en suis plus que sûr. »

Cet aveu frappa Dante et Crescenzio, qui échangèrent un regard rapide.

« Le prieur de Paray est venu à la bibliothèque ? s'enquit Crescenzio.

— Avant-hier, confirma Duraguerra.

— Puis-je demander pour quoi faire ? osa Dante.

— Il m'a dit que le roi de France l'avait chargé de mener des recherches héraldiques.

— Justement, affirma le cardinal. Philippe lui a demandé de rassembler les documents prouvant que sa lignée descendait de Charlemagne. Mais le prieur doit être maladroit : en réalité, il ne m'a demandé qu'à voir les diplômes des empereurs byzantins. Et j'ai même dû lui trouver un clerc des Pouilles qui lisait le grec. »

Encore une fois, Dante et Crescenzio échangèrent un regard muet.

« Philippe veut donner une substance historique à la noblesse de son sang, remarqua Crescenzio.

— C'est une manie, dans cette famille, dit le cardinal. Son père Philippe III avait également l'obsession du sang pur. Ce n'est pas étonnant, tout le monde sait que le fondateur de leur lignée était le fils d'un boucher[1] ! »

Duraguerra en savait assez sur les affaires du monde pour considérer que la chose n'avait rien d'exceptionnel. Les deux autres étaient, au contraire, totalement abasourdis.

« Vous ne le saviez pas ? Hugues Capet avait des origines modestes. Il devint d'abord comte de Paris, puis il gagna progressivement en prestige et en puissance. Le fait est que ses descendants sont loin d'ignorer ces vérités. Ils sont donc extrêmement susceptibles quant à la noblesse de leurs origines. Il y a quelque temps, j'ai ordonné de relier certains fichiers contenant les minutes de lettres envoyées il y a vingt ans. Dans ces papiers se trouvait une supplique, qui portait le sceau d'or des rois de France. Elle venait de Philippe III et demandait une dispense en mariage afin que son fils Philippe puisse épouser la jeune Mahaut, sa cousine.

— C'est-à-dire la comtesse d'Artois ?

— Exactement, mon fils. Elle était destinée à épouser l'héritier du trône de France. Mais il n'en a rien été ; cependant, Philippe III a écrit cette demande parce que son fils aurait dû l'épouser. Il y a une raison qui explique pourquoi j'ai gardé ce souvenir. J'ai été

1. Dans *La Divine Comédie*, Dante écrit (Paradis, chant XX, 49-52) :
Dans l'autre monde on m'appelait Hugues Capet
De moi sont nés les Philippe et les Louis
Par qui la France actuellement est régie
Je fus l'enfant d'un boucher de Paris... (*N.d.T.*)

frappé par cette expression singulière déclinée à l'ablatif : *perpuro sanguine*. La famille de Mahaut descend sans aucun doute de Charlemagne ; s'ils étaient nés d'elle, les futurs souverains de France auraient eu du sang très pur dans leurs veines.

— Mais le prince ne s'est pas marié avec cette Mahaut, observa Dante.

— Il a épousé Jeanne de Navarre, ajouta Crescenzio. Pour une raison quelconque, il a abandonné ce "sang très pur" auquel il aspire maintenant. Alors il lance Paray à la recherche des preuves… »

Les cloches sonnaient les vêpres. Duraguerra fit lever les préposés aux écritures ; le coucher de soleil approchait, la chancellerie ferma ses portes. Crescenzio se dirigea vers l'escalier qui menait à la cour. Tout compte fait, il en savait plus qu'il ne l'avait espéré au début.

« Nous devons écrire une note et l'exposer au pape », suggéra Dante en le suivant. L'autre, pris dans ses pensées, ne répondit pas. « Vous vous rendez compte ? Nous avons fait une belle découverte, aujourd'hui.

— Quelle découverte, messire Dante ? Que les rois de France ne descendent pas de Charlemagne ? Vous parlez d'une découverte !

— Les rois de France ont de sérieux doutes sur leurs origines, observa Alighieri, convaincu.

— Et Arnaud de Villanova connaît des secrets scabreux sur la famille royale. Sur la mère et le père de Philippe IV. Le roi tient tellement à récupérer le Catalan parce qu'il croit que le vieil homme possède quelque chose qui prouve sa naissance illégitime. Mais qu'est-ce que cela peut être ? J'aimerais le savoir.

— Ce sont de belles hypothèses, messire Dante,

mais fondées sur rien. Sans preuves, nous ne pouvons que dire des bêtises. »

Il le laissa là, sans ajouter un mot, au point qu'Alighieri en fut un peu offensé. Il ne pouvait pas imaginer que Crescenzio, en réalité, lui était profondément reconnaissant de son aide. Il voulait juste se libérer rapidement car la nuit tombait et qu'il avait un engagement très urgent qu'il ne voulait manquer à aucun prix.

4

La jeune femme cria. Pas une douce plainte, comme d'habitude ; cette fois, le plaisir était si intense que cela lui donnait le vertige. Son amoureux bondit à genoux sur le lit. Il s'était retiré de la position délicate qu'il occupait jusque-là, tellement soucieux d'adorer le corps de la femme aimée qu'il lui avait offert une pratique que les livres de pénitence bannissaient, même entre époux.

Agenouillé sur le lit, juste devant elle, il la fixait, alarmé. « Taisez-vous ! Ne criez pas si fort. S'ils nous découvrent, les serviteurs de votre oncle vont me tuer et me jeter dans le Tibre ! » Immacolata jeta en arrière sa tête blonde ébouriffée et eut un rire libérateur. Elle sentait son corps devenir léger, sa tête flotter dans les nuages, sa bouche picoter. À la voir ainsi, nue et en sueur sur les draps, les jambes encore impudiquement écartées, elle semblait l'icône de l'amour profane. « Je suis désolée. C'était plus fort que moi », dit-elle en s'appuyant sur ses coudes. Son amant perçut un peu de malice dans ces mots. La jalousie l'attaqua comme une flèche par-derrière. « Vous l'avez fait exprès, dit-il avec rancune, vous voulez qu'on nous surprenne. Votre oncle, alors, décidera peut-être de vous épouser. C'est ce que vous voulez. Allez, avouez-le. »

Immacolata Colonna n'avait aucune expérience des hommes. Elle devait cependant admettre qu'il y avait quelque chose de véritablement ambigu dans sa situation. Fille d'Ottone Colonna, exilé par Boniface, comme tous ceux de sa famille, pour avoir mis en doute la légitimité de son pontificat, elle était restée à Rome dans la maison du frère de sa mère, le noble Gregorio Conti, avec qui elle s'était fiancée.

Malheureusement, l'amour était aveugle. Après avoir rencontré Crescenzio Caetani, neveu de l'ennemi le plus acharné de sa famille, Immacolata était tombée amoureuse de lui, qui partageait la même fervente passion. Le mariage avec son oncle n'avait donc pas eu lieu, et le pape lui refusa le consentement de fréquenter Crescenzio. Immacolata avait été confinée au Palazzo Conti en résidence surveillée, d'où elle ne pouvait sortir que pour aller à l'église. Tous les maux ne venaient pas pour nuire, pensaient les deux amants. Le palais se trouvait en effet sur la rive du Tibre et surplombait le château Saint-Ange, la demeure des seigneurs Orsini, parents de Crescenzio dans la lignée maternelle.

Depuis des mois, ils se voyaient la nuit pour des étreintes furtives arrachées aux quelques heures d'obscurité et à la clarté paisible de la lune. Crescenzio sautait dans une barque, grimpait par-dessus le mur du jardin du Palazzo Conti, escaladait une haute vigne grimpante menant à la loggia d'où il pouvait accéder à sa chambre. Et là, la porte fermée, ils pouvaient oublier le monde entier.

Ils n'avaient jamais vraiment fait l'amour, cependant. En tant que médecin de talent, il savait bien qu'il n'était que trop facile de voir si l'hymen d'une femme avait été violé. Et qu'il n'y avait pas de moyen sûr d'éviter les grossesses, si ce n'était la chasteté. Des baisers audacieux, des caresses intimes, bien que coupables devant la loi morale, ne pouvaient en aucune manière abîmer le corps d'Immacolata. Tant qu'elle restait vierge, elle était à l'abri de la vengeance ; mais si par hasard les Colonna avaient découvert qu'elle était enceinte, ils auraient pu la tuer sans pitié.

Depuis des mois, Crescenzio s'était contenté de la vénérer comme une déesse, lui offrant en même temps sa passion et le culte d'un renoncement amoureux. Il faisait tout pour qu'elle soit en sécurité. Mais était-elle à l'abri de Gregorio Conti ? Et s'il avait pris cette virginité que Crescenzio avait si longtemps respectée comme le plus précieux des trésors ? Cette pensée remplissait son sang de fiel, lui faisait perdre la raison et ses sentiments.

Immacolata le regardait avec étonnement. Excité et enragé comme une bête, Crescenzio était le seul homme qu'elle ait intimement connu, sans briser le sceau de la virginité. Quelque chose au plus profond de sa conscience lui disait qu'il serait le seul être dans sa vie capable de lui faire ressentir certaines émotions. Elle ne connaissait rien du monde masculin, à l'exception de ce qu'elle avait entendu murmurer par d'autres femmes bien plus expérimentées qu'elle : un amant devait toujours être et rester jaloux. Il ne fallait pas laisser refroidir ce fer chauffé à blanc ; au contraire, il devait être battu tant qu'il était chaud. Un amant jaloux ne vous quitterait jamais.

« Gregorio est devenu obsessionnel, murmura-t-elle, feignant l'embarras, il me fait espionner. Il surveille tout ce que je fais... » Son amoureux, agenouillé sur le lit devant elle, était sur le point d'exploser. « S'il ose vous toucher, je jure devant Dieu que je l'étriperai ! »

Immacolata éclata de rire en se couvrant la bouche de la main. Elle ne connaissait rien des hommes, mais un instinct salutaire, et vieux comme le monde, lui suggéra ce qu'elle devait faire. Elle prit son jeune amant par le bon bout, c'est-à-dire par le manche, qui malgré sa colère jalouse restait bien ferme et au garde-à-vous, comme avant l'interruption de leur jeu érotique. Il l'attira vers elle, pour donner une bonne conclusion à l'œuvre de Vénus qu'ils avaient glorieusement commencée.

Plus tard, quand ils furent rassasiés dans leur chair et leur cœur, elle se souvint d'un fait important qu'elle avait négligé dans la fougue du désir.

« Mon Dieu ! s'exclama-t-elle en s'asseyant sur le lit. J'oubliais la lettre.

— Quelle lettre ? dit-il.

— Vous m'avez demandé d'écrire à mon oncle Egidio il y a quelques semaines. Il a répondu. La lettre est arrivée hier. »

Cette fois, ce fut Crescenzio qui sauta du lit. Il ne pensait pas vraiment que son idée, une tentative sans réel espoir de succès, aboutirait à un résultat.

« Vous avez vraiment écrit à Egidio Colonna ? Le précepteur du roi de France ?

— Et qui d'autre ? » plaisanta-t-elle en lui mettant une gifle affectueuse qui le décoiffa.

Elle se leva du lit, insensible à l'air froid qui lui mordait la peau, ouvrit un petit coffre et lui tendit la lettre. À la faible lumière de la bougie, Crescenzio commença à lire.

Chère Immacolata,

J'ai reçu votre lettre et je me dépêche de vous écrire. Vu la question que vous me posez, et en considérant que votre missive m'est parvenue dans un autre pli frappé du sceau du cardinal Lemoine, je comprends qu'il doit s'agir d'une question de la plus extrême importance et que, probablement, vous me transmettez une requête du très éminent Saint-Père.

Vous pouvez répondre que Sa Majesté ne m'a jamais fait de confidences sur le sujet dont vous me parlez ; et c'est une bonne chose, chère enfant, car si elle m'avait dit quoi que ce soit, je n'aurais jamais osé briser le secret de la confession.

Tout ce que je vais vous dire, ne l'oubliez pas, ce sont donc mes conjectures ; mais à cause d'indices que je ne peux pas vous dévoiler, j'ai des raisons de supposer qu'elles sont véridiques.

Il y a quelques années, au cours d'une de nos conversations, le roi Philippe a fait référence, de manière très laconique, à un certain secret gardé par le grand maître des Templiers, frère Jacques de Molay ; naïvement, j'ai souri car la chose ne me paraissait pas étrange : les Templiers, en effet, comme chacun sait, connaissent de nombreux secrets sur les différents royaumes du monde chrétien. Je me souviens que le visage du roi s'est assombri. Il m'a répondu, sur un ton caustique, que ce n'était pas un secret politique, mais une affaire délicate concernant sa famille.

Il m'a ensuite fait remarquer, mi-sérieux mi-railleur, avec cette ambiguïté qui cachait souvent une menace, que frère de Molay lui ressemblait, et que cela ne lui plaisait pas du tout. J'ai compris que ce secret le troublait énormément, même s'il avait essayé de garder cette apparence de sérénité olympienne que je lui avais moi-même appris à utiliser, car un souverain doit toujours cacher ses pensées. Je lui ai ensuite dit qu'il pouvait être tranquille. Personne n'aurait rien su de la question qui semblait le tourmenter, car les Templiers sont célèbres pour la loyauté avec laquelle ils savent garder les informations les plus confidentielles.

J'ai vu un éclair de terreur passer dans les yeux du roi. Pendant toutes les années où je l'ai éduqué, j'étais convaincu que rien au monde ne pouvait vraiment l'effrayer. À ce moment-là, il m'a confié qu'il n'était pas inquiet pour les Templiers ; mais Arnaud de Villanova connaissait également le secret. Et il craignait qu'il puisse le divulguer pour se venger de lui.

Quant à l'homme dont vous me parlez, ce Pierre de La Brosse, je dois vous dire que son nom à Paris ne peut être prononcé qu'à voix basse. Je sais qu'il était impliqué dans un complot fomenté contre le roi Philippe III autour de 1278. La Brosse était le chambellan du roi, mais son intimité avec le souverain allait bien au-delà de sa simple fonction. Seul le Seigneur peut séparer le bon grain de l'ivraie, le vrai du faux. Je me contenterai donc d'énumérer les faits : le fils aîné de Philippe le Hardi, le prince Louis, est décédé subitement, quelques jours seulement après que la seconde épouse du souverain, Marie de Brabant, eut donné naissance à un enfant mâle. La Brosse a accusé la reine Marie d'avoir empoisonné l'héritier du trône, déclarant qu'elle avait l'intention d'éliminer, avec l'aide de ses courtisans, tous les enfants de la reine Isabelle d'Aragon, c'est-à-dire la principale lignée dynastique de France. Bien entendu, le but était d'ouvrir le chemin du trône à l'enfant qu'elle venait de mettre au monde, qui est aujourd'hui le prince Louis d'Évreux.

Mais la reine Marie avait des amis influents de son côté. Parmi ceux-ci, le très puissant Arnould de Wisemale, le grand précepteur des Templiers en France, un homme capable de manipuler les ressorts vitaux du royaume. Comme elle, il était originaire du Brabant. Pierre de La Brosse fut d'abord accusé d'avoir séduit la reine, mais l'accusation ne put tenir : tout le monde au Louvre savait que cet homme était un adepte des plaisirs contre nature et qu'il était lié depuis longtemps par une relation inconvenante avec Philippe III.

Le scandale risquait de submerger la maison royale, parce que l'Église croyait, soutenue par d'incontestables autorités, que les hommes s'adonnant à la sodomie ne pouvaient pas engendrer des enfants sains. Comme l'avaient écrit Albert le Grand et Pierre Damiani, rien de bon ne pouvait survivre si la semence était infectée par la perversité. Les théologiens soutenaient que l'héritier au trône, l'actuel roi Philippe IV, ne pouvait être le fils de Philippe III, parce qu'il serait mort peu de temps après sa naissance. Tous les enfants de Philippe III risquaient de passer pour des bâtards, la succession au trône serait compromise, et la dynastie des Capétiens interrompue. Une catastrophe que le royaume ne pourrait pas surmonter.

Frère Arnould de Wisemale poussa le roi à prendre une décision extrême : condamner à mort Pierre de La Brosse. Ainsi les rumeurs sur la sodomie du souverain seraient étouffées, la condamnation étant la meilleure preuve qu'il n'existait aucune relation amoureuse entre eux. C'était la seule manière, pour le roi, de sauver sa descendance. C'est ce que fit Philippe III.

Je n'ai rien pu savoir d'autre. J'espère que cela pourra vous être utile, à vous et au cardinal Lemoine, mais également à Sa Sainteté qui, comme vous l'expliquez, se trouve dans une situation déplaisante à cause de cette affaire. Si vous en avez la possibilité, assurez Sa Sainteté de ma fidélité de serviteur dévoué et dites-lui que je prie tous les jours pour que Dieu, dans son infinie bonté, mette fin au fléau de la guerre qui oppose notre famille à la sienne.

Je vous embrasse en invoquant sur vous la protection divine.

† Frater Egidius, *ordinis sancti Augustini*

Crescenzio gardait ses yeux hallucinés rivés sur la lettre ouverte. Elle en fut effrayée. « Que se passe-t-il ? » demanda-t-elle en le prenant dans ses bras. En réponse, il plia la lettre et commença à s'habiller. « Vous partez déjà ? gémit la jeune femme. Il reste plusieurs heures avant qu'il fasse jour. » Crescenzio l'embrassa tendrement. « Je dois voir le pape et lui montrer cette lettre de votre oncle, dit-il. Désormais, ce que le redoutable roi de France attend du Catalan est clair ! »

Dans le cœur antique de Rome, il y avait des quartiers dans lesquels les honnêtes hommes ne s'étaient jamais aventurés. Ils étaient infestés de vagabonds, de coupeurs de gorge et de malfrats de toutes sortes ; d'autres quartiers encore avaient une telle réputation que même tous ces criminels en avaient peur. C'étaient des îlots de paganisme où la lumière du Christ semblait n'être jamais parvenue ; de vastes étendues de paysages incultes parsemées de tombeaux et de mausolées, de chapelles funéraires aux toits effondrés et aux murs en ruine qui dévoilaient des sarcophages sombres profanés depuis des temps immémoriaux. Au-dessus de ces murs incrustés de vestiges de marbre et de mosaïques corrodées par le temps, planait un souffle sombre et inquiétant ; l'air lui-même semblait sans paix, comme si les spectres de tous les morts condamnés à errer parmi les ombres de l'enfer avaient hâte de retourner chez les vivants pour leur demander la vengeance ou le pardon.

L'un des endroits les plus reculés et les plus inaccessibles de ce royaume des hiboux et autres bêtes féroces était l'étrange bâtiment en ruine qui se dressait sur la pointe de l'île Tibérine. Un lieu sacré depuis la nuit des temps, mais sacré pour les dieux païens qui ne connaissaient ni la miséricorde ni la piété. On disait que l'île était née par prodige de gerbes de blé récoltées dans les champs de Tarquin le Superbe, que l'on avait jetées dans le fleuve lors de l'expulsion des rois. Des siècles plus tard, pour faire face à une terrible épidémie de peste, des hommes courageux s'étaient rendus en Grèce au temple d'Épidaure pour y prendre un serpent divin qui, une fois arrivé dans la ville, s'était jeté à l'eau et avait fait sa tanière dans cette bande de terre oblongue au milieu de la rivière. On avait donné à l'île la forme d'un navire, avec un obélisque placé en son centre à la manière d'un mât, et une grande proue en pierre blanche fut construite là où s'était niché le serpent sacré du dieu de la médecine. Un peu plus loin, creusées dans l'éperon rocheux qui descendait vers le fleuve, s'ouvraient des grottes naturelles dont on disait qu'elles étaient habitées par des créatures non humaines.

Crescenzio se dirigeait d'un pas alerte vers une de ces ouvertures en tenant Maddalena par la main. Ni l'un ni l'autre ne semblait avoir peur, alors que Dante les suivait, un peu en arrière, l'âme troublée.

« Dépêchez-vous, messire Dante, dit le jeune homme, nous sommes presque arrivés.

— *Deo gratias !* répondit-il de mauvaise humeur. Je ne comprends pas votre insistance absurde à vouloir descendre dans la grotte de cette sorcière. En traînant derrière vous cette créature innocente qu'est votre sœur ! Et je comprends encore moins pourquoi j'ai accepté de vous écouter et de vous accompagner…

— Que de plaintes ! protesta Crescenzio. Nous allons chez la gitane pour savoir si mon impression est juste ; et Maddalena vient avec nous parce que la Sarrasine a un faible pour ma sœur. Elle n'a d'yeux que pour elle, elle est convaincue que l'âme de sa fille, morte en bas âge, revit en Maddalena. Quant à vous, personne ne vous a obligé à nous suivre. Vous venez de votre plein gré, mon cher ami, parce que vous êtes curieux. C'est tout.

— Curieux !… s'exclama Alighieri. Cette horrible sorcière me suit depuis des jours. Je me retourne dans la rue et elle est là, comme si elle m'attendait. Comme si elle savait d'avance où j'allais.

— Ah oui ? Peut-être que Zaïra a quelque chose à vous dire, suggéra Crescenzio.

— Et comment le pourrait-elle ? Je pense qu'elle n'a pas toute sa tête. Un jour, elle m'a même donné un étrange rectangle peint. Elle a dit que je devais vous le donner, Crescenzio. »

Maddalena tourna son joli petit visage pour lancer un regard d'avertissement à Dante. « Elle vous a donné un de ses naïbis, messire Dante ? Lequel ? » Crescenzio fut également surpris. « Zaïra vous a donné une de ses cartes ? Pourquoi ne nous l'avez-vous pas dit ? »

Alighieri n'en croyait pas ses oreilles.

« Que diable ! Je ne pensais pas que c'était important. Je l'ai oubliée.

— Cela aurait pu être important, dit Crescenzio, fâché. L'avez-vous bien vue ? Que représentait-elle ? »

Dépité par l'importance donnée à l'évènement, Dante s'emporta. « Nous tombons dans le risible, aboya-t-il. Je suis entouré d'individus convaincus de détenir la vérité absolue, comme s'ils étaient l'oracle du Seigneur. D'abord cet évêque de Pamiers, qui est sûr que Philippe le Bel est né d'une relation clandestine. Mais comment le sait-il ? Aurait-il pris la reine sur le fait ? Ou est-ce une dame de compagnie, ou une servante, qui lui en a témoigné ? Existe-t-il des preuves de l'adultère ? Qui sait ? De l'autre côté, Arnaud de Villanova affirme l'exact contraire : Philippe n'est pas un bâtard, il en est certain. Tout cela est fou, et le comble de cette folie, c'est la décision d'aller dans la tanière d'une nécromancienne, une gitane sarrasine qui distribue des cartes divinatoires ! »

Guère affecté par ce déluge de mots, Crescenzio fit le dédaigneux. « Épargnez-nous votre philippique, messire Dante. Les cartes de Zaïra ne prédisent pas l'avenir, mais aident à réfléchir. Je répète : qu'y avait-il sur celle qu'elle vous a donnée ? » Exaspéré et découragé, Dante renonça à toute réplique. Cela n'aurait servi à rien. Il commença à fouiller nerveusement dans sa bourse, où, à sa grande surprise, il retrouva la carte. Allez savoir pour quelle raison il ne l'avait pas jetée. Il la tendit aux deux Caetani.

« Les amoureux, murmura Maddalena.

— Cela fait allusion à l'adultère dont monseigneur Saisset accuse la mère de Philippe. Ou peut-être à la relation entre le roi Philippe III et Pierre de La Brosse. Si nous l'avions vue auparavant, nous aurions gagné du temps, ajouta Crescenzio. Mais tant pis. Il reste encore beaucoup de choses à mettre au clair. Zaïra peut peut-être nous aider.

— De mieux en mieux ! s'exclama Dante. Nous sommes sur le point d'entrer dans la grotte d'une cartomancienne qui pratique la divination et qui, comble de l'horreur, croit également à la métempsychose… Nous sommes aux bords de l'hérésie. Si quelqu'un nous voit, nous risquons de finir sur le bûcher, même si vous êtes les neveux de Sa Sainteté ! »

Crescenzio cligna de l'œil avec un sourire un peu sinistre. Il jouissait de voir le visage d'Alighieri, un homme mûr et passablement pédant, pâlir à cause d'une peur irrationnelle. Il ne semblait plus le même homme…

Arrivée à l'entrée de la grotte, Maddalena porta ses mains à sa bouche et appela très fort. Quelques instants après, ils virent émerger à la lumière du soleil une étrange silhouette maigre, avec des yeux grands et profonds, écarquillés comme s'ils étaient habités par un esprit. Elle n'était pas du tout surprise de les voir. « Zaïra, mon frère aimerait vous parler. Il a besoin de votre aide. » La femme ouvrit un vieux sac usé qu'elle portait à l'épaule, sortit un jeu de cartes puis s'accroupit sur le sol et commença à les mélanger d'une main experte. « Le roi de France, murmura Crescenzio. J'ai un doute à son sujet. » La gitane plaça trois cartes sur le sol et retourna la première. Elle représentait une femme qui ouvrait la gueule d'un lion. Elle était tête-bêche. « La force, dit Maddalena. Mais elle est renversée. Le bavardage incontrôlé affaiblit sévèrement le roi. C'est cela qu'elle signifie, Zaïra ? » La gitane hocha la tête et des syllabes sortirent de sa bouche, indéchiffrables pour Dante, mais capables néanmoins de lui suggérer quelques résonances poétiques suggestives.

« *Cani affamatu nun timi vastuni.*

— Quelle langue parle-t-elle ? » demanda Alighieri, abasourdi.

Maddalena lui réserva un sourire indulgent.

« La sienne, messire Dante. Elle a dit : "Le chien affamé n'a pas peur du bâton." Cela signifie que lorsqu'on est désespéré, on n'a peur de rien. Le roi risque de tout perdre, à cause de ces rumeurs. D'où sa réaction excessive.

— C'est certain, dit Crescenzio. Et cela confirme mon hypothèse. Zaïra, maintenant, s'il vous plaît, dites-moi s'il existe un moyen d'apaiser le roi de France. S'il ne se sent plus menacé, il peut cesser d'être agressif. Mais comment pouvons-nous l'aider ? »

La gitane fit un geste d'acquiescement silencieux. Ses doigts, ornés de dessins mystérieux, retournèrent la deuxième carte, qui représentait un pape assis sur le trône de sa double gloire, sacrée et temporelle.

« *Pattu vinci leggi*, dit Zaïra, les yeux rivés sur ceux de Crescenzio.

— Je comprends, dit-il. Parfois, un accord contourne la loi. En bref, vous dites que mon oncle le pape devrait faire peser toute sa haute autorité pour régler cette affaire scabreuse ? »

Le sourire de la bohémienne ressemblait à celui d'un brigand, mais son emphase donnait raison à l'idée que le jeune homme avait en tête.

« D'accord, Zaïra. Merci. J'ai parfaitement compris ce que je dois faire. Et ce que peut faire le pape. Maintenant, nous partons, dit Crescenzio en ouvrant les cordons de sa bourse pour lui offrir une pièce d'argent, lourde et brillante.

— Un moment. Il y avait trois cartes. Il en reste une, cachée, observa Maddalena.

— Oui, vous avez raison, répondit son frère. Mais je ne sais pas quoi penser. Les deux premières ont pleinement répondu à mes questions. »

La gitane pointa son doigt acéré vers Dante, ce qui lui fit courir un long frisson dans le dos.

« *Idda é pi vossia.*

— Celle-là est pour lui ? demanda Crescenzio. Que voulez-vous dire ? »

La main de la femme retourna la carte. Elle représentait un char plein de bagages, mais cette carte aussi était renversée. « Un char ? Cela signifie-t-il que je devrai voyager ? » demanda Alighieri, curieux. Crescenzio regarda silencieusement sa sœur, incapable de comprendre ce qui, au contraire, était clair pour elle. Il y avait une prophétie amère dans cette carte : voyager sans patrie et sans but, errer toute sa vie sur les routes de l'exil. Maddalena en était sûre ; mais elle pria intensément de s'être trompée, cette fois.

5

… Et l'âme séparée de son corps
Non par faute commise,
Mais par haine et par envie
Je veux dire Pierre de La Brosse :
Et tant qu'elle est de ce monde,
Que pourvoie ici la dame de Brabant,
Qu'il ne soit pas d'un pire troupeau.

Avec discrétion, Crescenzio jeta un coup d'œil à la feuille où son ami venait d'écrire ces vers hendécasyllabes en langue vulgaire.

« Encore de la matière pour votre poème, messire Dante ?

— Oui. Le cas de Pierre de La Brosse et la conspiration ourdie contre lui par Marie de Brabant sont pour moi une matière précieuse. Une triste histoire d'amour et de mort, de loyauté et de trahison. Il y a matière à réflexion, n'est-ce pas ?

— Certainement. Toutefois, mettez à présent la force de votre rhétorique au service de quelque chose de plus urgent. Nous allons rédiger un rapport à présenter au pape. Vous dictez, j'écris ; vous êtes bien meilleur que moi pour composer les textes.

— Merci beaucoup ! s'exclama-t-il, un peu piqué au vif. Bien sûr, les données que j'ai collectées ce matin sont plutôt minces. Le minimum indispensable, ou même pas. J'aurais fait beaucoup plus, si j'avais pu rester à la bibliothèque au moins une journée entière. »

Crescenzio lui lança un regard suffisant. Mais Alighieri n'avait aucune retenue ! Il était resté quatre heures d'affilée dans les coins les plus reculés de la bibliothèque apostolique, en tête à tête avec des manuscrits rares qu'il souhaitait consulter depuis si longtemps. Il avait feuilleté cent codes, cherché partout, papillonné de-ci de-là entre les étagères jusqu'à consulter des livres en grec ou en langue copte, auxquels il ne comprenait rien. Pour finir, il avait même voulu lire les pierres tombales paléochrétiennes murées dans les couloirs de la galerie. Alighieri était en effet un homme prolixe et redondant quand il y mettait de la mauvaise volonté. Mais il fallait lui reconnaître le mérite de savoir comment atteindre un but.

« Finalement, qu'avez-vous trouvé ?

— Voilà, commença Dante, il faut débuter par la mère de Philippe IV, Isabelle d'Aragon, qui était la fille du roi Jacques le Conquérant. Qui était à son tour le fils du roi Pierre II d'Aragon et de Marie de Montpellier, épouse du roi d'Aragon et comtesse consort de Barcelone, née à son tour du comte Guillaume VIII de Montpellier, lequel…

— Allons à l'essentiel, messire Dante, il va bientôt faire nuit. »

Dante ne releva pas, bien qu'un peu vexé, et continua son récit, imperturbable.

« Le comte Guillaume VIII de Montpellier avait

épousé Eudoxie Comnène, disais-je. Princesse byzantine, fille de l'empereur Manuel Comnène.

— Encore ! s'exclama Crescenzio. Le prieur de Paray nous a menti, le roi de France ne l'a pas envoyé à Rome pour prouver que sa famille descend de Charlemagne. Tout simplement parce qu'il n'aurait aucune chance d'y réussir.

— Il ne peut certainement pas se plaindre du prestige de ses ancêtres, observa Dante, "*mater certa, pater semper incertus*" : la lignée maternelle ne peut en aucun cas être réfutée. Du côté de sa mère, Philippe le Bel a hérité du sang des grands empereurs grecs. C'est exactement ce que le prieur doit documenter. Je me demande simplement ce que le roi de France fera avec un tel certificat.

— Cela me semble évident. Selon ses détracteurs, il n'a pas droit au trône, car il ne serait pas le fils de Philippe III. La preuve de sa descendance des glorieux Comnène lui fournit des racines encore plus illustres que celles qu'il aurait s'il était vraiment héritier de Charlemagne. Après tout, Pépin le Bref n'était qu'un majordome qui a accédé au trône par un coup d'État. Je crois que, pour le moment, Philippe mettra de côté le travail effectué par Paray.

— Parce qu'il le considère comme une arme de réserve ? demanda Dante.

— Bien sûr. Il ne l'utilisera que si cela est nécessaire pour protéger son c… euh, pour protéger son *cœur* de la douleur atroce d'être appelé bâtard.

— C'est donc ce que sait Arnaud de Villanova. La vérité sur la naissance du souverain.

— Je n'en ai aucun doute, messire Dante. Et même

si j'en avais, la lettre d'Egidio Colonna les aurait balayés.

— C'est confirmé par les faits que le marchand m'a rapportés au sujet des manies bizarres du roi, déclara Dante. Philippe le Bel est obsédé par l'idée de prouver sa proximité avec Saint Louis, y compris dans son apparence physique.

— Il faut ajouter que le Catalan ne s'est jamais occupé de politique. Le vieil homme a tendance à vivre isolé comme un ermite, et même lorsqu'il était à Paris, il me semble peu probable qu'il ait fréquenté des hommes importants. Est-il possible que les conspirateurs aient laissé filtrer des détails de leur plan devant un inconnu ? »

Les paroles sibyllines du cardinal Lemoine, en particulier la prophétie selon laquelle la dynastie capétienne se serait arrêtée avec Philippe III, avaient mis dans la tête de Crescenzio un soupçon qui le taraudait. Si Philippe III était le dernier roi légitime, cela signifiait que ses héritiers ne l'étaient plus ; quelque chose s'était glissé dans le lignage et avait modifié la succession : l'adultère.

« J'ai également réfléchi à ce que m'avait dit le prince Charles de Valois, le frère germain du roi Philippe, ajouta Crescenzio. Le Catalan avait reçu une donation pour tenir une *lectio magistralis* à la Sorbonne.

— Une leçon de médecine à des étudiants en théologie ? C'est totalement absurde.

— De Valois ne trouvait pas ça étrange du tout. Il laissait entendre que la leçon d'Arnaud portait sur des problèmes médicaux strictement liés à la doctrine.

— Je pense que la seule question médicale qui déborde sur la sphère religieuse concerne la sodomie, observa Dante. En soi, ce n'est qu'un péché charnel pas plus grave que d'autres, mais il est communément admis que le coït entre hommes corrompt la semence virile. Les sodomites ne peuvent donc pas procréer d'enfants en bonne santé. Ils peuvent mettre une femme enceinte, mais l'enfant ne vivra pas longtemps.

— J'étais idiot de ne pas le comprendre, expliqua Crescenzio.

— Moi aussi, j'aurais pu y arriver, confirma l'autre avec regret.

— Ma stupidité est pire que la vôtre, messire Dante. Le cardinal Lemoine m'avait suggéré clairement d'enquêter sur Marie de Brabant. C'était une excellente suggestion : en tant que veuve de Philippe III, elle doit évidemment connaître certaines habitudes de son défunt mari. »

Dante secoua la tête. « Tout est clair, maintenant. Arnaud de Villanova peut prouver que la légitimité du roi Philippe IV est incontestable, malgré la diffamation qui a frappé son père. Le souverain n'a pas tort, lorsqu'il dit que le vieil homme possède un antidote prodigieux : ce qu'il sait peut sauver la France du spectre de la guerre civile. Je me demande seulement de quelle nature est la preuve qu'il possède. » Crescenzio ouvrit les bras en signe de reddition. « J'ai bien peur que nous ne le sachions jamais, messire Dante. Le seul qui puisse nous aider est le Catalan, mais il est mutique. Il n'a même pas parlé en prison, où il a subi la torture et le chevalet. Il n'existe personne sur terre capable de lui arracher son secret, d'ouvrir une brèche dans son vieux cœur de pierre. »

Et si cette personne existait ? Crescenzio et Dante tournèrent la tête en même temps. De la fenêtre leur parvenait la douce voix de Maddalena qui, assise sur un banc dans les jardins du Vatican, chantait une chanson d'amour.

6

Le doux parfum de la fleur d'héliotrope cachait un pouvoir mystérieux. Les herboristes savaient en faire de bons cataplasmes pour guérir les blessures, mais selon le langage des magiciens, cette plante donnait la clairvoyance et aidait ceux qui savaient l'utiliser à discerner la vérité.

Assise, seule, Maddalena posa le luth sur un banc et laissa choir sur ses genoux le livre qu'elle avait essayé de lire. Elle regarda d'un air nostalgique l'un de ces arbustes qui avaient poussé au sol devant elle. Elle se demandait s'il était vrai que cette petite plante d'héliotrope pouvait l'aider à voir dans son avenir.

Les brumes de l'hiver avaient succédé aux brouillards de l'automne. Noël viendrait bientôt et, avec lui, l'invitation inévitable de ses grands-parents maternels à passer les vacances avec eux, à Soriano. Elle aimait le grand château de pierre blanche perché sur les monts Cimini. Son grand-père Orso n'avait plus toute sa tête, vu son âge, mais sa grand-mère Angela lui apprenait à cuisiner et elle la laissait dormir dans son lit et, lorsqu'elle était bien calfeutrée sous les couvertures, elle l'amusait en lui racontant des histoires licencieuses. Cette année-là, cependant, elle était moins enthousiaste que d'habitude. D'après certaines conversations entendues à la maison, des paroles et des phrases laissées en suspens par ses frères, elle avait compris qu'on lui cherchait un mari. C'était inévitable pour une jeune femme de son rang, la nièce du pape, qui, en plus, était accompagnée d'une dot d'un millier de florins d'or.

Le candidat pressenti, ou du moins le seul qui jusque-là s'était fait connaître, était son oncle Poncello Orsini, frère de sa pauvre mère Elisabetta. Son oncle avait un bon caractère, mais également trente ans de plus qu'elle. C'était peut-être un pis-aller. Il valait mieux être sa femme que de finir dans les mains de qui savait quel requin !

Pourquoi cette hâte à vouloir la marier ? Elle aurait aimé finir ses études de médecine. Mais elle était consciente que ses nombreuses années d'études au couvent avaient été un privilège incroyable par rapport à la condition commune des femmes. Elle se demandait ce qu'elle pouvait faire pour empêcher, ou du moins retarder, ces noces dont elle ne voulait pas. Elle se souvint d'une phrase, un commentaire un brin malveillant, que son frère Francesco avait laissé échapper le jour où ils s'étaient rendus chez le Catalan. Une phrase qui faisait allusion à ses rêves étranges qui la rendaient si étourdie et agitée. Ces rêves dans lesquels elle rencontrait des personnes décédées qui l'assaillaient assidûment de leur douleur et lui demandaient de l'aide. Francesco était inquiet, et il avait demandé à Arnaud de trouver un remède.

Maddalena pensait qu'elle pourrait tirer avantage de la fixation de son frère. Elle devait avoir l'air plus étrange et morose que jamais ; oncle Poncello, un homme de bon sens, retirerait sûrement sa demande en mariage. Alors qu'elle ruminait ces plans, elle entendit un étrange claquement rythmique sur les pavés. Ce bruit de bois combiné à un pas légèrement déséquilibré ne lui était pas inconnu ; elle l'avait souvent entendu dans l'enceinte où résidait Arnaud de Villanova. Elle leva les yeux : le vieil homme était là. Mais quoi ? Arnaud hors de son jardin-forteresse ? Plus qu'inhabituel, le fait était extraordinaire.

« Bonjour, maître. » Elle s'était levée par respect, mais il lui fit clairement comprendre qu'il ne voulait pas des politesses d'usage. « Restez assise, jeune fille. Mais faites-moi une petite place près de vous. Mes vieilles jambes sont faibles, rester debout me fatigue. » Maddalena obéit et tira sa robe vers elle pour lui laisser de la place.

Le vieil homme libéra les cordons de la besace qu'il portait sur son épaule, sortit un vieux livre qu'il plaça, fermé, sur le banc, ainsi qu'un jeu de cartes. Maddalena les reconnut. C'étaient les mystérieuses cartes égyptiennes, que personne en Europe ne connaissait ; les mêmes que la gitane Zaïra utilisait pour explorer, dans leurs dessins, les recoins secrets du destin.

« Les reconnaissez-vous ?

— Bien sûr, maître. Ce sont des naïbis. J'en ai vu d'autres, identiques, dans les mains de cette gitane que vous connaissez également. Une fois, elle a regardé ses cartes et m'a raconté des choses étranges sur mon destin. »

Arnaud s'autorisa l'ombre d'un sourire. « Ce sont les mêmes que celles de Zaïra, en effet. J'ai décidé de vous les laisser, ma fille. Après tout, je pense que vous êtes la seule à pouvoir les lire. Ce sera mon cadeau d'adieu. » Ces mots furent un coup dur pour Maddalena.

« Alors c'est vrai ? Vous partez ?

— Vos frères ont tout fait pour convaincre le roi de Naples de m'accueillir. Charles d'Anjou a donc mis à ma disposition une maison confortable et spacieuse. Il y a un beau jardin qui donne sur la mer. *Aux ennemis qui partent, faites des ponts d'or*, conclut-il amèrement.

— Mais vous n'êtes pas un ennemi, maître !

— Mais je suis un problème, mon enfant. Si je reste ici, ma présence finira par mettre le pape dans l'embarras. Je connais bien le caractère de Philippe et, croyez-moi, ce n'est pas un homme capable de renoncer à ses desseins. J'aurais dû le savoir. J'ai accepté de vivre au Vatican, enfermé dans mon enclos, parce que je pensais commencer une nouvelle vie, loin de tout et de tous. Je me suis trompé. On n'échappe pas à son passé. Le passé revient toujours et nous met face aux erreurs commises. »

Par inadvertance, ou parce que le flux de mots et de souvenirs le rendait nerveux, Arnaud avait pris le jeu de cartes et commencé à les mélanger. « Pouvez-vous me montrer comment on les utilise, maître ? » Maddalena suivait chaque geste des yeux, hypnotisée par ce jeu intrigant. Le vieil homme plaça trois cartes devant elle, la face monochrome dirigée vers le haut. Il retourna la première. « Regardez cette carte, dites-moi ce que c'est. » Elle haussa les épaules. Ce n'était pas difficile.

« Ce doit être un ermite. Il se promène la nuit en s'appuyant sur son bâton, répondit-elle. Il erre dans une forêt avec une lanterne. Il cherche quelque chose d'essentiel qui le préoccupe. Il vous ressemble, maître. Peut-être est-ce vous réellement.

— Moi ? Et que devrais-je rechercher ? »

Elle secoua la tête, avec une solide certitude dans le cœur. « Vous seul savez ce qui vous manque. Ou alors vous ne le savez pas, et cela vous tourmente. On dirait que la recherche angoissée de cet ermite est le but de toute sa vie. Puis-je voir les deux autres cartes ? » Arnaud inclina la tête, tendit la main, et lui confia la tâche de déchiffrer le message silencieux contenu dans les deux arcanes. « Le soleil à gauche, murmura-t-elle. L'ermite lui tourne le dos, il se sépare de lui. C'est un geste d'abandon. Peut-être même un rejet. » Le visage d'Arnaud, jusque-là éclairé d'un soupçon de sourire bourru, devint tendu, alarmé. Maddalena tourna l'autre arcane. « La lune, dit-elle, intriguée. Elle est représentée sous les traits d'une femme belle et mystérieuse. L'ermite avance dans sa direction, il la cherche. Mais il ne la trouve pas, bien qu'elle soit juste devant lui ; c'est comme s'il ne la voyait pas. Il semble pris dans un jeu pervers entre les deux astres célestes. Poursuivi par le soleil, il cherche désespérément la lune. Cela a-t-il un sens pour vous ? » Et comment ! Pour Maddalena, c'était évident, à en juger par la précipitation soudaine avec laquelle le vieil homme s'était agrippé à son bâton. Comme s'il voulait se défendre ou s'échapper. De plus, il la regardait presque intimidé, comme si elle possédait un charisme divinatoire insoupçonné. « Oui, cela a peut-être un sens, murmura-t-il finalement. Si l'ermite me représente, le soleil et la lune représentent mes deux disciples. Chaque érudit doit avoir deux apprentis à qui transmettre le savoir rassemblé au cours de sa vie. Le maître s'appelle Zilaq, ce qui signifie en arabe Mercure. Ses élèves sont Shams, qui signifie soleil, et Hilal, la lune. Le premier doit posséder de fortes qualités de logique et de raisonnement. Dans le second, l'intuition et la sensibilité l'emportent. » Fascinée, elle était suspendue à ses lèvres et restait concentrée. Elle fut très déçue lorsqu'elle comprit que l'explication s'arrêtait là.

« Avez-vous deux apprentis, maître ? Je ne savais pas.

— J'en ai eu un seul, il y a quelque temps. Je pensais qu'il était digne de mon enseignement, mais malheureusement, je me suis trompé. *Mea culpa !* s'exclama-t-il en se frappant la poitrine.

— Qui était-ce ?

— Il s'appelle Philippe de Fontainebleau. C'est un homme brillant, mais malheureux. Un individu rongé par ses conflits intérieurs. Il pense avoir une foi forte et sincère, mais cela ne l'empêche pas de commettre des fautes honteuses.

— Quelles fautes ? »

Le vieil homme soupira.

« Le plus grand ennemi de Fontainebleau est le roi de France, répondit-il, sibyllin. Et c'est un terrible ennemi, car il ne peut jamais être séparé de lui. Il essaye de lui échapper quand il en a l'occasion. La plupart du temps, cependant, il doit courber l'échine et succomber face à lui.

— Je n'ai rien compris, maître.

— Peu importe, jeune fille. Le chemin de la connaissance est long et semé d'embûches. Je ne peux pas vous en dire plus.

— Alors, parlez-moi de l'autre élève. Il y en a toujours deux, si j'ai bien compris. »

Arnaud secoua la tête d'un geste résolu.

« J'ai échoué avec Shams, l'étudiant rationnel, alors je n'ai jamais cherché Hilal. La tragique erreur commise à Paris ne doit pas être répétée.

— À Paris, maître ? Et cette terrible expérience avec l'Inquisition dont on parle… Désolée, je vois que cela vous trouble encore beaucoup. Mais je ne comprends pas. Le roi de France se démène pour vous avoir à Paris, et pourtant vous étiez là, avec lui. Il pouvait intercéder pour vous, vous rendre libre. Pourquoi n'est-ce pas arrivé ? Même votre élève n'a rien fait, n'est-ce pas ? Vous avez dit que c'était un homme puissant, proche du souverain…

— Ma fille, l'homme est une chose, le rôle qu'il joue en est une autre. Philippe de Fontainebleau m'aimait, je le sais. Mais ses mains et ses pieds sont enchaînés au trône. En fin de compte, le roi a vaincu. »

Maddalena était perdue dans ce jeu de devinettes qui devenait un labyrinthe. La seule chose évidente était que le Catalan accusait à la fois le roi de France et son élève que le souverain gardait, en quelque sorte, prisonnier. Mais ce n'était pas le même genre de réprobation qu'il leur adressait. Lorsqu'il parlait de Fontainebleau, la voix du vieil homme prenait des nuances douloureuses, comme si son élève lui manquait. Il était évident qu'il avait toujours une forte affection pour lui. Il parlait au contraire du roi de France comme si Philippe le Bel était une sorte d'automate sans âme. Il les blâmait tous les deux ; mais l'un comme victime, l'autre comme bourreau. Le vieil homme comprit ses pensées : il fit une sorte de grimace qui était peut-être un sourire.

« Quel est ce livre que vous avez sur les genoux ?

— Ce sont les *Chroniques de France*, maître. J'espérais aider mon frère dans son enquête. Vous savez, Crescenzio a un soupçon sur le défunt roi Philippe III… »

À présent, le visage ridé d'Arnaud exprimait une vive pitié pour sa naïveté.

« Vous êtes si jeune, mon enfant. Et vous aimez les livres. Je les aime aussi, comme vous. Le plus important dans les chroniques et les annales, ce n'est pas tant ce qu'elles relatent que ce qu'elles choisissent de passer sous silence.

— Vous semblez toujours tout savoir, maître. Voulez-vous me dire la vérité ? »

Les cloches de Saint-Pierre annonçaient les vêpres. Le Catalan en fut désolé. Parler avec Maddalena était comme boire un élixir bénéfique qui calmait l'anxiété et soulageait l'âme. S'il était parti, s'il avait quitté Rome, il ne l'aurait plus revue. Cependant, il y avait un moyen pour éviter l'obligation de partir. « Si Mahomet ne va pas à la montagne, la montagne ira à Mahomet. » Était-ce vrai ? Il décida de le tenter. « Dites-moi ce que vous voulez savoir, mon enfant. Il y a une requête que vous gardez en réserve depuis un moment, et vous n'osez pas la formuler. Ne le niez pas et n'essayez pas de me mentir. Je l'ai lu à l'intérieur de vous. Pour moi, vous êtes aussi transparente que le verre. » Maddalena rougit et baissa les yeux. Au fond de sa conscience, cependant, quelque chose hurlait au soulagement de savoir que le vieil homme pouvait lire dans son âme. Elle prit la lettre de Paris, celle que son frère avait reçue d'Immacolata. Le vieil homme la parcourut rapidement.

« Je vois qu'elle est signée d'Egidio Colonna, murmura le Catalan. Un homme remarquable, ce moine. Il connaît bien le roi de France. Et ses peurs les plus profondes.

— Est-il vrai, maître, que vous avez les preuves qui peuvent sauver le souverain, mais que vous ne voulez pas l'aider ? Craignez-vous pour votre vie ? Si vous refusez de lui obéir, le roi pourrait envoyer un sicaire pour vous tuer. Il a de nombreux partisans ici à Rome, même à l'intérieur des murs du Vatican. »

Le vieil homme était ému par l'affection sincère qui voilait le regard de la jeune fille. Il la récompensa d'un sourire rassurant mais énigmatique.

« Ne vous inquiétez pas, mon enfant. Philippe veut me garder en vie plus que quiconque. Ce n'est pas ma mort qu'il veut, mais une réponse.

— Une réponse ?

— Appelez cela une consultation médicale, si vous préférez. »

Maddalena était abasourdie. « Seulement cela ? Donnez-lui cette consultation, alors. Qu'est-ce que cela vous coûte ? » Le regard du vieil homme était devenu noir de ressentiment. « Je n'ai aucune envie de le sortir de son tourment. Qu'il se noie dans sa peur. Il le mérite. » Maddalena secoua la tête. « Cher maître, vous rendez-vous compte de ce qui est en jeu ? Le roi de France mène contre le pape une guerre qui peut se transformer en catastrophe, tout cela pour une réponse que vous lui refusez. Ne pensez-vous pas au pauvre évêque de Pamiers ? Cela fait des mois qu'il le garde prisonnier, dans le seul but de faire chanter le souverain pontife. » Arnaud caressa sa longue barbe blanche, un peu embarrassé par l'évidence des arguments invoqués par la jeune fille.

« Monseigneur Saisset n'est pas victime des circonstances, comme il veut le faire croire, objecta-t-il. Quoi qu'il en soit, vous n'avez pas totalement tort. La paix dans l'Église est un bien sacro-saint et Dieu me punirait si je ne faisais pas tout ce qui est en mon pouvoir pour la sauver. Cela dépendra beaucoup de vous.

— De moi ?

— Bien sûr, jeune fille. Je veux comprendre si vous êtes réellement celle que j'imagine. Si votre âme est faite comme la mienne. Maintenant, nous allons le savoir. »

Ensorcelée par les paroles du vieil homme, Maddalena resta immobile à le regarder alors qu'il prenait le livre ancien et usé qu'il avait posé sur le banc. Arnaud l'avait apporté pour le lui montrer dans un but précis. Maddalena vit les pages de papier épais, décolorées par le temps, couvertes d'une écriture incompréhensible mais belle comme les dessins d'un tapis persan.

« C'est écrit en arabe, n'est-ce pas ?

— Oui, mon enfant. C'est le traité de chirurgie du grand Abu Al-Qasim de Cordoue. Un des piliers de la médecine arabe.

— Pourquoi me le montrez-vous, maître ? Je n'en comprends pas une syllabe.

— Je veux que vous raisonniez, Maddalena. Mettez en mouvement les rouages de votre petite tête ingénieuse, si rapide à saisir le sens des choses. De quoi le roi de France a-t-il peur ?

— Je sais ce que mon frère a découvert, maître. Le roi de France craint d'être un fils illégitime, un bâtard qui n'a pas le droit d'être sur le trône.

— Et pourquoi le craint-il, mon enfant ?

— Parce que beaucoup de gens l'affirment. Dont l'évêque de Pamiers. »

Une légère grimace d'insatisfaction passa sur le visage du vieil homme.

« Un petit effort, Maddalena. Vous pouvez mieux faire.

— Je ne sais pas, répondit-elle, si l'évêque de

Pamiers se croit en droit de le crier sur les toits, il doit y avoir une raison. Selon mon frère, certains disent que le père du souverain était un sodomite.

— Cela a mis une insécurité profonde dans le cœur du roi, murmura Arnaud. Grandir sans mère, avec un père qui aime un autre homme… Quiconque se sentirait imparfait, non ? Il se sentirait désorienté, en porte-à-faux.

— Alors il s'est confié à vous. Que lui avez-vous dit ?

— Rien de particulier, en réalité. Je l'ai rassuré. Je lui ai expliqué que la vérité ne résidait qu'en lui, peu importait qui étaient et ce que faisaient les gens qui l'avaient élevé. Chacun de nous est l'arbitre de lui-même, Maddalena. Et il doit assumer la responsabilité de toutes ses actions. Du bien et du mal qu'il fait aux autres.

— Je comprends que le roi vous veuille à ses côtés, dit-elle. Vous étiez plus qu'un médecin. Vous étiez un bon ami. Un guide spirituel. »

Arnaud secoua la tête et soupira. « C'est possible, jeune fille. Aujourd'hui, cependant, le roi de France n'attend pas de moi un conseil, mais une preuve scientifique. Votre maîtresse de Salerne a dû vous parler de la fertilité masculine et des actes contre nature. Que vous a-t-elle appris ? » Maddalena tourna son regard vers le haut, comme si le balancement des branches des cyprès dans le vent pouvait l'aider à retrouver plus rapidement ses souvenirs.

« Je sais que la Bible condamne ce péché, répondit-elle. C'est pour cela que le Seigneur a détruit Sodome sous une pluie de feu.

— Laissons la doctrine aux théologiens, ma fille. Parlons de médecine. Que dit-elle de la sodomie ?

— Qu'elle empêche de procréer, maître. Cette faute endommage irrémédiablement le corps des hommes, elle le contamine. Elle ne laisse survivre rien de pur et de bon… » La jeune fille s'interrompit brusquement et, par son regard étonné, le vieux savant eut l'intuition qu'elle avait tout compris. « Bien sûr ! exulta Maddalena. Le roi Philippe III devait être stérile pour avoir commis le crime de sodomie. Il ne pouvait pas procréer, ou du moins, ses enfants ne pouvaient pas survivre car ils étaient souillés par sa culpabilité. Et comme le roi de France est devenu adulte, on peut en déduire…

— Très bien ! s'exclama-t-il fièrement. Philippe est terrifié par cela : il y a une raison médicale qui atteste qu'il ne peut en aucun cas être le fils légitime du souverain français décédé. Ou du moins, c'est ce que ses détracteurs affirment. »

Le sarcasme dans la voix du Catalan la conduisit à une certitude. « Mais vous pouvez les démentir, maître. N'est-ce pas ? C'est pour cette raison que le roi veut que vous reveniez. Vous seul pouvez prouver que les médecins ont tort. » Arnaud de Villanova hocha la tête, puis leva l'index et récita quelques vers sur le ton solennel d'une prière.

« "Et si deux d'entre vous commettent un acte indécent, punissez-les ; mais s'ils se repentent et améliorent leur comportement, laissez-les en paix, parce que Dieu pardonne avec bienveillance." Ceci est écrit dans le Coran, mon enfant ; le livre sacré des Sarrasins. En partant du fait que le Coran est vérité, le savant Abu Al-Qasim s'est interrogé sur ce point : pourquoi le Tout-Puissant devrait-il rendre stériles les hommes qui s'unissent à d'autres hommes s'il leur offre ensuite l'occasion de se repentir ? Pourquoi devrait-il les punir si durement s'il est toujours disposé à pardonner ? En raisonnant sur les Écritures, puis en passant à l'examen anatomique direct…

— Abu Al-Qasim a donc découvert que la sodomie ne rendait pas les hommes stériles, dit-elle. Comment a-t-il réussi à le faire ? »

Arnaud de Villanova leva les mains en signe de capitulation. « Ah, ne me demandez pas ça ! Ce ne sont pas des choses dont je pourrais parler à une fille innocente et pure comme vous. Étudiez, mon enfant. Dans les livres, il y a souvent la clé de tout. »

Déçue, elle fixa ces pages pleines de signes indéchiffrables.

« Voulez-vous me dire que vous traduirez pour moi le texte d'Abu Al-Qasim ?

— Je n'ai aucune intention de le faire. Vous pouvez facilement trouver toute seule la réponse que vous cherchez. Si vous la cherchez au bon endroit. »

Maddalena n'était pas sûre d'avoir bien compris. Arnaud de Villanova méprisait bon nombre de professeurs illustres et, lorsqu'il était mal luné, il tançait même des cardinaux. Mais avec elle, c'était une autre personne. Il lui lançait un défi, il voulait la mettre à l'épreuve. Pour une seule raison : évaluer ses capacités et, éventuellement, lui apprendre ensuite quelque chose. Il ne se demanda pas si elle était à la hauteur de la tâche. Il prit la lettre et la mit dans son sac. Il tourna les talons et partit vers sa destination. Elle était si étourdie et si heureuse qu'elle oublia même de le saluer.

La bibliothèque des papes se trouvait dans le sanctuaire du palais : une vaste pièce bien ventilée aux nombreuses fenêtres qui éclairaient ses nombreux couloirs et ses recoins. Il n'y avait pas de meuble au milieu des anciennes étagères en bois, à l'exception d'une grande table rectangulaire sur laquelle on pouvait voir des lutrins et autour des chaises à haut dossier, assez confortables pour lire et écrire, mais pas pour s'y lover et se perdre dans de frivoles conversations. Le sol était couvert de carreaux de majolique peints, qui n'étaient visibles que dans quelques recoins : des tapis épais couvraient la presque totalité du sol pour atténuer le bruit des pas, une distraction gênante pour ceux qui étudiaient. Le plafond était recouvert d'un simple enduit blanc, capable de réfléchir chaque précieux rayon de lumière pénétrant dans la pièce. Il n'y avait pas de peintures ou de fresques, pas de vases en porcelaine ou autres fioritures. Rien qui ne puisse servir le devoir sacré d'apprendre, de comprendre et de transmettre la parole divine à la postérité.

Il flottait dans l'air une odeur de papier artisanal et de colle, de parchemin et de cuir bien tanné utilisés pour la reliure des livres, de bois ancien protégé des vers par des huiles et des cires précieuses. La beauté frugale de ce lieu détonnait par rapport à la pompe princière omniprésente dans le reste du palais. C'était un lieu intérieur, mais en quelque sorte aussi détaché de la cour pontificale. Cela ressemblait à un espace réservé où l'esprit s'était créé un cercle magique qui tenait strictement à l'écart de son seuil inviolable toutes les choses futiles et vaines pour l'intellect. La bibliothèque reflétait l'âme des hommes qui l'avaient composée, livre après livre, siècle après siècle, avec un amour indéfectible pour l'histoire chrétienne. Par conséquent, elle avait l'odeur chaste, sévère et vénérable d'une abbaye.

Maddalena marchait sur la pointe des pieds en

pénétrant dans ce que l'on pouvait appeler le saint des saints du pouvoir spirituel et temporel des papes. Un vénérable sanctuaire où l'on conservait la vérité et la science. Seuls quelques individus, très peu nombreux et très fidèles, avaient le privilège d'en franchir le seuil. Elle aperçut, assis dans la chaire, l'homme qu'elle cherchait : Giacomo Stefaneschi, auditeur de la Rote et cardinal-diacre de San Giorgio in Velabro. Svelte, d'âge moyen, sympathique, bien éduqué, un peu vaniteux, il avait une chevelure fournie et ondulée, aux reflets argentés, qui lui donnait l'apparence d'un musicien de talent entiché de son propre succès.

Le rêve de sa vie aurait peut-être été de voyager à travers l'Europe, de visiter une université après l'autre, se désaltérant à tous ces puits de science avec la consolation d'avoir quelque part une maison avec une femme et des enfants qui l'attendaient. Sa famille en avait décidé autrement pour lui. Il s'y était adapté. Désormais, il embellissait les liturgies pontificales avec la finesse de ses compositions et se laissait parfois mandater par le Saint-Père pour une mission diplomatique pas trop incommode. Lentement, pour ne pas sembler importune, Maddalena s'approcha de sa somptueuse écritoire. « Bonjour, très illustre. Monsieur mon oncle, le pape, m'a confié une mission et j'aimerais votre aide. Personne ne connaît ces livres mieux que vous. »

Ce n'était pas de la flatterie, mais la vérité pure ; Boniface s'adressait à lui chaque fois qu'il y avait un écheveau compliqué à dénouer dans le domaine de la culture ou de l'histoire. L'année précédente, lorsque les pèlerins s'étaient rassemblés place Saint-Pierre, invoquant une indulgence jubilaire dont personne ne savait rien à la curie, le pape avait justement chargé Stefaneschi de passer au crible les archives des plus anciens souverains pontifes à la recherche d'éléments de preuve sur la rumeur. Les pèlerins affirmaient que Boniface devait pardonner tous leurs péchés en cette année de grâce 1300, car il était d'usage de le faire au début de chaque siècle.

« Heureux de vous aider, demoiselle Caetani. Que devez-vous faire ?

— Une recherche, très illustre. Je dois consulter certains traités de médecine. »

Le cardinal leva un regard interrogateur sur la jeune fille. Une recherche médicale ? Il savait cependant, comme chacun à la curie, que les membres de la famille de Boniface étaient des gens plutôt excentriques, d'une manière ou d'une autre. Si Loffredo et ses frères terrorisaient Rome avec leurs abus et leurs bravades, ces Caetani, dont le sang était mêlé au sang des Orsini, étaient certainement meilleurs. Eux aussi, cependant, avaient un certain penchant pour les bizarreries, car ils s'adonnaient à la médecine comme d'ordinaires plébéiens, au mépris de leur naissance prestigieuse.

S'il devait choisir, il préférait de loin Crescenzio et sa sœur. Comme tout homme de culture, Stefaneschi avait de la sympathie pour ceux qui aimaient les études. Et la jeune femme qui se tenait devant lui avait sans aucun doute un regard intelligent qui trahissait une âme pure, propice à la science et à la contemplation. Ne disait-on pas qu'elle avait fait le vœu d'entrer au couvent et d'être baptisée comme la bienheureuse Hildegarde de Bingen ? Il lui répondit donc avec un sourire coopératif. « De quels textes avez-vous besoin, demoiselle Caetani ? » Maddalena était dans un terrible embarras. Elle ne pouvait pas dire la vérité, alors elle essaya d'excogiter une bonne excuse. « J'aimerais consulter le *De materia medica* de Dioscoride. Est-ce que je peux le trouver ici ? » Giacomo Stefaneschi sourit avec indulgence, puis se leva de sa chaire, veillant à ce que sa longue traîne de soie pourpre tombe bien en marchant, de manière à lui donner une belle posture.

« Bien sûr. Ici sont réunies toutes les connaissances du monde chrétien.

— Seulement la science chrétienne, très illustre ? Je veux dire, n'y a-t-il pas également les manuels des païens les plus utiles comme Hippocrate ou Galien ?

— Bien sûr, lui assura-t-il. Votre oncle a une vraie passion pour les sciences naturelles et la médecine en particulier. Ainsi, ce département de la bibliothèque abrite également des textes très rares. »

Maddalena se dirigea lentement vers la table que Stefaneschi venait d'indiquer. Elle voulait avoir l'air calme pour ne pas trahir la joie et l'excitation qui, à ce moment-là, provoquaient un raz-de-marée dans son cœur. Du bout des doigts, elle caressa les précieuses reliures en maroquin, les clous en bronze doré, et même les chaînes qui permettaient à ces trésors de rester à la disposition des papes sans tomber dans les griffes d'un érudit avide de science jusqu'à en oublier d'être honnête. Elle identifia ce dont elle avait besoin, puis elle se retourna vers le cardinal avec son sourire le plus angélique et un regard innocent qui aurait pu tromper Satan lui-même.

« Je vois qu'il y a aussi des textes de grands érudits arabes traduits en latin ! s'exclama-t-elle, ravie.

— Il y a les textes fondamentaux, une dizaine en tout, répondit-il. Votre oncle les a fait traduire par certains Juifs convertis. Il y a la *Diététique* de Maïmonide, par exemple. Plusieurs textes d'Averroès, la *Chirurgie* d'Abu Al-Qasim de Cordoue et d'autres raretés. »

Maddalena priait pour que les battements de son cœur fou ne puissent pas être entendus comme elle pouvait les entendre, bien que mélangés avec le bourdonnement qui assourdissait ses oreilles. « La *Chirurgie* d'Abu Al-Qasim, murmura-t-elle en essayant de se contrôler. Mon frère Crescenzio veut devenir chirurgien. Ce traité lui sera sûrement très utile. Puis-je y jeter un coup d'œil, s'il vous plaît ? » Giacomo Stefaneschi ouvrit ses bras. « Ma chère enfant, en tant que nièce de Sa Sainteté, on peut dire que vous êtes chez vous ! Je ne comprends pas comment une jeune femme peut s'intéresser à tous ces hideux dessins de corps démembrés, mais la curiosité est un don du Seigneur. De plus, on dit que la curiosité est une femme… Asseyez-vous, je vous en prie. »

Maddalena ne se le fit pas répéter deux fois ; elle prit le livre des mains du cardinal qui le décrocha de la chaîne, et se dirigea avec la gorge serrée jusqu'à une table où elle pouvait s'asseoir et lire confortablement. Elle ferma les yeux, prit une profonde inspiration, et quand elle fut prête, elle commença sa recherche.

Elle y passa un certain temps, confrontée à du grec tardif transcrit par un copiste maladroit qui confondait parfois les termes entre eux. Mais au bout de deux heures de lecture passionnée, tout devint clair, du moins en ce qui concernait la question anatomique qu'Arnaud, par pudeur, n'avait pas voulu lui expliquer de vive voix. Elle nota textuellement sur une feuille la citation, puis elle la fixa intensément, subjuguée. De ces quelques lignes dépendaient le salut de la dynastie la plus puissante d'Europe et, surtout, la paix de l'Église.

Lorsqu'elle revint chez Arnaud pour tout lui raconter, pour lui faire confirmer ses conjectures, le vieil homme l'écouta les larmes aux yeux. « *Kibrit ahmar*, murmura-t-il dans un sanglot. Vous êtes du soufre rouge, Maddalena. Du soufre rouge. Et sous ma direction, vous atteindrez la perfection ! »

Le léopard gardait les yeux baissés, à demi fermés, comme s'il rêvait des torrides forêts africaines où il était né. Il était accroupi dans sa cage, les pattes arrière écartées, et il goûtait la lente caresse de la main qui le nourrissait comme un chat qui avait trop grandi et avait besoin de tendresse. De temps en temps, il dressait ses oreilles en captant un son imperceptible pour les hommes.

Le pape Boniface se tenait devant la cage, ébahi. Il aimait beaucoup cette bête, un cadeau du roi d'Angleterre. Sous son règne, le Vatican hébergeait également un sérail destiné à abriter des animaux rares et exotiques envoyés par les divers souverains de la terre. Ceux qui avaient le privilège de se promener dans les allées boisées des jardins voyaient des daims courir, ou des paons languissants déployer leur queue irisée pour la parade nuptiale.

Ce léopard, Boniface l'emmenait également en voyage, heureux de le tenir en laisse dès qu'il le pouvait. Ce fait, ajouté à la présence de vingt cavaliers armés qui l'accompagnaient, dix qui le précédaient et autant qui le suivaient, fut matière à scandale pour un grand nombre, qui accusèrent le souverain pontife d'imiter les coutumes des empereurs païens. L'héritier de saint Pierre se devait d'avoir une conduite plus proche de celle du pêcheur de Galilée, qui n'avait jamais vu de léopards, si ce n'était dans les arènes où les martyrs mouraient condamnés *ad bestias*.

Le vieux cardinal Matteo Rosso Orsini, grand, noble et beau comme Moïse, s'approcha du souverain pontife. « Regardez le léopard, Votre Sainteté, dit-il lentement, il semble docile parce qu'il est bien nourri. Mais au fond, c'est toujours une bête. Détachez un barreau de la cage, donnez-lui une petite chance de redevenir libre, et vous verrez sa nature se manifester ! » Frappé par ce discours truffé d'allégories, Boniface ôta d'un trait sa main de la cage de la bête.

« Parlez clairement, Orsini. Pensez-vous que les Colonna aient demandé le soutien du roi de France ?

— Je ne suis pas le seul, Votre Sainteté. Plusieurs membres du Sacré Collège en sont convaincus. Après tout, cela vous semble-t-il étrange ? L'ennemi de notre ennemi est notre meilleur ami.

— Où sont les Colonna, actuellement ? demanda le pape d'une voix tendue.

— En exil, Votre Sainteté. C'est-à-dire en liberté, on ne sait où. Libres d'aller à Paris pour encourager Philippe le Bel à vous attaquer et à attaquer l'Église. Comme si cet homme ne vous était pas déjà assez hostile… »

Boniface soupira lentement, cherchant la patience.

« Les Colonna… Cette querelle sanglante ne finira-t-elle donc jamais ? Pourtant, ils sont venus demander mon pardon à Orvieto. Ils sont venus pieds nus, habillés en pénitents et avec la corde autour du cou !

— Je m'en souviens, Votre Sainteté. Évidemment, à ce moment-là, ils avaient tout intérêt à le faire. Je crains toutefois que la révolte couve plus que jamais sous les cendres d'une paix apparente. »

Après avoir dit ce qu'il devait, et accompli l'amer devoir de rappeler au pape de ne jamais commettre l'erreur de baisser la garde, Matteo Rosso Orsini partit, suivi de la douzaine d'empourprés dévots qui l'accompagnaient partout.

Lorsqu'il vit que le souverain pontife était désormais seul devant la cage de la bête, Pietro Valeriano Duraguerra s'approcha de lui et lui adressa un regard d'intense solidarité. En tant que chef de la chancellerie apostolique, Duraguerra dirigeait la diplomatie du Saint-Siège ; mais son autorité était faible, voire nulle, par rapport à celle du très puissant, très noble et très respecté Matteo Rosso.

« Vous avez tout entendu, Duraguerra. Qu'en pensez-vous ? demanda le pape.

— Je pense que vous vous approchez un peu trop de cette bête féroce, Votre Sainteté. »

Boniface apprécia l'ironie du commentaire.

« Matteo ne se trompe pas, ce léopard représente pour moi une menace similaire à celle du roi Philippe, lui dit-il, il est donc moins dangereux qu'il n'y paraît.

— Je pense avoir compris, Votre Sainteté. Le roi de France est loin, mais, fait plus important encore, il est enfermé dans la majesté hiératique de son rôle, exactement comme ce léopard dans sa cage. Il ne peut pas bouger. Il ne peut rien faire si quelqu'un ne lui ouvre pas la porte.

— Exactement, Duraguerra. Les hyènes qui m'entourent de près sont beaucoup plus insidieuses que cette bête derrière les barreaux. Elles sont libres. Libres de me nuire et de comploter dans mon dos.

— Je ne pense pas que le cardinal Orsini serait heureux d'être comparé à une hyène…

— Ce sont tous des vipères ! tonna le pape. Ils veulent que j'extermine les Colonna simplement parce qu'ils veulent prendre leur place. Qu'étions-nous, nous autres les Caetani, avant que je devienne cardinal ? Des petits nobles de campagne avec un pape dans la famille, mais il y a si longtemps qu'on en a perdu la mémoire. Orsini, Boccamazza, Annibaldi, Conti… Tous les seigneurs de Rome nous ont appuyés, ils nous ont apporté leur soutien inconditionnel uniquement pour que je renverse le pouvoir des Colonna qui dominaient Rome et le Latium à leurs dépens. Qu'adviendrait-il, maintenant, si je les graciais vraiment ? Si je révoquais l'exil qui les frappe ? »

Duraguerra avait une mine sombre.

« Je ne pense pas que la faction dirigée par les Orsini serait si prête à vous soutenir, Votre Sainteté. Mais le monde est comme cela. Certaines logiques qui font avancer le siècle restent inconnues des gens ordinaires, et les puissants veillent à ne pas les révéler, que ce soit par intérêt ou par modestie. Mais je suis proche de vous depuis tant d'années. Je suis le seul à connaître et à comprendre votre courroux.

— Non, mon ami. Vous n'êtes pas le seul. Il y a une autre personne qui sait également dans quel état je suis vraiment. Cela ne m'aide pas, à vrai dire. En tout cas, il sait.

— Votre Sainteté, mais de qui parlez-vous ?

— Le roi de France, répondit Boniface avec une ferme assurance. Lui, justement, mon ennemi. Il sait quelle est ma situation car il est dans la même posture que moi. Les mains liées, Duraguerra. Emprisonné et maintenu en échec par son entourage. »

Le vieux cardinal n'était pas d'accord.

« Vous ne pouvez pas vous comparer à lui, Très Saint-Père, objecta-t-il avec respect.

— Au contraire. Il n'y a pas beaucoup de différence entre nous. Nous sommes tous les deux victimes du même cruel dessein divin : la malédiction du pouvoir. Des agneaux immolés sur l'autel du sacrifice que constitue le fait de régner. Réjouissez-vous, si vous n'êtes pas roi. Exultez, si vous n'avez pas à décider pour les autres. Quand on gouverne, il n'y a pas de place pour la justice ou la charité. Il ne reste plus qu'à faire le mal ou à le subir. »

Duraguerra ravala toutes les réponses possibles ; ce n'était pas le moment de rappeler à Boniface à quel point il avait désiré la tiare quand il était encore cardinal, et combien il avait comploté pour avoir la pourpre, alors qu'il n'était qu'un simple *monsignore*. Le sort de Philippe le Bel avait été bien différent, car il n'avait pas cherché la couronne, elle lui était tombée dessus après la mort prématurée de son frère aîné à qui était destiné le trône ; néanmoins, une fois qu'il eut goûté au pouvoir, le souverain démontra clairement qu'il l'appréciait. Qu'il pouvait interpréter ce rôle avec un air altier, une fierté et une conscience totale de son autorité sacrée. Exactement comme Benedetto Caetani.

« Il y a de bonnes nouvelles, Saint-Père, lui dit-il. Votre neveu Crescenzio a découvert ce qui trouble tant le cœur du roi. » Boniface lut les papiers que Duraguerra lui montrait, l'un après l'autre. Après un moment de réflexion intense, il lui rendit le fascicule.

« Que proposez-vous, mon ami ?

— La solution est simple, Votre Sainteté. Le roi a

peur que ses détracteurs aient raison, que son vrai père ne soit pas Philippe III.

— Est-ce vrai ?

— Je ne sais pas, répondit Duraguerra, et après tout, ce n'est pas si important. Votre neveu Crescenzio propose une solution qui me semble raisonnable. Écrivez au roi de France, Votre Sainteté : une lettre ordinaire, peut-être une dispense pour pouvoir manger de la viande le vendredi. La chose la plus futile fera l'affaire, mais il faut que le document indique clairement que Philippe descend de Saint Louis. Que cela soit dit par une formule sans équivoque : *vere filius*. Ainsi, même si le roi n'est pas le fils légitime de son père, il le deviendra de toute façon, car c'est le pape qui l'affirme. Notre Seigneur lui a donné le pouvoir de lier et de délier, dans les cieux comme sur la terre… L'enseignement de saint Augustin s'impose : *Roma locuta, causa finita*. Le souverain pontife a parlé, la question est close. »

Boniface approuva et le gratifia d'un intense regard d'admiration. « La vie nous joue des tours, commenta le pape. Philippe m'attaque, il écoute les Colonna qui remettent en question ma légitimité, et voici que le sort lui rend la monnaie de sa pièce ! À son tour, il est accusé d'être illégitime. Vous voyez, Duraguerra ? Il n'y a pas beaucoup de différence entre nous. Ma tiare est comme une épée de Damoclès suspendue au-dessus de ma tête. Sa couronne est une couronne d'épines. »

5

CROISSANT DE LUNE

La lune est un étendard pour les armées,
Qui brille haut dans le ciel.

Siracide, 43.8

1

Devant la fenêtre de sa chambre, dans une posture inhabituelle, les mains et les bras ouverts, les pieds croisés, Philippe regardait en silence le rassemblement des citadins sur la pelouse de ses jardins. Il remerciait Dieu que ce fût l'hiver, sinon ces milliers de pieds auraient piétiné les fleurs, ces milliers de mains avides auraient pillé le verger et les rangées de vignes sans retenue.

La place devant le palais royal, qui s'était remplie de Parisiens dès les premières lueurs du jour, avait l'apparence d'une mer dans laquelle cinq ou six rivières, venant de différentes directions, déversaient sans cesse des flots humains. Les vagues de la foule, qui grossissaient continuellement, heurtaient les maisons, tandis que le large escalier qui menait aux jardins royaux était si encombré qu'on ne pouvait plus distinguer la pierre claire dont il était fait. Les cris, les éclats de rire, les appels répétés de cette masse en mouvement produisaient un vacarme assourdissant.

Derrière le souverain, sombres et fervents, les grands barons de France discutaient avec le chancelier Pierre Flotte d'une question de la plus grande importance. Le roi ne les écoutait pas. Dans son cœur, un raz-de-marée de douleur et de colère faisait rage. Il ne s'en serait confié à personne. Il n'avait pas demandé à devenir roi. La vie avait décidé à sa place. Mais depuis qu'il devait porter ce fardeau accablant, il n'avait vécu que pour le bien de son royaume. Rien ne le préoccupait plus que la France, qu'il aimait plus que toute autre chose au monde. Plus que lui-même. Il avait accepté que sa vie fût dévastée par le pouvoir, pour le bien de la nation. Que son mariage se transforme en calvaire. Derrière lui, les grands seigneurs étaient de plus en plus agités.

« Alors, il l'a vraiment fait !

— Oui. Boniface a publié une bulle qui déborde d'injures. Elle est intitulée *Ausculta fili*, dit le chancelier. Elle commence sur un ton cordial, comme un conseil paternel, mais c'est une tromperie. Boniface met notre souverain en garde : il le somme de courber la tête devant lui. Sa Majesté devrait demander le pardon et libérer immédiatement l'évêque de Pamiers. »

Le mécontentement et la grogne des barons augmentaient de minute en minute. Le prince Louis d'Évreux, frère du souverain et homme de modération bien connu, leva les bras pour tenter d'apaiser cette confusion. « Mes seigneurs ! dit-il à voix haute. Je comprends votre ressentiment et je le partage, mais gardons à l'esprit que le royaume est dans une situation difficile et que certains vassaux de Sa Majesté n'attendent plus qu'une censure apostolique pour déclarer la révolte. La prudence s'impose. Messire Flotte, vous êtes un expert en droit et un diplomate qualifié ; parlez-nous sincèrement : le ton du pape est-il vraiment si dur ? Est-il vraiment offensant pour mon frère le roi ? »

Dans cette saine invitation à la prudence, le chancelier perçut bien autre chose : une accusation sournoise et cachée. Le prince voulait-il insinuer qu'il exagérait volontairement ? L'accusait-il d'être un va-t-en-guerre stupide, désireux de semer le désordre ? Agacé, il ravala sa réplique puisqu'il avait affaire au frère de Sa Majesté. Demi-frère, pour être exact. Charles de Valois était toujours en Italie, engagé dans la louable et vaine tentative de calmer les différends entre la France et le Saint-Siège, qui semblaient se diriger vers un conflit inévitable. Tant qu'il restait là-bas, c'était Louis d'Évreux qui parlait au nom du souverain. Et qui décidait à sa place. « Pardonnez-moi, Votre Altesse, dit le chancelier, je pensais avoir été très clair, je vois que ce n'était pas le cas. Je serai donc plus explicite. Tenez, regardez de vos yeux. J'ai souligné les passages les plus scandaleux. »

La bulle de Boniface passa de main en main, trop vite. À part le prince Louis, aucun des grands barons ne pouvait lire le complexe latin canonique propre à la chancellerie papale avec l'espoir de le comprendre. L'*Ausculta fili* fit le tour de l'assemblée pour revenir enfin entre les mains de d'Évreux. Les yeux du prince vacillaient d'embarras, cloués sur un passage précis. « Altesse, pourriez-vous, s'il vous plaît, lire cette phrase aux autres seigneurs ? »

La demande de Pierre Flotte vibrait de provocation sous la patine de courtoisie officielle. À contrecœur, parce qu'il imaginait la réaction de l'assemblée, d'Évreux lut lentement le passage incriminé avec sa prononciation latine impeccable. Puis, obligé de le traduire, il récita, la voix alourdie par la gêne : « Sachez, Votre Majesté, que nous, vicaire du Christ, n'avons pas peur de vous. Nous avons affronté et annihilé des ennemis bien plus puissants ; si vous ne corrigez pas vos fautes, si vous ne vous inclinez pas devant l'autorité supérieure du trône de Pierre, nous vous éloignerons de nous comme un mauvais garçon. »

La consternation qui envahit les visages des présents trouva un contre-feu dans l'indignation qui emportait Pierre Flotte, si féroce qu'il trouva le courage de tenir tête au prince. « Altesse, votre latin est rouillé, protesta-t-il, ce passage a une signification complètement différente ! »

Le prince déglutit, regarda ailleurs. « La bulle dit *sicut garsio*, objecta-t-il, même si sa voix n'était pas ferme, et *garsio* n'est pas un mot latin, mais un mot français. N'oubliez pas que Boniface est un homme âgé ; mon frère le roi pourrait être son fils. Il va de soi que le pape le considère comme un garçon, *garsio*, justement. Il entend le sermonner comme un père sermonne son fils. »

Pierre Flotte serra les dents de rage ; le connétable s'en aperçut. C'était l'officier le plus gradé du royaume et il voulait y voir clair dans cette sale affaire : il prit ouvertement la défense du chancelier. « Altesse, dit-il en s'adressant à d'Évreux, quelle autre traduction serait possible ? » À la courtoisie de ses mots s'opposait le ton péremptoire de la demande. Le prince respira profondément et dit, résigné : « "Si vous ne faites pas amende honorable pour vos fautes, si vous ne vous pliez pas à l'autorité du trône de Pierre, vous serez chassé comme un malpropre." Boniface menace, peut-être, d'excommunier mon frère. Dans ce cas, il serait destitué », admit-il enfin. Ces dernières paroles laissèrent derrière elles un écho lugubre dans le silence profond qu'elles avaient causé. Le visage de Robert d'Artois s'enflamma : « Comment ose-t-il s'adresser ainsi à notre roi ? tonna-t-il, plein de venin. Il y va de l'honneur de la France. Et de nous tous. »

Avant même que les autres aient pu réagir, le comte arracha la bulle papale des mains du chancelier et, avec un geste de mépris total, la jeta dans les flammes de la cheminée. Les autres regardaient avec étonnement ce parchemin se tordre irrémédiablement dans l'âtre, mais leur expression trahissait une sorte de consentement silencieux à ce geste.

« Il faut pourtant agir, murmura Rodolphe de Clermont-Nesle, le connétable de France. Rester impassible devant une telle insulte serait un signe de faiblesse. Si nous ne réagissons pas, Boniface pourrait lancer n'importe quelle action contre l'autorité du roi de France. » Pierre Flotte fit un signe d'approbation au connétable, puis il dit :

« C'est pourquoi j'ai demandé aux gardes de rassembler les gens dans les jardins du palais. Après une longue réflexion, j'ai estimé que toute action directe contre Boniface serait contre-productive pour nous. Il restera pape, du moins pour le moment. Les autres souverains pourraient ne pas aimer une action directe et violente contre lui.

— Et ensuite, Flotte ? »

Le comte d'Artois était animé d'une impatience enragée. « Nous allons laisser le mécontentement contre Boniface grandir, répondit le chancelier. On va laisser croire que notre souverain a été obligé de réagir. Après tout, un roi est aussi un chevalier. Et quand il est provoqué outrageusement… » Comme par magie, il sortit de sa manche gauche un autre parchemin avec un cachet de plomb, un document qui ressemblait en tout point à la bulle papale qui venait de brûler. « Tenez, vérifiez vous-mêmes », dit-il aux autres. Il fit passer le faux document de main en main, qui effectua le même tour que le premier, l'authentique. « Vous remarquerez que personne, à première vue, ne saurait distinguer la bulle de plomb et l'écriture de celles, authentiques, de la chancellerie apostolique. Ce parchemin contient une fausse bulle intitulée *Scire te volumus*, "Nous voulons que vous sachiez." Dans ce document, Boniface adresse à notre auguste seigneur des conditions inacceptables, une véritable gifle. J'ai déjà une traduction prête à être lue à la foule rassemblée dans les jardins, ce matin. Les gens ne connaîtront jamais la bulle authentique, ce sera comme si *Ausculta fili* n'avait jamais été écrite. » Louis d'Évreux ne pouvait pas taire son mécontentement. « Chancelier, êtes-vous vraiment convaincu que ce soit une bonne manœuvre ? Quel serait le but de cette sinistre tromperie ? » Un petit sourire de blâme fleurit sur les lèvres de Pierre Flotte. « Monsieur le prince, ne comprenez-vous vraiment pas ? répondit-il avec un soupçon de provocation. Quand le peuple lira la fausse bulle, quand il sera indigné à la juste mesure, une réponse écrite de Sa Majesté sera distribuée. Dans laquelle, bien sûr, notre seigneur répondra à Boniface en usant du même ton que lui. Au lieu de l'appeler *Vestra Sanctitas*, comme d'habitude, Votre Sainteté, on l'appellera *Vestra Fatuitas*. C'est-à-dire "Votre Idiotie". » Tous les seigneurs rirent avec enthousiasme, un rire fort, un peu rustre, qui leur permit de relâcher la tension. Tous riaient, sauf le prince.

« Je ne comprends toujours pas votre ligne de conduite, dit-il, sombre, mais il sentait déjà qu'il menait une guerre perdue.

— C'est pourtant évident, Votre Altesse. Le peuple exultera en voyant avec quelle hardiesse son roi fait face à ce prêtre indigne, à cet abject usurpateur du trône de Pierre. Quelle que soit l'action que Philippe entreprendra contre le pape, elle sera comprise comme un acte de défense. Comme la sacro-sainte riposte de celui qui a été injustement provoqué et qui ne peut pas supporter l'outrage sans perdre son honneur pour toujours. Est-ce clair pour vous, maintenant ? »

Le prince ravala sa colère, même si cela lui coûtait un terrible effort. Il était en écrasante minorité, seul à vouloir la paix, alors que tous les autres, excités et batailleurs, mouraient d'envie d'entrer en conflit ouvert avec le Saint-Siège. Il se tourna désespérément vers la fenêtre. Un seul homme pouvait éviter la catastrophe ; mais cet homme, c'est-à-dire Philippe, était resté tout ce temps devant la fenêtre, tout absorbé à regarder Dieu sait où. Il n'avait probablement pas entendu un mot de ce qui s'était dit.

« Qu'en dites-vous, madame ? » Perdu au milieu des dernières rangées de l'assemblée, non loin de la porte, le baron de Galard s'entretenait doucement avec la princesse Marguerite d'Évreux, épouse du prince Louis, appelée à la cour par son surnom, « Margot ». Tous deux savaient ce qu'avaient dit les seigneurs du Conseil royal, et que le roi, absent et distant, ne les avait même pas jugés dignes d'un regard.

« Je ne comprends rien à la politique, baron. Je crois cependant interpréter correctement le sens de la posture que mon beau-frère a maintenue pendant tout ce temps.

— Vraiment ? demanda Galard, sincèrement surpris.

— Je n'ai aucun doute, baron. Regardez-le. Il reste à la fenêtre avec les bras tendus et les pieds croisés.

On dirait une pose détendue, propice à d'heureuses pensées ; en fait, cela signifie tout autre chose.

— Je crois comprendre, madame. Le roi s'est placé comme un Christ en croix, selon vous ?

— Vous pouvez en être certain, Galard. Que devrait-il faire d'autre, vu la situation ? »

Le baron se lissa la barbe en méditant.

« Vous n'avez pas tort, Altesse. Le roi doit se sentir aujourd'hui comme un crucifié cloué à son destin : quoi qu'il fasse, il risque de provoquer des conséquences catastrophiques pour le royaume. Obéir aux ordres du pape, c'est oublier les excès de Saisset, qui essaye de déclencher une révolte dans le Sud. Si le roi le libère, il apparaîtra à tous comme un pantin dépourvu de toute autorité et de toute dignité ; un stupide pantin qui baisse son froc devant Boniface, quelle que soit la gravité de l'offense reçue. Cela lui ferait désespérément perdre tout crédit aux yeux de ses vassaux.

— Si, au contraire, il punit l'évêque de Pamiers, poursuivit la princesse, il s'opposera ouvertement au pape. La bulle est explicite : il sera certainement excommunié. Même dans ce cas, ses vassaux se retourneront contre lui. Je pense que c'est pour cette raison que le roi reste ainsi à la fenêtre, feignant de ne rien entendre.

— Bien sûr. Il les laisse faire, il sait que, de toute manière, il n'y a plus rien à sauver. Au besoin, il pourra toujours dire que les représailles contre Sa Sainteté ont été décidées par le Conseil, sans qu'il ait prononcé un seul mot. »

La princesse acquiesça, même si elle n'était pas d'accord sur tout. « Vous avez raison, baron. Il reste que les pensées de Sa Majesté sont dirigées vers autre chose, en ce moment. » Dubitatif, le chef des gardes du Louvre tordit le nez. « Ah bon ? Et à quoi devrait-il penser, à un moment aussi crucial pour la France ? » La princesse Margot inclina légèrement la tête, tandis qu'une ombre de tristesse passait dans ses yeux. « Il pense à son fils, murmura-t-elle. À cet instant même, le prince Louis et dix filles des meilleures familles de France jouent à colin-maillard sur la pelouse des jardins. C'est le roi qui les a invitées. Il ne le dira pas ouvertement, mais je peux lire dans le cœur de mon beau-frère. Il veut voir si son fils montre de la sympathie pour l'une d'entre elles en particulier. Vous me comprenez ? » Galard fronça les sourcils. « Il voudrait que Louis choisisse sa femme, à votre avis ? » La dame acquiesça et le regarda avec une intensité éloquente. « Justement, baron. Et je peux vous dire que ces invitations se répéteront souvent. Le roi ne veut pas que son fils soit condamné au destin qui fut le sien. Se marier dans le seul intérêt de l'État, se trouver lié à une femme que l'on n'aime pas toute sa vie durant. » Pierre de Galard porta son regard sur la silhouette du roi.

« J'aimerais pouvoir vous donner tort, madame, ajouta-t-il avec regret, mais pour mon grand malheur, je suis venu au monde sans le don de l'hypocrisie, qui m'aurait été précieux dans la vie de la cour…

— Alors nous sommes deux, baron, répondit-elle en écho, douloureusement. J'aime réellement mon beau-frère, et je souffre de voir à quel point il est malheureux. Jeanne lui a apporté en dot la couronne de Navarre ; mais Dieu sait à quel point, pour lui, cela a été une couronne d'épines ! »

Il y avait presque un sanglot dans la voix de la

princesse ; de Galard ne répondit pas. Il savait bien que la belle Margot ne mentait pas lorsqu'elle disait aimer vraiment son beau-frère. Elle l'aimait depuis des années, en réalité, avec une dévotion secrète et sans faille qui se nourrissait de baisers imaginaires, de caresses rêvées dans l'ombre de l'alcôve où son corps rencontrait le prince Louis, tandis que son cœur s'envolait au loin pour embrasser l'idée d'être avec Philippe. Elle l'aimait désespérément, la belle Margot. Et elle n'était pas la seule.

Un léger bruissement de soie, difficile à percevoir dans le vacarme que faisaient les cris des seigneurs, arracha le souverain à ses pensées. Il tourna légèrement la tête et fit un geste minime pour saluer sa cousine Mahaut d'Artois. Dans les yeux de la comtesse, il y avait un tumulte d'émotions. « Pardonnez-moi, sire. Puis-je vous parler ? » Sans répondre, Philippe se retourna pour la regarder en face, mais il prit soin de ne pas changer la position de son corps, ce qui, pour les plus avertis des courtisans, était une protestation silencieuse contre l'impuissance frustrante dans laquelle il était obligé de se cantonner à moins de risquer une émeute des grands barons. Une pose de Christ en croix, qui acceptait avec obéissance son destin cruel car il n'avait pas d'autre choix. Les yeux glacés pointés vers elle indiquèrent cependant qu'il était prêt à l'écouter.

« Majesté, avez-vous suivi le discours du Conseil ?

— Chaque syllabe, Mahaut, répondit-il lentement, mais ils ont tort, tous. Parce que *garsio* ne veut dire ni garçon ni malpropre.

— Alors…

— Cela signifie "serviteur", au sens le plus large et peut-être même plus noble du terme. Boniface veut dire que chaque souverain, moi y compris, doit servir l'Église ; s'il ne le fait pas, il peut être destitué du trône. Avec sa bulle, il ne me menace pas de m'excommunier, il se contente de m'avertir. »

La stupeur dilata ses grands yeux verts d'une transparence cristalline. « Pourquoi n'intervenez-vous pas, alors ? Votre parole peut mettre fin au conflit, Majesté. »

Philippe haussa le sourcil droit, un signe de doute évident.

« Le conflit est inévitable, déclara-t-il avec une pointe de regret, et ne dépend certainement pas d'une traduction du latin.

— Mais comment, sire ? Si vous connaissez la vérité… »

Le roi secoua la tête. « Chacun tire de l'eau à son moulin, Mahaut, dit-il amèrement. Le chancelier souhaite que la France rompe avec le Saint-Siège, parce que cela lui donnerait un prétexte pour retenir l'argent de la dîme, ce qui représente un chiffre énorme. Ce serait une aubaine pour les caisses du Trésor. Quant à Louis, mon demi-frère dévoué, il travaille pour la paix, c'est vrai ; mais ne pensez pas un instant qu'il le fasse sans arrière-pensée. »

Déconcertée par ces propos, la belle comtesse regardait alternativement le roi et les seigneurs du Conseil qui poursuivaient leur discussion animée.

« Pourquoi ferait-il cela ? demanda-t-elle.

— C'est très simple, Mahaut. Louis est mû par le même intérêt qui retient mon frère Charles à Rome, bien que les relations entre la France et la curie soient au bord de la rupture.

— Pardonnez-moi, sire. Je n'arrive pas à vous suivre. »

Philippe serra les lèvres dans un rictus qui exprimait son dégoût, avant de murmurer doucement : « Charles veut la couronne de Sicile, qui est un fief pontifical, et, pour l'avoir, il doit amadouer le pape. C'est de là que vient sa vertu de bon chrétien, sa ferme dévotion au Saint-Siège. Boniface finira par lui donner la couronne, tôt ou tard, et si ce n'est pas lui, ce sera peut-être un autre pape. Il va de soi que Charles, une fois monté sur le trône de Sicile, devra céder tous les grands fiefs français qu'il a reçus en apanage en tant que fils puîné du roi. L'intégrité du royaume ne peut être fragmentée. »

Les yeux de la comtesse s'agrandirent comme deux étoiles mourantes au moment où elle entraperçut l'atroce vérité. « Mon Dieu ! s'exclama-t-elle. Si Charles devient roi de Sicile, les grands fiefs qu'il détient actuellement passeront à l'autre fils de Philippe III, votre demi-frère, Louis d'Évreux. Le comté d'Anjou et celui du Maine, sans oublier les petits fiefs… Louis aurait entre les mains un patrimoine presque aussi grand et puissant que le vôtre. »

Il y avait une intense satisfaction dans le regard du souverain d'avoir trouvé quelqu'un qui sache enfin regarder derrière le voile des apparences et réussisse à discerner la véritable nature du problème. De la satisfaction, et même une pointe de gratitude. « À ce moment-là, admit Philippe, il pourrait être difficile de dire qui est vraiment le souverain en France. De déterminer qui, concrètement, commande. »

De plus en plus égarée, mais admirative de la subtilité du roi, Mahaut se laissait emporter par la vague de ses pensées. Finalement, elle saisit le but de la singulière stratégie de son cousin. « Est-ce pour cela que vous restez là, impassible, devant la fenêtre ? demanda-t-elle anxieusement. Vous laissez votre frère Louis décider pour vous et diriger le débat. Il peut ainsi satisfaire son goût pour le pouvoir sans entrer en conflit ouvert avec vous, sans afficher la volonté de prendre votre trône. »

Philippe esquissa un sourire plein de désenchantement. « En fait, plus je le regarde, dit-il en regardant son demi-frère, plus je l'entends parler, plus je comprends qu'il n'est pas fait pour être roi. Il s'est immédiatement mis en minorité par rapport aux autres. Son mensonge à propos de ce *garsio* partait d'une bonne intention, et s'est révélé être une erreur fatale : il a seulement réussi à se couvrir de ridicule. Pauvre Louis, il ne me laisse pas le choix. La couronne est un fardeau que je devrai porter encore longtemps sur les épaules. Seule la mort m'en libérera, si Dieu le veut. » Le timbre de sa voix, qui semblait invoquer la fin comme un soulagement, émut le cœur de la comtesse et la fit trembler de peur. « Ne parlez pas ainsi ! supplia-t-elle. On doit bien pouvoir faire quelque chose pour se sortir de ce mauvais pas ! » Philippe regarda fixement sa cousine. Un silence complice s'était installé entre eux ; ils se faisaient face, mais ils étaient alliés dans la même guerre. « Il y a toujours un moyen, Mahaut, murmura le souverain, mais il est parfois nécessaire de faire le mal pour obtenir un plus grand bien. Et il n'y a pas de plus grand bien, pour moi, que le bien de mon pays. »

La comtesse le vénérait de ses yeux verts vibrants. Lorsqu'il lui montrait sa confiance, Mahaut oubliait soudainement toute hésitation et l'amertume du doute qui la faisait se tourner dans son lit pendant ses longues nuits blanches. « Voilà pourquoi je vous admire tant,

Votre Majesté, dit-elle dans un souffle ténu. Je suis tout à vous. Corps et âme. »

Le roi acquiesça, heureux de cette docilité sur laquelle il était certain de pouvoir compter, et la récompensa en lui accordant une ébauche de sourire. Peu de gens, sur terre, pouvaient dire qu'ils avaient vu ces lèvres, toujours serrées et amères, s'ouvrir légèrement et s'adoucir pour eux.

« Nous devons nous voir seuls, murmura-t-il doucement. J'ai besoin de vous, ma cousine. J'ai besoin *de toi*, Mahaut ! »

2

La vicomtesse d'Hesdin voulait être gentille avec son sourirc dc rufian ; cn rćalitć, son long visagc transpirait l'hypocrisie subtile et haineuse à laquelle étaient habitués les courtisans au savoir-faire accompli. Et pourtant, elle n'était pas au Louvre depuis longtemps !

Trois ans auparavant, à son arrivée à Paris, elle ressemblait à une petite paysanne un peu rêche et hirsute ; Mahaut d'Artois s'était donné pour mission personnelle de la dégrossir, puis de l'instruire dans l'art difficile du mensonge déployé avec style. Satisfaite du résultat, elle l'avait élue première dame de compagnie. Forte de cet apprentissage rapide mais efficace, la vicomtesse exhibait à la souveraine son expression de fausse gêne, parfaite pour la rendre suspicieuse et attiser son dédain.

« J'ai dit que je devais voir la comtesse d'Artois, c'est urgent, répéta la reine sur un ton péremptoire.

— Je suis désolée, madame. On m'a interdit de laisser passer qui que ce soit.

— Pourquoi ? Mahaut est-elle en train de se baigner ? »

Sourire diabolique de la dame. « Non, madame. Cependant je crains qu'elle ne soit pas habillée… »

Il était évident, étant donné le ton allusif digne d'une romance vulgaire, que la comtesse recevait un amant, puisque son mari était dans le Nord pour le compte du souverain. Et si, par hasard, ce dernier l'avait envoyé exprès en mission pour s'en débarrasser et profiter de sa femme ? Le teint pâle de Jeanne s'enflamma. « Peu importe si elle est nue, protesta-t-elle. Je suis une femme, comme elle. »

À ce moment-là, la vicomtesse d'Hesdin serra ses deux mains sur la poitrine dans une pose hautement dramatique.

« Non, madame, je vous en prie. Vous voyez, la comtesse n'est pas seule. Et la personne qui est avec elle dans sa chambre à coucher a une telle autorité, un tel rang que…

— Elle ne peut pas avoir un rang plus élevé que le mien, dit-elle. Je suis la reine de France ! »

Madame d'Hesdin ne prononça pas une syllabe, mais ses petits yeux pervers et ses lèvres entrouvertes comme pour retenir une chose évidente mais qu'elle prétendait ne pouvoir dire même sous la menace envoyèrent un message très clair à Jeanne : elle avait grandement tort. Bien qu'elle fût reine de France, la personne qui se trouvait dans la chambre de Mahaut possédait une dignité sans aucun doute supérieure à la sienne. Et un seul individu dans tout le pays pouvait avoir cette qualité : le roi.

La colère décuple la force et annihile la faculté de raisonnement. D'un geste brutal, Jeanne libéra le chemin en envoyant la vicomtesse contre un mur ; malgré le choc, la dame garda sur son visage son petit sourire agaçant de satisfaction maligne. Jeanne franchit au pas de course l'espace qui allait du couloir jusqu'à la chambre matrimoniale. Elle avait dans la poitrine un orage qui emplissait son visage de larmes et son cœur de malédictions. Elle arriva devant la porte fermée, prête à la frapper de ses poings, à la briser si nécessaire.

Et puis, tout à coup, elle réalisa à quel point sa position était inconfortable. Que ferait-elle devant l'image de leurs deux corps, nus au lit, peut-être déjà engagés dans une étreinte ? Elle avait une envie furieuse de sauter au visage de Mahaut, de la griffer de ses ongles. Elle lui aurait crevé les yeux sans l'ombre d'un remords. Ces yeux si volontaires et intrigants qui ensorcelaient. Mais lui ? Comment réagirait-elle, sous son regard ? Avait-elle vraiment envie de faire face à la douleur, à l'humiliation, au mépris qu'il lui aurait jeté au visage en la voyant se couvrir de ridicule ?

Non, Jeanne ne pouvait pas. Elle se jeta de dos contre la porte, ferma les yeux et pria avec la force du désespoir. Qui sait, une voix du ciel viendrait peut-être à son secours. Ce moment de désespoir eut le pouvoir de lui rendre un peu de sa lucidité. Ses pensées renouèrent avec la logique et retrouvèrent des chemins plus sûrs. Il lui sembla alors improbable que Philippe fût assez insouciant pour venir en plein jour au palais du comte d'Artois pour baiser sa femme. Trivial et risqué, un tel comportement ne lui ressemblait décidément pas. Mais que pouvait-elle imaginer d'autre ?

La reine colla l'oreille au bois de la porte. La voix du roi était distinctement audible, mais il ne semblait guère être engagé dans des excès d'émotions d'aucune sorte. Froid, rationnel, pragmatique. Le timbre de sa voix rappelait un instrument parfaitement accordé. On aurait pu croire qu'il dictait une lettre à l'un de ses secrétaires, ou qu'il exposait un plan de guerre. Lentement, de plus en plus intriguée, Jeanne se baissa pour regarder par le trou de la serrure. Elle vit le vaste espace de la chambre majestueuse, le grand lit orné de lourds rideaux de soie rouge ; son cœur monta au ciel en voyant qu'il n'était pas défait, que les couvertures étaient parfaitement lissées, comme les avait laissées la main d'un serviteur méticuleux. Près de la fenêtre, afin de profiter pleinement de la faible lumière de ce matin d'hiver, Philippe et la comtesse d'Artois étaient assis face à face. Il portait ses somptueux vêtements royaux ; elle était serrée dans une robe en soie émeraude qui faisait ressortir le vert de ses yeux. Entre eux, il y avait un échiquier où des pièces avaient déjà été déplacées ; cependant, ce n'était pas le jeu qui les occupait, mais plutôt le sujet de la conversation.

« Le pape est enclin à l'excommunication », disait le roi. Il y avait comme un souffle de tristesse et de colère dans sa voix. Quelque chose le blessait profondément et sapait l'énorme capacité de maîtrise de soi qui en faisait généralement un adversaire redoutable. Visiblement, Mahaut voulait profiter de cette faiblesse momentanée. Douce, débordante de compréhension, elle se présentait comme une magnifique proie, mais en réalité elle était aussi redoutable qu'un grand félin en embuscade. « Majesté, ce serait différent si votre femme vous apportait le soutien qu'elle vous doit. Mais Jeanne ne comprend pas. Elle n'est pas française. Elle ne sait pas combien nous aimons notre patrie sacrée, au point d'être capables du sacrifice extrême pour la sauver. »

La comtesse déroula astucieusement un long discours qui insinuait que Philippe avait commis une grave erreur en épousant une étrangère. Les courtisans faisaient l'éloge de la grâce éthérée de Jeanne, qui la faisait ressembler à un papillon coloré, mais pour la même raison, ils la plaignaient, car la fragilité de ces créatures transparentes de l'air était bien connue. Elles mouraient si l'on touchait leurs ailes irisées. Aucun d'entre eux n'avait réellement compris la vraie nature de la Navarraise : ses ailes étaient en acier, et quiconque pensait pouvoir les toucher finissait par se briser les doigts. Le jeune héritier du trône de France n'était pas sa seule victime, mais certainement la plus illustre. En lui jurant un amour éternel, une loyauté perpétuelle, elle l'avait leurré et pris au piège. Elle l'avait assiégé de sa patience implacable d'araignée, elle s'était agrippée à lui comme un lierre tenace qui pousse à vue d'œil, au point de l'étouffer avec la fausse tendresse de ses ramifications entreprenantes. Et que devait-il faire maintenant, sinon trouver une compagne plus dévouée et respectueuse ?

Philippe écouta en silence la formidable tirade de Mahaut, son visage exprimant une distance vaguement ravie ; il approuvait sûrement le portrait de sa femme que faisait la comtesse à huis clos. Le portrait d'une femme très douée pour jouer la victime, mais capable de stratégies sophistiquées, voire tortueuses, si c'était nécessaire. Le souverain sembla acquiescer, mais seul Dieu tout-puissant sait quelle était la vraie couleur de ses pensées à ce moment-là. « Arnaud de Villanova », murmura en effet le roi, brisant le silence de ses réflexions. Mahaut fut déçue ; elle aurait souhaité que le dialogue continue sur des sujets plus affectifs et privés.

« Pourquoi est-ce si important, sire ? Vous en parlez avec le ton grave qui conviendrait à une guerre.

— C'est exactement ce qui pourrait arriver.

— Oh, mon Dieu ! Mais c'est juste un vieil érudit… Pourquoi a-t-il autant de pouvoir, sire ?

— Il y a plusieurs raisons. Pour le moment, le problème le plus urgent concerne une théorie médicale. Une leçon académique que le vieil homme devait tenir à la Sorbonne, il y a deux ans.

— Une leçon académique ? À propos de quoi ?

— La démonstration selon laquelle les hommes coupables de sodomie sont capables de générer des enfants en bonne santé, pouvant survivre. »

La comtesse semblait perplexe.

« Arnaud de Villanova… murmura-t-elle. Je me souviens de lui. Il jouissait d'une grande réputation parmi les médecins de Paris. Mais qu'est-ce qui vous fait penser que les Arts auraient accepté sa théorie ? C'était juste une théorie. Qui plus est, en rupture totale avec la tradition de l'Église. »

Philippe leva légèrement un sourcil.

« Il y avait, bien sûr, un accord derrière cela, dit-il. Tous les docteurs des Arts les plus accrédités, à commencer par mon chirurgien Henri de Mondeville, auraient accepté la thèse d'Arnaud. Ils ne pouvaient pas refuser. Le Catalan fournissait, d'ailleurs, d'excellentes raisons.

— D'excellentes raisons médicales, Votre Majesté. Pourquoi pensez-vous que l'Église les aurait acceptées ? »

Philippe le Bel eut un mouvement à peine perceptible des lèvres ; un sourire, selon le code de ses mimiques personnelles.

« Même les théologiens de la Sorbonne y étaient prêts, dit-il. Le recteur m'a juré une loyauté inconditionnelle. Et il aurait confirmé la théorie sur la base d'un argument irréfutable.

— Puis-je demander quel est cet argument ?

— Il s'agit du personnage biblique de Loth. Loth, neveu d'Abraham, a grandi à Sodome, où certaines pratiques n'étaient pas une faute. Et pourtant, il a engendré des filles en très bonne santé. »

Les yeux transparents de Mahaut d'Artois scintillèrent d'admiration. « C'est brillant, sire ! Personne ne peut contester la vérité de ce qui vient des Saintes Écritures. Mais pardonnez-moi… Qu'est-ce que tout cela a à voir avec vous ? » Le roi fronça les sourcils, regarda dans le vide ; et lentement, par des métaphores et des périphrases éloquentes, il la conduisit au cœur du problème.

Un an avant sa venue au monde, un chevalier de Franche-Comté, fief de l'empire, était venu à Paris. Il s'appelait Gauvain de Longwy, il était beau, grand, blond, avec des yeux d'un azur foncé et intense qui faisait tourner la tête aux femmes. À cette époque, le roi Philippe III était déjà accusé d'entretenir des relations intimes avec son chambellan, Pierre de La Brosse. Un grand homme, ce La Brosse, qui avait pourtant eu la mauvaise idée de tomber amoureux du roi et de l'initier à des plaisirs contre nature. La pauvre reine Isabelle d'Aragon, de plus en plus seule la nuit et aussi belle qu'une rose de mai, avait attiré l'attention et l'empressement du chevalier de Longwy, disait-on. Des mois plus tard, elle mit au monde un merveilleux enfant, blond, aux yeux de ce même bleu si rare qui virait au violet.

Pétrifiée, Mahaut trouva le courage de se rebeller contre cette atroce nouvelle. « Mais sire, sainte Élisabeth de Hongrie avait des yeux comme les vôtres et elle était la sœur de votre grand-mère. Vous avez du sang slave dans vos veines. Qui sait combien de vos ancêtres avaient des yeux de la même couleur ! »

« Certainement, pensa Jeanne en se recroquevillant derrière la porte, mais les Français ignorent ce détail. Monseigneur Saisset le sait et en profite, il a les coudées franches pour faire savoir que le roi n'est pas le fils légitime de Philippe III... » Voilà donc ce qui s'était passé. Son mari avait travaillé habilement pour surmonter cet obstacle, il avait su réunir autour de lui la loyauté des plus hautes personnalités intellectuelles de France, et même obtenu l'approbation des théologiens de la Sorbonne... Mais il manquait encore la preuve essentielle que devait fournir Arnaud le Catalan.

Jeanne serra le poing et se mordit l'index, en proie à une féroce indécision. Que devait-elle faire, maintenant ? Pénétrer dans la pièce et les surprendre ? Philippe n'avait jamais fait, devant elle, son épouse, la moindre allusion à cette affaire terrible. Il s'en ouvrait à la comtesse d'Artois et lui demandait probablement de l'aide. C'était bel et bien une trahison, même si elle ne passait pas par l'alcôve. Leur complicité n'en était que plus grave. Elle sut se dominer ; son cœur risquait d'éclater de colère. Elle imagina ne plus être elle-même, mais une autre personne, étrangère à cette situation, appelée à regarder les faits derrière le verre transparent de l'indifférence et à les juger pour ce qu'ils étaient exactement.

Premièrement : Philippe était allé chez Mahaut vêtu de ses habits d'apparat, ceux qu'il portait lors de cérémonies officielles devant les délégués étrangers. À l'annulaire droit, il arborait l'anneau royal avec le très rare diamant bicolore, l'objet le plus symbolique et le plus représentatif de sa dignité particulière. Il se présentait devant la comtesse comme son souverain et son seigneur ; il ne lui demandait donc pas son aide sur un pied d'égalité. Quelle que fût sa requête, Mahaut devait lui obéir en vertu du serment féodal. Cela ne ressemblait guère à une démarche amoureuse… Non, la vérité était d'une autre nature : la comtesse d'Artois gouvernait le fief le plus riche et le plus stratégique du royaume ; elle pouvait donc assurer l'obéissance et le dévouement de tous les autres vassaux, qui n'auraient jamais osé s'opposer de peur d'être écrasés par les forces conjointes de l'armée d'Artois et de celle de France.

Mahaut n'avait peut-être pas compris le sens de ces subtilités qui faisaient la force de la langue secrète qu'employait le roi avec les autres, du moins avec ceux qui pouvaient le comprendre, lui et sa perception des sujets particulièrement sensibles. L'habile comtesse devait faire attention. Quand l'existence mettait le roi dans des situations délicates, il se défendait de la seule manière que la vie elle-même lui avait enseignée : engager ses ressources intellectuelles hors du commun à la recherche du moyen le plus rapide de sortir de l'impasse. Lorsque cela se produisait, Philippe le Bel devenait une redoutable machine de mort. Aucun amour ni aucune passion ne pouvait le retenir. La redoutable Panthère d'Artois pourrait trouver devant elle une bête encore plus féroce et redoutable.

C'était surtout le déroulement de cette affaire dans le temps qui semait dans l'esprit de Jeanne un soupçon particulier. Depuis des semaines, son mari s'était détaché d'elle au point de lui parler à peine, de faire tout son possible pour l'éviter, même dans les couloirs du Louvre. Depuis des semaines, il se battait avec cette inquiétude secrète à propos de sa naissance d'un homme que beaucoup croyaient incapable de produire des enfants en bonne santé. Et si c'était la peur, ce fantôme qui le tourmentait ? Et si par hasard il l'avait éloignée parce qu'il avait honte de lui-même ? Craignait-il que Jeanne, sans doute aucun, petite-fille de Saint Louis, puisse le voir finalement comme un homme au sang d'origine incertaine, indigne d'elle ? Si tel était le cas, la distance qu'il avait mise entre eux n'était pas une vengeance contre une femme désobéissante, mais une mesure de prudence pour conjurer la douleur insupportable du mépris. Mais était-ce possible ? Croyait-il qu'elle l'aimait pour la couronne qu'il portait sur la tête, pour son manteau parsemé de lys d'or ?

Après des années de mariage, quand ils se croisaient de loin avec leurs dignitaires respectifs, dans la galerie du palais, elle devait retenir son souffle pendant quelques instants et implorer Dieu pour qu'il lui pardonnât les pensées impudiques que son imagination déchaînait en un seul regard. Chaque fois, elle pâlissait et sentait ses entrailles gémir de désir, car elle ne pouvait s'empêcher d'imaginer la perfection de son corps nu. Était-il possible qu'il ne l'eût jamais compris ?

Après tout, même les individus les plus intelligents, les plus brillants, devenaient maladroits au point de friser la stupidité face à ce qui ébranlait leurs certitudes les plus solides. Il avait l'habitude détestable de se rendre insaisissable, voire hostile, lorsqu'il se sentait en grave danger, avec l'instinct des bêtes féroces qui voulaient mourir dans un recoin sombre et solitaire. Il était incapable de demander de l'aide ou même d'exprimer ses faiblesses ; peut-être parce que dans sa malheureuse enfance, semée de traumatismes qui auraient anéanti n'importe qui d'autre, personne ne lui avait jamais tendu la main pour l'empêcher de tomber. Aujourd'hui encore, il se voyait ainsi : un garçon menacé dans l'ombre par mille pièges, qui s'en sort seul, ou qui succombe.

Quelle tragédie, pensait Jeanne, que le plus bel homme du monde fût aussi le plus difficile à aimer… Désormais, elle savait ce qui déchirait secrètement le cœur de son mari. Il avait peur pour lui-même, mais plus encore pour leurs enfants, qui, au lieu d'être les descendants de la lignée la plus célèbre du monde chrétien, pourraient soudainement devenir une bande de vulgaires bâtards. Maintenant, Jeanne savait, et l'idée qu'il pouvait avoir une maîtresse lui semblait soudain ridicule. Comment l'aider avant que l'irréparable se produise ?

3

Sonneries de trompettes. Roulements de tambours. C'était le début d'une journée cruciale pour la France. Sa Majesté avait convoqué le Parlement pour décider du sort de l'évêque rebelle. Les pairs de France allaient peut-être mobiliser l'armée, et les dix mille chevaliers fidèles à la Couronne se déverser dans le Sud du royaume pour ramener à la raison les vassaux en révolte par les arguments de la force. Tous les grands barons seraient bientôt réunis sous le commandement du souverain. Ils allaient se rassembler hors des murs de la capitale, chacun à la tête de ses troupes en attendant l'arrivée de Sa Majesté le roi, qui n'était pas un individu, mais tout le peuple de France. Pas un homme, mais vingt millions de sujets. L'abbé de Saint-Denis aurait extrait du trésor la précieuse épée Joyeuse ayant appartenu à Charlemagne et la couronne de Saint Louis, sertie de saphirs. Les deux maréchaux de France allaient venir escorter l'oriflamme, la bannière glorieuse de la patrie qu'il fallait défendre au prix de la vie ; parce que la monarchie était basée sur le droit du sang, et pour le défendre, le sang devait être versé. Même celui du roi, si nécessaire, et de tous ses guerriers. La capitale était en ébullition, et beaucoup avaient des sueurs froides dans les salles du Louvre.

« Ils vont bientôt arriver, Majesté. Êtes-vous prêt ? » demanda Alphonse de la Cerda. Son cousin hocha la tête. Ce n'était pas vrai. Il ne serait jamais prêt pour ce moment-là.

« Avez-vous dormi, au moins ? demanda le Castillan.

— Je n'ai pas fermé l'œil. »

Des pas décidés résonnèrent dans le couloir. Ils arrivaient, aussi nombreux qu'une armée. Des gouttes de sueur coulaient sur les tempes du roi. C'était absurde, mais il ne pouvait rien y faire. Ses émotions devenaient incontrôlables à l'approche de la transition fatale qui allait bientôt avoir lieu. Il souffrait intensément, chaque fois, avant ce moment ; il avait toujours souffert, depuis le jour où il était devenu roi.

Des coups frappés à la porte le firent sursauter. Philippe lança un regard alarmé à son cousin, qui était un appel au secours. Alphonse était la seule personne sur terre que le roi de France estimait assez pour lui montrer ses faiblesses d'homme, car son cousin ne l'aurait trahi pour rien ni pour personne au monde. C'était pour cela qu'à ce moment précis, il découvrait toutes les cicatrices qui marquaient son âme, dure comme l'acier, mais torturée. Alphonse, cependant, ne pouvait d'aucune façon l'aider. Il était incapable d'empêcher la douloureuse et mystérieuse métamorphose qu'allait subir la personne de son cousin. Le Castillan ne pouvait que lui offrir toute la chaleur de son amitié et lui faire ainsi savoir, une fois encore, qu'il resterait à ses côtés, quoi qu'il advînt ; puis il s'éloigna et ouvrit la porte. Le rite, aussi ancien que la monarchie française, commençait.

Une foule de grands seigneurs entra : des courtisans, des dignitaires qui apportaient à Sa Majesté les hommages des artisans et des hommes d'armes, des paysans et des marchands. Le tribut d'une multitude qui combattait dans les guerres du souverain et en payait les frais, soutenant ses guerriers à la sueur de son front. Il était devant eux, il leur faisait face, seul, nu, vêtu d'un simple caleçon dont il avait voulu s'habiller, seul.

Alphonse de la Cerda se retira près de la fenêtre. Étranger, il ne pouvait pas participer au rituel, mais devait se taire et observer de loin ce long cérémonial solennel : la parure du roi de France. Inévitable, ponctuée d'actes précis, dont chacun avait une forte valeur symbolique en mémoire du rite célébré près de vingt ans auparavant dans la cathédrale de Reims.

Philippe se revoyait en ce jour lointain, mais gravé dans sa mémoire en caractères de feu indélébiles. Le jour où sa vie avait changé pour toujours et où Philippe de Fontainebleau était devenu le monarque le plus craint du monde chrétien. Il était entré dans la cathédrale de Reims. Il n'avait que dix-sept ans, mais tout le monde reconnaissait en lui les présages de la majesté ; par la manière dont il regardait les autres, par la maturité précoce de son intelligence qui ne concédait rien aux désordres si communs chez les adolescents, par sa noblesse et son talent de cavalier. Admiré de tous, il s'était dirigé vers le maître-autel d'un pas solennel et cadencé, un pas d'empereur. L'héritier du trône s'était avancé vers l'archevêque, parfaitement calme et maître de soi ; aucune des personnes présentes ne pouvait imaginer la peur qui régnait dans son cœur.

Les principaux barons du royaume lui apportèrent le *solium*, le siège royal sacré placé à l'entrée du chœur et recouvert d'une toile entièrement tissée d'or pur, tandis que le chambellan portait la chemise de linon qui passa de main en main parmi les grands seigneurs qui l'embrassèrent avec dévotion à l'endroit où était brodé le monogramme avec les initiales du nom de Jésus-Christ. Parce qu'il n'y avait pas de pouvoir qui ne venait pas d'en haut.

Tandis que les grands dignitaires habillaient le futur monarque de la tunique de pourpre et d'azur, l'archevêque de Reims invoquait, avec sa suite de clercs psalmodiants, la grâce divine sur lui afin que Dieu le guide toujours et lui accorde la sagesse de tenir les rênes du pouvoir avec fermeté et justice.

La procession avec la sainte ampoule traversait toute la cathédrale. Tous les rois capétiens avaient été consacrés avec ce chrême descendu du ciel par miracle. Les rois thaumaturges, oints par le Seigneur comme David, comme les souverains d'Israël qui étaient l'image et la préfiguration du dernier et vrai Messie, le Roi des rois.

Humble avec son visage sur le sol, prosterné devant Dieu, le jeune prince se leva pour être oint sept fois, sept comme les dons du Saint-Esprit. Désormais, son corps ne lui appartenait plus, mais il devenait un véhicule de la grâce divine et un instrument de guérison marqué par Dieu du sceau invisible du charisme. Son corps était à présent un objet sacré à conserver inlassablement pur et exempt de péché. Maintenant rhabillé, le jeune Philippe priait. Assis sur le trône, il invoquait Dieu les mains jointes, tandis que les grands dignitaires attachaient les boucles de sa tunique et lui posaient sur les épaules son manteau doublé d'hermine. Il ne lui restait plus qu'à tendre les mains pour recevoir l'anneau de justice, premier emblème du pouvoir, et le sceptre d'or béni par l'archevêque. Philippe de Fontainebleau n'avait que dix-sept ans ce jour-là ; mais tout à coup il était devenu un autre, un vieil homme que tous les Français appelleraient Père.

Même aujourd'hui, dans sa chambre, désormais vêtu de ses habits inestimables, le roi était agenouillé. Comme Jésus à Gethsémani, il priait Dieu intensément et secrètement pour que le calice amer passât loin de lui, si cela était possible ; mais il jurait qu'il se plierait avec obéissance sous le poids de la volonté divine. Les douze pairs de France s'approchèrent de lui et posèrent sur la tête du souverain la même couronne qu'ils avaient auparavant mise sur la tête de cet adolescent intimidé, mais déjà conscient de son rôle. La couronne sacrée de Saint Louis pesant près de dix livres, sertie de saphirs et de durs devoirs. Les pairs tendirent leurs mains, tous ensemble, pour la toucher. Tous fidèles au souverain, pour le bien du pays ; car c'était d'eux que le roi tirait sa force.

Philippe respira profondément. Le moment intense et émouvant était passé ; le moment dramatique où il se demandait, chaque fois, s'il était possible de se débarrasser du fardeau accablant auquel la vie l'avait condamné. De la couronne qui avait reposé sur la tête de tous ses ancêtres émanait une force mystérieuse qui avait le pouvoir secret de forger sa trempe à nouveau, et de faire disparaître en un instant toutes ses peurs. Comme eux, hommes égaux aux autres mais appelés à un destin supérieur, il avait le devoir de se battre et de gagner toutes les batailles que le destin l'obligeait à soutenir. Et il allait le faire, à n'importe quel prix.

Il rouvrit les yeux : ils n'étaient plus inquiets, désormais, mais redoutables et inébranlables. C'étaient les yeux d'un maître exigeant, pointés sur les hommes et les choses. Philippe de Fontainebleau n'existait plus, il n'y avait que le roi de France qui ne s'arrêterait devant rien pour le bien de son royaume.

Alphonse de la Cerda avait retenu son souffle pendant quelques instants, sidéré par la transformation. Son cousin n'entrait pas dans d'autres habits ou dans un autre rôle, il était entré dans une autre peau. C'était Philippe le Bel, dans toute son effrayante dimension royale. Dans le corps. Dans le cœur. Dans l'âme. Les barons, les dignitaires, les seigneurs qui avaient le droit d'accéder à la chambre royale étaient tous partis. Le moment crucial était arrivé : il fallait décider.

« Je vous en prie, Majesté. Nous devons partir », dit Alphonse. Philippe se déplaça lentement dans son lourd manteau parsemé de lys d'or. Sur le seuil, un valet vint se précipiter à ses pieds. « Un moment, Majesté, dit-il, à bout de souffle. Le courrier du cardinal Lemoine vient d'apporter ce pli. » L'objet passa des mains du serviteur à celles du souverain, qui le saisirent très calmement, comme celles d'un chirurgien. Philippe le regarda attentivement : il s'agissait d'un petit paquet de papier ordinaire fermé par une ficelle très modeste, sans cachet ni autre signe extérieur. Trop rebondi, cependant, pour être une simple lettre. Le cœur lourd, le roi pensa à la seule chose plausible à la lumière de sa longue expérience du pouvoir : le pli devait contenir une lettre secrète du pape.

4

La foule commençait à remplir le parvis de Notre-Dame. Un murmure inquiet traversa la cohue de têtes nues ou couvertes de riches chapeaux, d'humbles casquettes d'ouvrier, de voiles de femme, de tonsures roses de religieux.

« Ils sont agités par quelque nouvelle ; mais laquelle ? » pensa Bernard Saisset, évêque de Pamiers, protagoniste incontesté des chroniques nationales depuis quelques semaines. Selon toute vraisemblance, le fait le concernait ; il s'accrochait donc aux grilles de fer du palais épiscopal, où il avait été invité pendant un certain temps, bien qu'il aimât se déclarer prisonnier du roi de France. Ce sinistre tyran capable de mépriser n'importe quelle loi. Capable d'outrager sans retenue l'autorité sacrée du souverain pontife romain.

La porte s'ouvrit et le grincement des charnières fut suivi d'un bruissement discret de tissus sur la pierre du pavement. Saisset se retourna et salua monseigneur Simon Matifort, évêque de Paris, et son hôte depuis quelques semaines. Bernard Saisset était petit, dodu, et avait la peau sombre, et comme il s'efforçait de se tenir droit pour souligner son autorité ou pour avoir l'air plus grand, il ressemblait à l'un de ces drôles d'oiseaux, au bec recourbé et à l'air farouche, qui ne sont que des ventres tout ronds sur leurs pattes menues. Devant lui, Simon Matifort, grand, athlétique et doté d'une voix puissante de prédicateur, offrait un contraste saisissant. « Il y a une grande excitation sur la place, dit Saisset, fermant à demi ses petits yeux intrigants. Savez-vous de quoi ils parlent ? »

Monseigneur Matifort plissa les lèvres dans une grimace de prudente réprobation. Il ne pouvait rien se reprocher, en fait, il s'était conformé avec une efficacité louable aux tâches qui lui avaient été confiées, et auxquelles il était tenu malgré sa très inconfortable position qui le rendait, en tant que prélat de Paris, soumis à la fois aux ordres de Boniface VIII et aux désirs de Philippe le Bel. Des désirs qui, comme chacun le savait dans toute l'Europe, étaient bien plus que des ordres et exigeaient une obéissance immédiate.

Matifort avait tout fait pour apaiser la colère de Sa Majesté en défendant *mordicus* la position de monseigneur Saisset. Dans son cœur, cependant, il savait bien que Saisset avait abondamment remué des eaux troubles. Il n'avait pas laissé échapper la moindre occasion pour attiser contre le souverain les braises du mécontentement. « Ce grand fils de putain, l'avait-il entendu dire en parlant du roi, fils de cette putain espagnole ! »

Depuis les prisons royales où il avait été emprisonné, Saisset ne faisait que crier aux quatre vents de terribles infamies sur le compte du roi, révélant des secrets de sa vie privée qui faisaient dresser les cheveux sur la tête. Le faire sortir de prison avait été une idée brillante, un véritable chef-d'œuvre diplomatique de monseigneur Matifort ; il l'avait donc conduit dans sa propre maison, un expédient qui, au moins, avait limité cette avalanche d'injures aux murs du palais épiscopal. Cependant, la vie quotidienne était devenue un calvaire depuis que Saisset était là, et le calme un rêve désormais très, très lointain. Puis, comme un rayon de soleil perçant le rideau noir de nuages après la tempête, une lettre était arrivée de la curie romaine.

À monseigneur Simon Matifort, évêque de Paris, cher frère en Christ.

Arnaud de Villanova m'a envoyé ce pli de feuilles fermées et scellées, dont j'ignore le contenu ; je vous demande en tout cas de les remettre au chevalier Philippe de Fontainebleau. Le message peut apaiser l'âme du roi de France au point de le rendre beaucoup plus malléable sur l'épineuse question de l'évêque de Pamiers, dont la garde est un lourd fardeau posé sur vos épaules.

Je crois ainsi avoir exaucé la prière que m'a adressée le cardinal Matteo d'Acquasparta, dans l'intérêt commun de protéger la paix dans l'Église en résolvant le grave conflit qui ruine les relations entre la France et le Saint-Siège.

Je ne sais pas qui est le dénommé chevalier de Fontainebleau et quelles relations il a avec Sa Majesté le roi de France, mais vous, Matifort, qui connaissez mieux le souverain et sa cour, vous saurez peut-être où le trouver.

† Franciscus, Sanctae Mariae in Cosmedin

Bien sûr, Matifort savait où trouver le chevalier de Fontainebleau. Il était, sans vergogne, reconnaissant au neveu du pape Boniface d'avoir obtenu ces papiers du Catalan, et il pria Dieu de lui donner la santé et une longue vie. Francesco Caetani n'était certes pas un modèle de sainteté, mais sa médiation avait sauvé la paix dans l'Église en évitant un évènement catastrophique.

« Bonnes nouvelles ? » lui demanda Bernard Saisset d'un ton vif. Il avait remarqué que la lettre entre les mains de Matifort portait un somptueux sceau de cardinal, ce qui signifiait qu'elle venait de la curie. « Monseigneur, répondit Matifort, je crois que votre affaire est en train de bouger à Rome. On m'informe que Sa Sainteté a pris une décision. » Saisset serra le poing de sa main droite en signe de victoire. « Bien ! s'exclama-t-il. À la bonne heure. Le pape ne pouvait certainement tolérer plus longtemps un tel affront à la liberté de l'Église, que ma personne représente encore. »

L'évêque de Paris souffla lentement, contrarié.

« Vous savez, Saisset, j'ignorais que vous étiez à Rome il y a deux ans. À ce qu'il paraît, vous avez tenté d'entrer en contact avec la famille Colonna. Ce qui est vraiment étrange, pour quelqu'un comme vous, qui se dit très fidèle au pape Boniface.

— Que voulez-vous insinuer ? J'ai toujours été dévoué au souverain pontife. Et c'est précisément pour cette raison que je subis le harcèlement du roi de France.

— Je n'en suis pas sûr, Saisset. Je vais vous dire ce que je pense. Pendant votre séjour à Rome, quelqu'un a dû vous révéler que Pietro et Giacomo Colonna étaient en train de rassembler des preuves pour attaquer la légitimité de Boniface. Vous avez cherché leur parent,

Ottone Colonna, mais vous ne l'avez pas trouvé. Ensuite, vous vous êtes tourné vers le pape pour lui dire ce que vous saviez. Vous lui avez raconté les différentes rumeurs qui circulaient en France sur le roi et son père Philippe III. »

Bernard Saisset le regarda d'un œil sombre.

« Et alors ? Il était de mon devoir d'avertir Sa Sainteté, souligna-t-il.

— Vous mentez, l'accusa Matifort. Vous ne vouliez pas du tout servir les intérêts du pape. Vous avez simplement offert à Boniface la possibilité de faire chanter Philippe le Bel. Vous lui avez montré le point faible du roi de France. Tout cela par pure ambition, bien sûr. Vous vouliez devenir cardinal ! »

Saisset considérait maintenant Matifort avec un regard qui hésitait entre le blâme et la pitié. Qu'il était pathétique, l'évêque de Paris, tout enflammé et pointant son index accusateur contre lui !

« Et même si cela était vrai ? demanda-t-il avec une ironie tranquille. Tout le monde veut la pourpre. J'en suis plus digne que beaucoup d'autres, parce que j'ai toujours été du bon côté. Le pape le sait et je lui en suis reconnaissant. J'ai mis dans ses mains une arme redoutable.

— Saisset, êtes-vous sûr d'interpréter la volonté du souverain pontife avec précision ? Êtes-vous sûr que Boniface brûle du désir d'entrer en conflit avec le roi de France ? »

Les yeux de l'évêque de Pamiers débordaient d'amertume, mais il s'abstint de répondre : la résolution granitique de Matifort laissait supposer que l'évêque de Paris avait toujours en réserve son arme la plus tranchante. « Ce serait mieux que vous vous montriez humble et repentant, suggéra Matifort. Souvenez-vous de mon conseil, lorsque vous atteindrez votre destination. » Ces mots frappèrent Saisset dans le dos, comme un coup en traître. « Quelle destination ? » Pour toute réponse, l'évêque de Paris ouvrit la porte et laissa entrer un chevalier entièrement vêtu de blanc. Croix rouge sur la poitrine de la cotte et sur l'épaule gauche du manteau, cheveux rasés et longue barbe. Cotte de mailles, épée sur le côté. Des yeux sinistres et une expression rugueuse de soldat qui ne réjouissaient pas vraiment Bernard Saisset. « Je vous présente frère Gérard de Villiers, dit Matifort, commandant des Templiers en France. »

Le soldat entra à grands pas et jeta un regard guère rassurant sur l'évêque de Pamiers. « Rassemblez vos affaires, monseigneur, dit le templier d'un ton caustique. Vous serez escorté jusqu'à Rome et remis aux gardes du pape. Sa Sainteté vous a convoqué pour répondre aux accusations de calomnie et de sédition contre le roi de France. Pliez vos bagages rapidement : nous partons dans une heure. »

5

Le spectateur qui arrivait essoufflé au sommet des tours de Notre-Dame ne voyait pas Paris comme une grande ville, mais comme l'addition de trois villes différentes qui s'étaient développées côte à côte au fil du temps ; aucune ne pourrait se passer des deux autres.

La vieille ville occupait l'île au centre de la Seine ; elle évoquait une énorme tortue dont les ponts, couverts de tuiles, seraient autant de pattes sous son armure de toits gris. Elle était serrée entre les deux autres, le quartier universitaire et la ville nouvelle, comme une mère âgée penchée sur ses deux filles, jeunes et belles. Elle pouvait également faire penser à un navire ancré dans la rivière, avec la poupe au levant et la proue à l'occident. En regardant côté proue, on avait devant soi un troupeau sans fin de vieux toits dominés par celui de la Sainte-Chapelle, rond et dilaté, surmonté d'une flèche très haute et acérée le faisant ressembler à un éléphant supportant sa petite tour. Côté poupe, s'ouvrait le parvis de Notre-Dame. C'était une belle place entourée de vieilles maisons sur laquelle donnaient trois grandes rues.

C'était le cœur mystique de Paris : la grande cathédrale de pierre avec ses statues qui racontaient l'histoire du monde entier, ses puissantes tours et ses souterrains légendaires creusés dans le ventre de la terre. Sur le côté sud de la place, on pouvait voir la façade rugueuse et sinistre de l'hôpital, avec son toit en si mauvais état qu'il semblait couvert de pustules et de verrues. À droite et à gauche, à l'orient et à l'occident, à l'intérieur du cercle de murs qui protégeait la vieille ville, se dressaient les clochers des vingt et une églises de tous les âges, de toutes les formes, de toutes les tailles, du clocher roman bas et vermoulu de Saint-Denis-du-Pas aux flèches élancées qui s'élevaient de la cour de Saint-Landry. Derrière Notre-Dame, il y avait le cloître avec ses galeries gothiques, et au sud, le palais semi-roman de monseigneur l'évêque. Au-delà de la Sainte-Chapelle, enfin, vers l'ouest, le Palais de justice avec son groupe de tours au bord de l'eau, tandis que les bosquets des jardins royaux, qui couvraient la pointe ouest de la vieille ville, cachaient l'îlot des Bateliers. Quant à l'eau, elle ne se voyait absolument pas depuis les tours de Notre-Dame ; la Seine disparaissait sous les ponts, les ponts disparaissaient sous les maisons.

Quiconque arrivait à bout de souffle au sommet des tours de Notre-Dame découvrait un enchevêtrement de toits, de cheminées, de rues, de ponts, de places, de flèches et de clochers. En réalité, les spectateurs qui pouvaient apprécier ce spectacle étaient bien rares, puisqu'un règlement non écrit mais scrupuleusement observé par les chanoines réservait l'accès au toit des tours à la seule famille royale. Dans ce très petit cercle d'individus, un seul avait le courage de monter là-haut pour ne trouver autour de lui que le vent qui soufflait sur la ville, et l'abîme au-dessous.

Il le faisait parce qu'il n'avait peur de rien. C'était

ce que lui avait appris la rude formation qu'il avait subie dans son enfance lorsque, à huit ans, la mort subite et suspecte de son frère aîné, le prince Louis, avait soudainement fait de lui l'héritier du trône de France, le catapultant dans la vie des souverains, où il n'y avait pas de place pour la peur ou la faiblesse.

Ce jour-là, il avait perdu son innocence et son droit d'être considéré comme un enfant. Il avait dit adieu à une partie de son âme. En revanche, ce sacrifice lui avait fait comprendre qu'il possédait une force plus grande que celle du reste des êtres humains, une capacité à mépriser tout ce qui rend les autres dépendants, sinon esclaves, des désirs et des sentiments.

Une seule passion habitait dans son cœur, si toutefois il en avait un, ce dont beaucoup doutaient : il aimait Paris comme sa propre personne et les Français beaucoup plus qu'il ne s'aimait lui-même. Contempler la ville d'un point culminant qui lui permettait de l'embrasser entièrement des yeux, de la voir grandir de mois en mois, d'année en année, avec la tendresse avec laquelle on regardait grandir un enfant, l'emplissait d'une telle joie qu'il se sentait léger comme un faucon poussé dans le ciel par les courants ascendants. Il lui était donc impossible de courir le risque de tomber. Il aimait admirer d'en haut les trois âmes de Paris : l'île de la Cité, gouvernée par monseigneur l'évêque, la rive droite qui obéissait au prévôt des marchands, et enfin la rive gauche, où gouvernait le recteur de l'université.

Et le roi ? Il était presque comme un invité dans sa capitale. Absent, la plupart du temps, fidèle au devoir de se rendre dans les différentes régions pour être vu par les vassaux et le peuple, administrer la justice et prélever ici et là de quoi nourrir les cinq cents bouches qui le suivaient toujours. Celles des nombreux dignitaires qui avaient le droit d'accompagner le souverain. Lorsqu'il se trouvait à Paris, Philippe se tenait à distance, enfermé dans le château du Louvre ou dans le palais du centre de l'île, d'où il sortait seulement pour assister à des offices religieux ou à une séance du Parlement.

Du reste, ce n'était pas vraiment une personne comme une autre, et c'était précisément cette incapacité à se maintenir au-dessus des communes faiblesses qui avait discrédité son père, Philippe le Hardi. À l'instar de Louis IX, que le pape Boniface avait canonisé et défini comme « plus qu'un homme », Philippe le Bel voulait incarner le rôle du roi thaumaturge qui doit être, avant toute chose, un modèle pour les autres. Il ne se voyait pas comme un homme, mais comme un peuple. Pas comme un individu, mais comme vingt millions de sujets.

Habituellement, il officiait avec une dignité impeccable ce rite qu'était devenue sa vie, et ce renoncement à lui-même lui valait d'être admiré même par ses détracteurs ; parfois, cependant, le Roi de marbre et de fer se souvenait de sa propre humanité, et cela lui pesait. Alors il montait là-haut, sur la partie la plus haute des tours de Notre-Dame, lorsque les blessures de son passé brûlaient plus fort que d'habitude et que la douleur devenait insupportable. Il se hissait là-haut, debout devant l'abîme, pour assister au réveil des cloches qui sonnaient l'Ave Maria, scintillant comme une traînée d'étoiles dans le ciel de l'été.

Des pas légers, derrière lui, le détournèrent de ses pensées. Les pas discrets d'une femme et le bruissement de jupes de soie sur le sol de pierre. Philippe ne bougea pas, il n'avait pas besoin de voir pour savoir qui c'était. En fait, une seule personne était autorisée à le rejoindre. La seule personne qui, finalement, gardait les clés de son âme.

Jeanne de Navarre avança lentement ; chaque souffle de vent sur son visage la faisant sursauter et trembler jusqu'au cœur.

« Je vous en prie, descendez, le supplia-t-elle, je souffre de vous voir comme ça, suspendu en équilibre.

— Qu'y a-t-il ? » fut sa maigre réponse à cette prière sincère.

La reine s'approcha de quelques pas de plus. Lentement, car c'est ainsi qu'il est prudent d'agir lorsqu'on s'approche d'un fauve blessé : lentement, en le laissant s'habituer progressivement à notre odeur. « J'ai deux choses à vous dire », murmura-t-elle.

Le roi ne la regarda pas, cette fois encore, mais l'expression de son visage devint sombre, face au vide.

« Bonnes ou mauvaises ? demanda-t-il, hostile.

— Je sais que vous souffrez quand vous montez ici. Je n'y viendrais pas pour vous annoncer une mauvaise nouvelle », dit-elle doucement.

L'expression du souverain s'éclaircit. Il tourna la tête pour ne la regarder que du coin de l'œil, sans trop lui donner d'importance. Jeanne respira profondément et lui dit :

« Les sentinelles ont trouvé quelque chose dans le sous-sol de la tour de Nesle. Une petite remise où étaient cachés une sorte d'armure en écailles de métal et un casque à la forme impressionnante. Ils disent que c'est un casque de bronze de l'époque des César. Un casque de gladiateur. Le chef du Châtelet ne se sent plus de joie. Ces choses appartiennent au criminel qui terrorise la ville.

— Celui qu'on appelle Lanius ? »

Le visage de Jeanne s'éclaira. « Bien sûr. Cela signifie que vous l'avez capturé, après l'avoir pourchassé pendant des années. Ils disent que vous devez le faire décapiter en place publique. Ce sera une leçon exemplaire pour tous les criminels qui hantent Paris. » Le roi esquissa un sourire amer et légèrement moqueur. « Décapiter un casque ? C'est un peu singulier. Que tout soit immédiatement remis en l'état, comme si rien n'avait jamais été touché. Tôt ou tard, cet homme reviendra chercher ses affaires et nous le prendrons. La deuxième nouvelle ? »

Jeanne hocha la tête, mais elle n'entendait pas donner le cadeau sans avoir obtenu, auparavant, une somptueuse récompense.

« Il y a une lettre, murmura-t-elle doucement, mais je ne peux pas vous la donner si vous restez là. Je ne peux pas m'approcher. J'ai le vertige.

— Alors je ne la lirai pas, répondit-il sèchement.

— Dans ce cas, Alphonse la renverra à l'expéditeur. À Rome. »

Le nom de la ville toucha l'âme du roi et l'amena à changer d'attitude. Il tourna la tête et la regarda : il lisait sur son visage l'obstination dure et cristalline que Jeanne portait comme une armure en cas de nécessité absolue ; un entêtement pareil au sien, contre lequel rien ne pouvait être fait. Il se baissa, posa ses mains sur le bord du parapet et descendit sur la terrasse. Il alla vers elle et, les yeux dans les yeux, lui tendit la main pour recevoir la lettre.

« J'ai été surprise de lire le nom du destinataire, dit-elle. Elle est adressée au chevalier de Fontainebleau. Mais Alphonse n'a pas de doutes : c'est pour vous. »

Philippe la contourna, puis, brusquement, il décida

de prendre le pli qu'elle tenait caché derrière son dos. Il lui serra le poignet si fort que ses doigts se relâchèrent. C'était comme un jeu entre enfants capricieux, en colère l'un contre l'autre : le plus fort gagnait. Il était le plus fort, et la chose, après tout, convenait à tous les deux.

Quand la lettre fut entre ses mains, le roi essaya de se contrôler, mais la tension était trop forte et il n'y réussit pas, alors il arracha la ficelle. La feuille contenait un dessin très précis qui avait l'air d'être une carte anatomique d'une partie du corps humain ; il était accompagné de quelques lignes rédigées dans une écriture harmonieuse et arrondie :

Extrait du *Traité sur la chirurgie* du sage Abu Al-Qasim de Cordoue.

La dissection anatomique montre incontestablement que le canal du rectum, dans lequel se produit l'acte amoureux contre nature, ne communique en aucune manière avec les conduits par lesquels passe la graine virile. La croyance ignorante selon laquelle les hommes habitués à la sodomie deviennent stériles ou incapables de faire des enfants en bonne santé est donc fausse et risible. Tout réside en fait dans les mains de Dieu : le don de la vie lui appartient, ainsi que la compréhension et le pardon.

Philippe ferma ses yeux d'un bleu abyssal pendant un moment. C'était exactement la preuve scientifique qu'Arnaud de Villanova devait produire devant les professeurs les plus influents de Paris… Pendant des mois, il avait submergé le pape de demandes officielles et non officielles visant à convaincre le Catalan de lui envoyer le texte. Des mois d'espoirs déçus et d'efforts inexorablement tombés dans le néant. Maintenant, la preuve capable de racheter son honneur était là, dans les mains de Jeanne.

« Comment avez-vous réussi ? murmura-t-il d'une voix légèrement enrouée.

— Le Catalan a beaucoup d'affection pour une certaine personne à Rome, répondit-elle. C'est un fait extraordinaire, compte tenu de la nature réservée du vieil homme. Le cardinal Matteo d'Acquasparta a demandé de l'aide à cette personne, elle devait lui faire dire ce qui pourrait vous rendre le sommeil et la sérénité. Arnaud vous a envoyé la réponse par amour pour elle et pour nulle autre raison. »

Le visage du souverain se durcit.

« Le cardinal a parlé en mon nom sans me consulter ? Comment a-t-il osé ? Je ne lui ai pas donné de mission !

— Je l'ai fait, dit-elle en levant fièrement la tête. Il n'y avait pas d'autre moyen de vaincre le ressentiment qu'Arnaud vous porte. Les plus grandes victoires sont celles obtenues sans armes, Philippe. Je le sais bien car, contrairement à vous, je suis à la tête d'un petit État qui ne peut certainement pas compter sur une armée puissante. Ma seule ressource, la plupart du temps, est la ruse. »

Le roi lui jeta un regard noir, mêlé d'admiration et de défi, qui lui brûla le sang. Il y avait plus que de la passion dans ce regard de glace ; il y avait l'intention de régler des comptes dans l'ombre d'une pièce secrète, où il n'y avait plus de roi ni de reine, mais seulement des chuchotements arrachés par le plaisir alors que la peau brûlait de désir.

Jeanne exultait dans les profondeurs de son âme.

Elle ne s'était pas trompée sur lui, même cette fois. Il pourrait avoir d'autres femmes, peut-être, mais elle, et elle seule, était sa compagne. Parce qu'elle le connaissait mieux que quiconque. Parce qu'elle était la seule à pouvoir atteindre son cœur.

« Je veux savoir quelque chose, dit-il sans interrompre la fièvre de ce regard. Qui est la personne utilisée par le cardinal ? Arnaud doit l'aimer beaucoup. »

Jeanne hocha la tête. En bas de la lettre, il n'y avait pas de signature, seulement cet élégant calligramme.

هلال

À côté, le dessin d'un croissant de lune. C'était plus que suffisant pour lui : *Hilal*. Croissant de lune. « Alors, c'est ce que je pensais… murmura-t-il, étonné. Arnaud a trouvé le deuxième apprenti. »

À cet instant, comme répondant à un signal du ciel, les mille églises de Paris commencèrent, ensemble, à tressaillir. Peu à peu, devenant de plus en plus intenses, mille sons fusionnèrent pour former un magnifique concert. Ce n'était rien de plus qu'une masse de vibrations sonores qui jaillissaient sans cesse des innombrables clochers, qui flottaient, oscillaient, sautaient dans les airs au-dessus de la ville, prolongeant au-delà de l'horizon le cercle assourdissant de leurs oscillations.

Le roi regarda Paris et pensa qu'il n'y avait rien de plus beau dans le monde que ce tumulte de cloches, que ces dix mille voix de bronze qui chantaient ensemble dans des flûtes de pierre à une centaine de pieds du sol. La ville n'était plus qu'un orchestre, et elle jouait une symphonie parfaite pour créer l'arrière-plan de sa vie. Il avait en lui toute la clameur d'une tempête.

DICTIONNAIRE DES PRINCIPAUX PERSONNAGES ET THÈMES HISTORIQUES

Alphonse de la Cerda dit le Déshérité

(Valladolid, 1270 – Piedrahita, vers 1325)

Fils de Ferdinand III, héritier du trône de Castille, et de la princesse Blanche, fille du roi de France Louis IX. Il fut renversé à l'âge de cinq ans seulement par Sancho IV, usurpateur du trône de Castille, lorsque Ferdinand III mourut en combattant les Sarrasins. Alors que sa mère Blanche était emprisonnée par Sancho IV, Alphonse fut gardé en otage par son grand-oncle Pierre III, roi d'Aragon, qui l'enferma au château de Xativa, près de Valence. Alphonse passa le reste de son enfance dans cette forteresse, puis son adolescence, jusqu'à sa libération en 1288. En 1291, espérant bénéficier de l'aide de son cousin Philippe, il se réfugia à Paris auprès de lui et devint son ambassadeur. Philippe le Bel essaya à plusieurs reprises d'imposer son autorité afin que le trône de Castille fût rendu à son cousin, mais les jeux de pouvoir complexes entre les monarchies chrétiennes de la région ibérique firent échouer ses efforts ; cependant il nomma Alphonse baron de Lunel (1303) et obtint pour lui la création d'un vaste potentat comprenant Alba, Béjar et Gibraleón.

Alighieri Durante dit Dante

(Florence, 1265 – Ravenne, 1321)

Poète, militaire et homme politique. Né dans une famille noble ayant une lointaine ascendance de la plaine du Pô, comme le révélait son nom de famille, il fut dirigé dès son plus jeune âge vers les études, qu'il approfondit par un séjour à Bologne (1287), siège de l'une des plus prestigieuses universités médiévales. Doté d'une importante formation poétique, musicale, militaire et dans l'art de la fauconnerie, comme il seyait à un jeune homme de l'aristocratie de l'époque, il participa avec les Guelfes à la bataille de Campaldino en se battant en première ligne avec les chevaliers qui menaient l'assaut. Il s'inscrivit volontairement dans la corporation des médecins et apothicaires quand, en 1291, les règlements de justice de Giano della Bella interdirent aux nobles la participation active à la vie politique de la République florentine. En octobre 1294, Florence envoya une ambassade à Naples pour rendre hommage au pape Célestin V, nouvellement élu, et Dante figurait probablement parmi les émissaires. Sa présence à Rome, à l'automne 1301, fut attestée ; il y fut envoyé par le Conseil des cent dont il avait été le prieur du 1er avril au 30 septembre de la même année. Dante et ses collègues devaient négocier avec le pape une série de questions économiques et politiques concernant Florence, qui était à cette époque déchirée par de violentes luttes entre factions rivales. Alors que les autres représentants étaient renvoyés dans leur ville, Alighieri fut arrêté sur ordre de Boniface pour des raisons encore mal connues. En mars 1302, il fut informé qu'il était condamné à l'exil. Alighieri erra de cour en cour à la recherche de protection et de soutiens politiques lui permettant de retourner dans sa ville. Entre 1309 et 1310, il séjourna peut-être à Paris pour compléter ses études théologiques. Malgré les difficultés économiques dues à sa condition d'exilé, il n'abandonna jamais la fervente passion politique qui l'animait, et dont il reste des traces dans toutes ses œuvres, notamment dans la plus importante, *La Divine Comédie*, qu'Alighieri commença à écrire selon toute vraisemblance en 1300, lors du premier jubilé. En rentrant d'un voyage à Venise, il tomba malade et mourut du paludisme le 14 septembre 1321, à Ravenne, où sa fille Antonia était religieuse au couvent de l'ordre du Mont-Olivet.

Arnaud de Villanova

(Villanova, près de Valence, vers 1238 – Gênes, 1312)

Célèbre médecin et théologien catalan. Personnalité éminente parmi les intellectuels de son temps, il enseigna la médecine à l'université de Montpellier et à l'école de médecine de Salerne. Il possédait une culture extrêmement vaste : en plus de maîtriser la culture arabe, il connaissait également les langues sémitiques, l'ancien langage des Chaldéens, l'astrologie et les doctrines hermétiques des kabbalistes. Dans son ouvrage le plus célèbre, *Regimen sanitatis*, il prescrit de nombreuses règles d'hygiène dont la médecine moderne a redécouvert la valeur. Dans un autre opuscule, intitulé *Parabolae medicationis*, Arnaud enseignait comment désinfecter les plaies, ainsi que les mains du médecin, le fil de soie et l'aiguille pour les points de suture en utilisant l'*aguardiente*, c'est-à-dire l'eau-de-vie ; il anticipa ainsi de plusieurs siècles la découverte des bactéries. En 1299, alors qu'il se trouvait à Paris au service du roi Philippe, il fut accusé de répandre l'impiété et fut emprisonné. Sur les conseils du juriste Guillaume de Nogaret, qui fut son collègue à Montpellier, il fit appel au pape. Boniface le fit venir à la curie et, après l'avoir disculpé, il en fit son médecin personnel, ce qui lui permit de profiter de ses soins. Arnaud avait cependant une réputation douteuse : certains de ses remèdes médicaux exploitaient le pouvoir des corps célestes sur la physiologie humaine et correspondaient aux prescriptions de *Picatrix*, le célèbre texte de magie astrale d'origine islamique. Selon le juriste Giovanni d'Andrea, qui écrivit vers 1346 sur la base de sources antérieures, Arnaud aurait effectué la transmutation du plomb en or devant les cardinaux et aurait permis aux personnes présentes de tester la qualité du métal. D'autres sources indiquent qu'il travaillait pour Boniface afin de produire un élixir capable de prolonger la vie, si efficace qu'il pouvait être considéré comme un instrument d'immortalité.

Ausculta fili
(5 décembre 1301)

Bulle du pape Boniface adressée au roi de France Philippe IV dit le Bel, contenant l'avertissement de ne pas déroger à la norme de sainteté et d'obéissance au souverain pontife, toujours respectée par ses prédécesseurs. Elle est traditionnellement considérée par les historiens comme le premier acte des divergences qui conduisirent, deux ans plus tard, à la célèbre « gifle d'Anagni », un conflit entre la conception théocratique de la papauté de Boniface VIII et les revendications du roi de France, fervent partisan de l'autonomie de l'État laïc face à l'ingérence de l'Église. À l'origine des tensions, il y eut l'arrestation par Philippe IV de Bernard Saisset qui, en tant qu'évêque de Pamiers, n'était pas justiciable légalement par un souverain en vertu des anciennes libertés dont jouissait le clergé. Le document fut habilement exploité par le garde des Sceaux français, Pierre Flotte, qui le cacha puis le remplaça par une bulle falsifiée intitulée *Scire te volumus*, dans laquelle le pape utilisait des termes inadmissibles contre Philippe.

Boniface VIII

(Benedetto Caetani, Anagni, 1230 – Rome, 11 octobre 1303)

193e pape de l'Église de Rome, selon l'ordre de succession connu. Grand connaisseur du droit canonique, il fut un partisan convaincu des doctrines théocratiques professées un siècle auparavant par Innocent III. Celles-ci prônaient la primauté du pape *super reges et regna*, c'est-à-dire sa supériorité non seulement dans le domaine spirituel, mais également dans le domaine politique, sur tous les dirigeants de la terre en raison du *ratione humani peccati*, parce que le péché qu'ils commettaient ne pouvait être absous que par l'héritier de Pierre. Malgré les affinités de sa pensée avec celle d'Innocent III, Boniface VIII ne mena pas un style de vie rigoureux et ascétique comme son prédécesseur. Sa passion pour les mondanités ainsi que certaines erreurs politiques commises pendant son pontificat lui attirèrent l'hostilité de personnalités telles que Jacopone da Todi et Dante Alighieri, qui transmirent à la postérité une image négative de son pontificat. Dans la création d'une « légende noire » autour de la figure de ce souverain pontife, le procès intenté contre lui par le roi de France Philippe le Bel joua un grand rôle. Le roi s'était engagé dans une âpre guerre diplomatique pour obtenir que Boniface fût ouvertement déclaré faux pape, hérétique et dévoué à la sorcellerie, ainsi que coupable d'avoir trompé Célestin V, de l'avoir poussé à abdiquer tout en manipulant le conclave pour obtenir la tiare. Un examen attentif des sources historiques montre que la grande faute de ce souverain pontife fut d'avoir donné à sa propre famille, les Caetani, la possibilité de nuire aux autres familles nobles de Rome et du Latium. Assurés de rester impunis car protégés par l'autorité du pape, les Caetani commirent bon nombre d'abus qui, au fil des années, provoquèrent une haine croissante et agressive contre Boniface VIII.

Colonna, famille

Maison appartenant à la plus ancienne et puissante aristocratie de la ville, descendant des comtes de Tusculum qui dominèrent Rome et une bonne partie du Latium pendant le haut Moyen Âge. Leur pouvoir commença à faiblir avec l'ascension de Benedetto Caetani dans la curie romaine. Lorsqu'il fut élu pape (décembre 1295), les Caetani, exploitant l'impunité garantie par leur puissant parent, lancèrent une stratégie d'acquisitions territoriales et immobilières menée à coups de menaces et d'intimidations à l'encontre d'autres familles nobles du territoire, les Colonna en particulier. La haine qui s'ensuivit entre les deux familles aboutit à un fait retentissant : en 1297, à la tête d'une bande de brigands, Stefano Colonna attaqua et pilla le convoi qui transportait le trésor de Boniface VIII. En réaction, le pape convoqua les deux membres de la famille qui faisaient partie du Sacré Collège : les cardinaux Giacomo (vers 1250-1318), archiprêtre de la basilique du Latran, et Pietro (1260-1326), cardinal-diacre de Saint-Eustache. Il les somma de répondre des faits au nom de leur famille. Les deux cardinaux ne se présentèrent pas et, réfugiés dans leur château de Lunghezza, lancèrent une guerre de factions contre Boniface. Le souverain pontife excommunia les cardinaux et condamna de nombreux membres de la famille à l'exil, notamment Agapito Colonna, qui avait épousé Mabilia Savelli en 1280.

Crescenzio de Paliano

Dans les documents du procès intenté par les avocats du roi de France Philippe IV contre la mémoire de Boniface VIII, et qui dura jusqu'en 1311, un *Crescentius de Paliano iurisperitus* joua un rôle de premier plan. Il était lié par son nom au château de Paliano, situé dans la campagne romaine, que Boniface VIII avait reçu en cadeau de Jacques de Molay, grand maître des Templiers ; un cadeau que le souverain pontife avait, par la suite, attribué à ses proches. Crescenzio, selon toute vraisemblance membre de la famille du pape, travailla aux côtés du cardinal Francesco Caetani au collège des *defensores* de Boniface VIII afin de prouver que les avocats au service du roi de France avaient produit une quantité de faux, ou peu fiables, témoignages. Parmi les accusations les plus dures, et qui ne semblaient pas être étayées par une quelconque preuve, celle qui prétendait que Boniface avait eu des relations incestueuses avec deux de ses jeunes neveux, dont le nom n'était pas indiqué.

Lunghezza (manifeste de)

Proclamation célèbre qui déclencha le conflit entre la famille Colonna et Boniface VIII. Le 9 mai 1297, les cardinaux Pietro et Giacomo divulguèrent un dossier sur les responsabilités directes de Benedetto Caetani, alors cardinal, dans l'abdication de Célestin V. Avec la complicité de nombreux nobles romains solidaires des Colonna, le document fut déposé sur le maître-autel de la basilique Saint-Pierre où Boniface VIII le trouva. Le contenu du manifeste s'était vite répandu dans Rome. Boniface y était qualifié de faux pape et d'usurpateur du trône de Pierre ; il était ouvertement accusé d'avoir trompé l'ingénu Célestin V et de l'avoir poussé à démissionner, pour ensuite manipuler le conclave et obtenir la tiare.

Philippe IV dit le Bel

(Château de Fontainebleau, 1268 – même lieu, 29 novembre 1314)

Héritier et chef de la plus ancienne maison royale de l'Occident chrétien, fils de Philippe III et petit-fils de Saint Louis, canonisé par Boniface VIII en 1296. Comme ses prédécesseurs de la dynastie capétienne, il fut sacré à la cathédrale de Reims (6 janvier 1286) avec un onguent miraculeux apporté du ciel par une colombe des siècles auparavant.

À ces souverains, oints du Seigneur comme les anciens rois de la Bible, Dieu aurait accordé le pouvoir de guérir les malades par l'apposition des mains, à condition qu'ils se préservent de toute sorte de péché. Célèbre pour son attrait physique hors du commun, à tel point que le chroniqueur Giovanni Villani dit qu'il comptait, avec ses fils, parmi les plus beaux hommes du monde, Philippe IV était également connu pour son caractère froid et inflexible qui lui avait valu son surnom de « Roi de fer ». Le 16 août 1284, il épousa sa cousine Jeanne de Navarre. De ce mariage naquirent quatre fils (Louis le Hutin, Philippe le Long, Charles le Bel et Robert de France) et trois filles (Marguerite, Blanche et Isabelle).

Objet de satires féroces mais très aimé de son peuple, il fut l'acteur d'événements majeurs tels que la guerre contre Boniface VIII et l'attaque contre l'ordre des Templiers. Ce souverain était si jaloux de sa vie privée et si soucieux de ne jamais laisser deviner sa pensée que les historiens en parlent comme d'une « énigme ».

Jeanne de Navarre

(Bar-sur-Seine, 1271 – château de Vincennes, 2 avril 1305)

Reine consort de France à partir de 1284, elle était également l'héritière des comtés de Champagne et de Brie, qui comptaient parmi les fiefs les plus riches de la couronne française en raison de l'importance des recettes fiscales venant de leurs foires, célèbres à travers toute l'Europe. Alors qu'elle n'avait que deux ans, la mort de son père Henri Ier de Navarre rendit sa situation délicate. Sa mère Blanche, nièce du roi de France Louis IX, se réfugia alors à Paris sous la protection de son cousin Philippe III, roi de France. Jeanne grandit donc à la cour de France avec les enfants de la famille royale. Le lien avec son mari Philippe IV, qu'elle connaissait depuis sa plus tendre enfance, était si fort qu'elle le suivait même dans ses campagnes militaires, bien que les chroniques relatent de nombreux conflits dans le couple royal pour des raisons politiques. Après la mort de Jeanne, provoquée par empoisonnement selon certaines sources, le caractère de Philippe le Bel devint plus âpre et le souverain sombra dans une grave dépression dont il ne sortit probablement jamais.

REMERCIEMENTS

Recueillir le matériau qui fait la trame de ce roman a constitué un travail de bénédictin d'une bonne vingtaine d'années ; pourtant, cela m'a semblé une tâche légère comparée à la difficulté de transformer des milliers de pages de notes en un récit de fiction. Ce qui fait l'intérêt d'un essai peut se révéler catastrophique dans un roman.

Tout en conservant la complexité de l'histoire, j'ai voulu mettre en valeur les principaux événements. Là où c'était nécessaire, j'ai utilisé les ressources de l'imagination, ainsi que nos connaissances du Moyen Âge, pour restituer des moments qui ont réellement existé mais dont nous avons irrémédiablement perdu la trace. Dans certains cas, j'ai même ouvert des petites échappées dans l'existence de certains personnages, presque comme une seconde chance qu'ils me semblaient mériter. J'espère avoir au moins réussi à brosser un tableau d'ensemble de l'Europe à l'aube de l'ère moderne. Si c'est le cas, le mérite en revient également à ceux qui ont rendu cela possible. Ma gratitude la plus sincère va donc à Franco Cardini, professeur d'histoire et d'humanités ; Andrea Frediani qui m'a prodigué des encouragements essentiels ; Alessandra Penna, pour son editing rigoureux et sa patience à mon égard ; Silvia Donzelli, mon agent, pour ses salutaires bouffées d'optimisme ; et un remerciement spécial à Raffaelo Avanzini, pour avoir cru au potentiel de ce livre.

MIXTE
Papier issu de sources responsables
FSC® C003309
FSC www.fsc.org

L'éditeur de cet ouvrage s'engage dans une démarche de certification FSC® qui contribue à la préservation des forêts pour les générations futures.

Pour en savoir plus :
www.editis.com/engagement-rse/

10/18 – 92 avenue de France, 75013 PARIS

Imprimé en France par CPI

N° d'impression : 3046856
X08063/01